o DUPLO
e o MAL
vestígios do fantástico
de José Saramago

Rosângela Soares de Lima

Copyright © 2023 by Editora Letramento
Copyright © 2023 Rosângela Soares de Lima

Diretor Editorial | Gustavo Abreu
Diretor Administrativo | Júnior Gaudereto
Diretor Financeiro | Cláudio Macedo
Logística | Daniel Abreu e Vinícius Santiago
Comunicação e Marketing | Carol Pires
Assistente Editorial | Matteos Moreno e Maria Eduarda Paixão
Designer Editorial | Gustavo Zeferino e Luís Otávio Ferreira
Diagramação | Isabela Brandão

Todos os direitos reservados. Não é permitida a reprodução desta obra sem aprovação do Grupo Editorial Letramento.

Dados Internacionais de Catalogação na Publicação (CIP) de acordo com ISBD

L732d	Lima, Rosângela Soares de
	O duplo e o mal: vestígios do fantástico de José Saramago / Rosângela Soares de Lima. - Belo Horizonte, MG : Letramento ; Temporada, 2023.
	174 p. ; 15,5cm x 22cm.
	ISBN: 978-65-5932-225-1
	1. Literatura. 2. Crítica literária. 3. Estudos literários. I. Título.
2023-199	CDD 809
	CDU 82.09

Elaborado por Vagner Rodolfo da Silva - CRB-8/9410

Índice para catálogo sistemático:
1. Literatura : Crítica literária 809
2. Literatura : Crítica literária 82.09

Rua Magnólia, 1086 | Bairro Caiçara
Belo Horizonte, Minas Gerais | CEP 30770-020
Telefone 31 3327-5771

TEMPORADA
é o selo de novos autores do
Grupo Editorial Letramento

editoraletramento.com.br • contato@editoraletramento.com.br • editoracasadodireito.com

AGRADECIMENTOS

Ao meu marido Carleones, sem o encorajamento, o apoio e o amor dele, tudo teria sido mais difícil. Sua presença sempre foi constante.

À minha orientadora, Professora Dra. Ana Márcia Alves Siqueira, pela paciência e por respeitar meus limites. Uma grande pessoa que vou levar comigo sempre, obrigada por acreditar em mim.

Ao José Saramago, por presentear-nos não somente com sua literatura, mas principalmente por se usar das palavras para semear em nós a conduta de cidadão do mundo, de humanidade que deve constantemente buscar tornar-se uma versão melhor.

Aos professores avaliadores (banca), pelas ricas contribuições na etapa da qualificação e por todas as palavras de incentivo que motivaram minha escrita.

Aos grandes profissionais da Secretária da Pós-graduação em Letras, Diego Ribeiro e Victor Matos, pelo carinho, paciência e prontidão em ajudar.

Ao criador de nossa existência, seja por qual nome se denomine.

À Universidade Federal do Ceará que desde 2012 tem sido minha segunda casa (Na época da graduação literalmente; fui residente universitária), serei sempre grata por todo conhecimento e suporte que recebi em minha caminhada acadêmica. É preciso destacar que a assistência estudantil no contexto brasileiro é construída numa permanente luta, muitas vezes, isolada e distanciada da comunidade acadêmica. As transformações sociais e políticas impactam fortemente nessa luta predominantemente de recursos escassos. Nesta época, em que as políticas a serem implementadas para o acesso ao Ensino Superior querem tornar-se novamente restritas, aberta apenas para as elites brasileiras, deixo aqui minha gratidão por todo crescimento pessoal e acadêmico, e a conquista deste título, sendo esses os resultados da dimensão assistencial de políticas sociais como o programa de residência universitário-UFC. Desse modo, a assistência estudantil é uma ajuda essencial, pontual e direito aos grupos de maior vulnerabilidade social. A luta pelo ingresso e permanência no ensino superior continua em sua busca pela efetiva democratização desse espaço. Lutemos!

À CAPES, agência de fomento, pelo suporte financeiro concedido à minha pesquisa e que a fez tornasse possível.

MEU DUPLO

1
A edição que circula de mim pelas ruas Foi feita sem o meu consentimento.
Existe a meu lado um duplo Que possui um enorme poder.
Ele imprimiu esta edição da minha vida Que todo o mundo lê e comenta.
Quando eu morrer, a água dos mares Dissolverá a tinta negra do meu corpo,
Destruindo esta edição dos meus pensamentos, dos meus
sonhos, dos meus amores Feita à minha revelia!

2
O meu duplo sonha de dia e age durante a noite.
O meu duplo arrasta correntes nos pés.
Mancha todas as coisas inocentes que vê e toca. Ele conspira contra mim.
Desmonta todos os meus actos um por um e sorri.
O meu duplo com uma única palavra reverte todos os
objectos do mundo ao negativo do FIAT.
Destrói com um sopro o trabalho formidável que
eu tenho de diminuir o pecado original.
Quando eu me matar o meu duplo morrerá e eu nascerei.

3
Eu tenho pena de mim e do meu duplo Que entrava meus passos para o bem
Que estrangula dentro de mim a imagem divina. Tenho
pena do meu corpo cativo em terra ingrata,
Tenho pena dos meus pais, que sacrificaram uma
existência inteira Pelo prazer de uma noite.
Tenho pena do meu cérebro que comanda
E da minha mão que escreve poemas amargurados.
Tenho pena do meu coração que estourou de tanto ter
pena, Do meu coração pisado pelo meu duplo.
Tenho pena do meu sexo que não é independente, Que é ligado ao meu
coração e ao meu cérebro. Eu tenho pena desta mulher tirânica
Que me ajuda a ampliar o meu duplo. Tenho pena dos poetas futuros
Que se integrarão na comunidade dos homens mas que nos momentos
da dúvida angustiante Só terão como resposta o silêncio divino…

4
Ó meu duplo, porque me separas da verdade? Porque me sopras ao
ouvido a palavra terrível, Porque me impeles a descer até ao lago
Onde pararam as formas de vida para sempre?…
Porque insinuas que o sorriso das crianças já traz a
corrupção, Que toda esta ternura é inútil
Que os homens usarão continuamente a espada contra seus irmãos
Que a minha Poesia aumenta o desconsolo em torno de mim?
Ó meu duplo, porque a todo instante eclipsas a Cruz aos meus olhos?
Ó meu duplo, porque murmuras sutilmente ao meu ouvido
Que Deus não está em mim porque está fora do mal, do tédio e da
dúvida? Porque atiras um pano negro na estrela da manhã,
Porque opões diante do meu espírito
A temporária Berenice à Mulher eterna?
Ó meu duplo — ó meu irmão — ó Caim — eu preciso
te matar! (MURILO MENDES, 2014, p. 78).

Eu antes tinha querido ser os outros para conhecer o que não
era eu. Entendi então que eu já tinha sido os outros e isso era
fácil. Minha experiência maior seria ser o outro dos outros: e
o outro dos outros era eu. (LISPECTOR, 1979, p. 22).

9	**PREFÁCIO: RENOVAÇÕES SOBRE UM TERRITÓRIO DE REVISITAÇÕES**
15	**PRÓLOGO**
21	**1 - APRESENTAÇÃO**
37	**2 - UM BREVE PÉRIPLO DO DUPLO NA LITERATURA: UMA ANÁLISE DE O HOMEM DUPLICADO**
51	2.1 - O DUPLO E SUA RELAÇÃO COM O FANTÁSTICO: A ESTÉTICA DO FANTÁSTICO NA ESCRITA SARAMAGUIANA
62	2.2 - O DUPLO ESPACIAL: O INEVITÁVEL ETERNO RETORNO
70	2.3 - ELE E ELAS: VOZES FEMININAS NA OBRA SARAMAGUIANA
76	2.3.1 - O DUO FEMININO: MARIA DA PAZ E HELENA
87	**3 - A MÁXIMA DO MAL ATRAVÉS DAS PERSONAGENS DE JOSÉ SARAMAGO**
106	3.1 - O MAL-ESTAR DE TERTULIANO MÁXIMO AFONSO
120	3.2 - O PRINCÍPIO REBELDE DE ANTÓNIO CLARO/DANIEL SANTA-CLARA
131	**4 - O CAOS É UMA ORDEM POR DECIFRAR**
143	**5 - O HOMEM DUPLICADO: UMA REFLEXÃO SOBRE O MAL DENTRO DO CONTEXTO CONTEMPORÂNEO**
157	**6 - CONSIDERAÇÕES FINAIS: OU DE COMO SE BUSCOU ENTENDER ESSE HOMEM DUPLICADO**
165	**REFERÊNCIAS**

PREFÁCIO

RENOVAÇÕES SOBRE UM TERRITÓRIO DE REVISITAÇÕES

Quando publicou *O homem duplicado*, em 2002, José Saramago se desfizera alguns anos antes do imenso vazio que deve se abrir ante todo escritor que alguma vez tenha alcançado o feito de chegar à lista dos agraciados com o reconhecimento da Academia Sueca. A história sobre a vida dos escritores pós-Nobel, parece, ainda precisa ser contada. E no capítulo dedicado a este homem que se faz pela palavra, como muitos, num irregular, tortuoso e difícil caminho, certamente constará outra peculiaridade própria: a escrita continuou e deu forma a um ciclo de romances formado por quase uma dezena de títulos, mesmo se desconsiderarmos o póstumo *Claraboia* (concluído em 1953) ou o que seria seu último livro, *Alabardas, alabardas, espingardas, espingardas* (incompleto devido a morte do escritor em junho de 2010).

O leitor mais versado na obra de José Saramago pode estabelecer organizações diversas fora da ordem cronológica das publicações. Assim, ao dizer ciclo de romances pós-Nobel, logo podemos contrapor as obras que o constituem com as que antecederam o marco dos mais importantes na trajetória do escritor. Sem buscar criar caso, nem elaborar tese — a história do período posterior ao Nobel de literatura, repetimos, ainda espera ser contada —, é pouco provável que um escritor mantendo ativa sua criatividade, mesmo no caso de constar na sua bibliografia ativa não uma mais várias obras singulares, é pouco provável oferecer aos leitores uma obra que se aproxime ou vença os seus próprios limites. Bom, mas isso em nada é uma determinante. É possível que os limites sejam muito mais de ordem física que cognitiva e não dependa em nada do caso de receber os louros de Estocolmo.

Continuemos com a divisão entre a obra pré e pós-Nobel. Nenhum dos romances de José Saramago publicados depois de 1998 alcançam o lugar de *Memorial do convento*, *O ano da morte de Ricardo Reis*, *O Evangelho segundo Jesus Cristo* e *Ensaio sobre a cegueira*. E todos eles são tentativas, algumas delas bem-conseguidas, de retorno a esses pontos cardeais da sua literatura. O caso mais visível é o do *Ensaio sobre a lucidez*, cujos estreitamentos com o romance de 1995 se demonstram desde o título e avançam pela reiteração do núcleo de personagens dessa obra; mas, na mesma linha, podemos acrescentar *A caverna*, o livro-objeto da leitura aqui apresentada e *As intermitências da morte*. Cada um deles são ensaios que examinam algumas das complexidades de nossa condição e dos destinos da civilização humana no âmbito da era dos paradoxos terminais, para buscar um termo dos mais bem assentes formulado por Milan Kundera. Partem de uma situação incomum e especulam milímetro a milímetro os seus possíveis.

Depois, *A viagem do elefante* revisita o ponto de inflexão na obra saramaguiana: o das relações entre ficção e história que melhor se estabelece com *Memorial do convento*. Dos livros desse ciclo, este é o que melhor aproxima com os seus principais, não pelo conteúdo fabular que recorre à mesma expressão reconhecida, mas pelo limpo fluxo da narrativa, capaz de conjugar a um só tempo a objetividade que lhe é característica com a complexidade discursiva saramaguiana, e, claro, o *humour*, mesmo num romance que se conta sobre o flagelo de um animal e seu fim trágico, circunstâncias produzidas nas tramoias dos poderes dominantes.

Em *Caim*, por sua vez, o romance que regressa ao livro de uma dissidência, é a obra que nos oferece o que, mais cedo, garantiria uma face *enfant terrible* a José Saramago. Somado aos rascunhos de *Alabardas* — que o escritor pensar finalizar com um sonoro *Vai à merda* dito por Felícia contra Artur Paz Semedo, o companheiro, um empregado nos serviços de faturação de uma fábrica de armas — é o escritor que certa vez se pensou "quanto mais velho mais livre me sinto e quanto mais livre mais radical". No romance de 2009, sobretudo, o que descobrimos é ainda um retorno ao jovem que alguma vez flertou com as ousadas técnicas criativas recorrentes na literatura com maior recorrência no advento das vanguardas, cujos resquícios notamos em *Manual de pintura e caligrafia*, em alguns contos como "O ouvido", da coletânea coletiva *Poética dos cinco sentidos* ou "Cadeira", de *Objecto quase*.

Até a publicação deste livro de Rosângela Soares de Lima, *O homem duplicado*, constitui um fenômeno na literatura de José Saramago pós-Nobel. A quantidade de estudos — artigos, dissertações ou teses

— é inumerável, principalmente entre pesquisadores brasileiros. Entre os primeiros e mais recorrentes enfoques está o duplo, por uma razão um tanto óbvia: as leituras sobre uma obra começam sempre pelos aspectos mais evidentes, disponíveis a olho nu, como é o caso, para citar mais um no âmbito dos estudos saramaguianos, da presença relevante da figura feminina, algo, aliás, passado em revista aqui, afinal, Maria da Paz, Helena, Carolina, a mãe de Tertuliano Máximo Afonso, protagonista do romance, integram o rol de motivos sobre como Saramago é um mestre na criação de personagens mulheres.

Entre os termos que introduziram este texto e que também circulam entre o senso comum dos leitores, se diz que um dos sinais da literatura consiste na infinita possibilidade de leituras que uma obra adquire com o passar das gerações. Como nunca alcançamos o infinito — nem chegaremos — não é possível se fiar na afirmativa. A parte certa, entretanto, é sobre a variedade das leituras, porque resultam de uma qualidade que não se restringe, claro está, ao trabalho do leitor, mas do escritor em construir uma obra rica em camadas de sentido. E assim é *O homem duplicado*, essencialmente, porque José Saramago revisita não apenas um tema caro à sua literatura e parte do nosso repositório imemorial — o da identidade, um tema que nos segue desde a invenção da linguagem ou nossa descoberta sobre sua tarefa demiúrgica; todos os mitos de fundação focalizaram na dimensão a um só tempo alheia e nossa. Para um escritor que recorreu a Platão e reinscreveu o mito da caverna no mundo vigente, ressaltando sua vigência (*A caverna*), não resulta incomum que tenha encontrado também na mesma fonte o motivo para desenvolver este passo adiante na travessia do vazio pós-Nobel.

Pilar del Río, em *A intuição da ilha*, descreve que a ideia para *O homem duplicado*, se apresenta ao escritor quando numa manhã, "vendo sua imagem refletida no espelho José Saramago perguntou-se se seria suportável que existisse alguém exatamente igual a si mesmo". Sem desconsiderar o efeito inventivo da crônica, que repete um lance de interrogação daquelas que cruzam o nosso pensamento, imorredoira, desde sempre, a influência de Platão não fica descartada; a irrupção de uma ideia é do que observamos ou do rápido trânsito entre a consciência e a inconsciência. Rosângela de Lima não está interessada no *Fiat Lux*. O tema do seu estudo já fora dado e, como pesquisadora diligente que este estudo demonstra, sabe que precisa encontrar outro percurso, capaz, talvez de renovar, pelo lado de dentro, a questão posta.

É assim que este livro não se configura numa revisão do conhecido; nem faria sentido se fosse esse o propósito, afinal, a tarefa essencial de qualquer pesquisa interessada em contribuir para os estudos literários deve primar pelo acréscimo, pela renovação e expansão dos horizontes de leitura da obra. A leitura é um ato criativo e a crítica não deve se restringir ao trabalho de *ajudar a ler*. E é esse o caso: se acrescenta muito a um romance sobre o qual se disse muito. A autora recorre ao *doppelgänger* pelo prisma do *fantástico*. Essa categoria, entretanto, não é entrevista pelo excepcional. Ou seja, sua leitura privilegia o zelo com o tecido do romanesco que, neste caso, entretece o fabular ao irrisório do cotidiano. É essa sutileza que evidencia uma qualidade também de Saramago ao utilizar de um tema com larga tradição na literatura, como aqui se evidencia. No caso do romance ora lido, o elemento em título, é ainda a via pela qual o escritor examina o fetiche da individualidade, isso que incluiríamos como elemento no extenso trabalho do poder na sociedade do alto capitalismo. O dilema de Tertuliano Máximo Afonso apenas parte daquela questão comum que Saramago ou qualquer um se fez diante do espelho ou de uma lâmina d'água e, à maneira de um ensaio, se expande, buscando compreender quais sentidos a questão pode suscitar ainda na perenidade do tempo. E Rosângela de Lima segue muito de perto essas expansões.

Uma delas aparece evidenciada com maior atenção e inteira com as articulações entre *doppelgänger* e fantástico a novidade no estudo sobre *O homem duplicado*: o mal. O tema também não é novo nos estudos saramaguianos, mas aqui, outra vez o ponto de vista da pesquisadora é excepcional porque à corriqueira perspectiva do mal como a extensão execrável é oferecida a visão deste como materialidade inerente ao *ser/fazer* humano. Ora, uma panorâmica sobre a obra saramaguiana, reiterando o que disse acima e lembrando o próprio exercício de interpretação oferecido neste estudo, mostra que a questão forma uma de suas obsessões, sobretudo porque, dela sempre se impõe o debate acerca da liberdade individual ou o papel do indivíduo na ordem coletiva, preocupação essencial do escritor português.

O mal, na literatura saramaguiana é acontecimento realizado; também não se inscreve como antônimo do bem, mas como sua extensão. É nesse sentido que o estudo agora apresentado pode contribuir com a leitura do romance em interesse — mas também da prosa romanesca do escritor: à expressão dicotômica, Rosângela de Lima propõe uma estrutura na qual a antinomia se expande, derivando o que ela designa como *transgressão do real*, visto que a realidade sempre se manteve desde a aurora da civilização em curso como um amplo complexo de dicotomias. Em *O homem duplicado* os pontos-limites sempre se encontram em impasse, choque e intersecção, como é o caso da modificação do lugar do duplicado: a princípio António Claro e depois Tertuliano Máximo Afonso, sendo que, nesse jogo de *autenticidade das identidades*, os dois já são *entes* em multiplicação; o professor pela atitude com o seu Outro, o senso comum, e o ator ao se utilizar do nome artístico Daniel Santa-Clara.

Não é necessário procurar argumento para a importância deste livro. Outras justificativas são oferecidas pela própria autora e outras ainda aparecerão com o leitor que encontrar este trabalho. Ele existe e é agora ponto de encontro para outros horizontes sobre *O homem duplicado* e a literatura saramaguiana. É um livro que acrescenta uma peça no imenso campo que desde há muito apenas tem, merecidamente, se expandido: o dos estudos saramaguianos. Sendo parte de um texto apresentado para a obtenção de um título acadêmico — e como toda produção do tipo ser hospedada no repositório público, acessível a qualquer leitor de língua portuguesa na *web*, mas buscado apenas entre os leitores dentro da academia — o livro é sempre a parte renovada, porque com ele se demonstra o interesse de que o contributo do pesquisador alcance outros leitores. Um livro é o contributo essencial à manutenção seja da atividade intelectual, sempre preciosa, seja da leitura literária, seja ainda do interesse por uma obra literária sobre a qual por mais que se diga sempre fica algo por dizer.

PEDRO FERNANDES DE OLIVEIRA NETO[1]

---

[1] Pedro Fernandes de Oliveira Neto é Professor na Universidade Federal do Rio Grande do Norte (UFRN). É autor de Retratos para a construção do feminino na prosa de José Saramago. Coordena o grupo de pesquisa Estudos Sobre o Romance e a Coleção Estudos Saramaguianos, na qual publicou sob sua organização a coletânea de textos acerca do romance Ensaio sobre a cegueira, Peças para um ensaio. Dirige com Miguel Koleff a Revista de Estudos Saramaguianos.

PRÓLOGO

Aceitar o desafio de entrar na narrativa saramaguiana supõe sempre uma aventura ontológica a que um leitor consciente jamais poderá escapar. Enquanto leitores, temos bem a noção de que o texto de José Saramago nos exige repensar a nossa dimensão enquanto personagens ativas de um mundo em permanente transformação, e em que todos devemos assumir as nossas responsabilidades enquanto indivíduos e membros de um todo, como o é a própria humanidade que nos define.

Há muito que a obra e o pensamento de José Saramago se instalaram numa dimensão mais global que a da literatura portuguesa contemporânea. Progressivamente, as suas obras foram sendo capazes de evoluir desde uma dimensão mais particular, imposta por uma localização histórica ou geográfica, para ir ao encontro de uma universalidade cada vez mais acentuada e, imperativamente, mais simbólica. Essa universalização acentua-se a partir de 1991, aquando da publicação de *O evangelho segundo Jesus Cristo,* mas sem atenuar a força das primeiras obras, antes renovando-a e obrigando-nos a reformular constantemente as nossas leituras das obras anteriormente publicadas.

Para que José Saramago seja hoje um autor lido e entendido em todo o mundo, muito contribuem as traduções que têm conquistado leitores por todo o mundo, e que, obviamente, se veem fortemente ampliadas com a atribuição do Prémio Nobel da Literatura, em 1998. Contudo, não descuidemos que, já antes da atribuição do prestigioso galardão da academia sueca, obras como *A jangada de pedra* (1986), *Ensaio sobre a cegueira* (1995) ou *Todos os nomes* (1997) traçam um caminho cada vez mais universal de um autor que, mais que uma história, uma cultura ou uma paisagem, tem no seu propósito literário uma abordagem humanista -em que o conceito de identidade se renova em função de uma acentuada modernidade- mas também de uma consciência existencial muito acentuada.

Neste sentido, que José Saramago seja hoje matéria de trabalho para um leitor que busca na sua obra o caminho para um perfil investigador é algo que não devemos deixar de sublinhar, e principalmente se esse investigador se encontrar do outro lado do atlântico. Apesar da língua que nos une, são muitas e variadas as cosmogonias que foram definindo os distintos perfis culturais lusófonos. Que o interessante e pertinente trabalho de Rosângela Soares de Lima se erga a partir de uma leitura fundamentada da obra de José Saramago é bastante pertinente e muito nos ajuda a entender a dimensão da universalidade e modernidade do autor laureado com o prémio Nobel da literatura.

José saramago é hoje um autor não só lido como também interrogado e invocado em todo o mundo e as suas obras provocam leituras desde distintas configurações, como possam ser as que se relacionam com fatores etários, culturais e éticos ou até mesmo históricos. No caso do leitor latino-americano, somos cientes da presença na obra do autor português de um trans-iberismo que, curiosamente, vemos despertar desde uma reflexão sobre Portugal, muito motivada por um contexto peninsular e europeu que, desde [um]*A jangada de pedra*, acabará por viajar por mares já antes navegados, mas que requerem agora novas abordagens. Afinal, a riqueza, a vitalidade e a atualidade de uma obra, ou de um autor, passam pela sua capacidade de ir ao encontro das circunstâncias que definem o tempo da sua leitura, e não o da sua escrita.

Avançar na leitura do texto que aqui nos ocupa torna-se tarefa simples e amena, graças ao trabalho metódico que a autora empreendeu e em que se evidencia um cuidado permanente em nos ir oferecendo os elementos que nos possam guiar numa leitura mais proveitosa do tema, mas sem nunca nos coartar as nossas interpretações, antes motivando-nos para a abertura crítica que este ensaio muito bem receberá. Delimitar o *corpus* de um trabalho com estas características, em que cabe aliar o corpo teórico com o crítico, partindo de uma bibliografia ativa delimitada, mas, simultaneamente, colocar em evidência a consciência crítica de um *corpus* mais amplo, como é o constituído pelas obras completas de José Saramago, não é tarefa fácil. A leitura de *O Homem duplicado*, obra em que recai o principal foco de interesse deste trabalho, constitui, por si só, um campo de reflexão bastante vasto e apetecível; coordenar essa leitura com um trabalho de investigação coeso e coerente é tarefa para um desafio que a autora em boa hora decidiu assumir. Por outro lado, e antes de avançar um pouco na nossa leitura, cabe ainda sublinhar que, apesar de estarmos perante um livro traçado por uma linha de investigação académica, esta obra não se fecha a um público que, sendo curioso e interessado pela obra de José

Saramago, não domine certos preceitos literários ou filosóficos. Creio que, neste caso, estaremos em perfeita sintonia com os objetivos de José Saramago enquanto escritor: os seus livros necessitam de leitores que estejam dispostos a trabalhar as suas leituras para, assim, concluir o livro que ele escreveu, mas sem se fecharem em elitismos, já que a sua missão passa pela formação constante de um espírito crítico, que apenas pode resultar de uma leitura dinâmica, nunca indiferente.

A leitura que aqui nos é apresentada de essa obra ímpar que é *O Homem duplicado*, parte da questão do duplo, um tema tão enraizado na nossa modernidade literária que tem em Fernando Pessoa o seu mestre e aqui muito bem contextualizado pela autora num âmbito mais universal. A questão torna-se fundamental porque será a partir desse desdobramento, ou duplicidade, que a busca identitária se manifestará; nesse processo observamos uma tensão de consciências que vai ao encontro de uma questão ética mais acentuada, traduzida num conflito entre o indivíduo e a sociedade que o alberga. No fundo, a luta individual acaba por se transferir para uma dimensão mais universal em que, como se de uma representação caleidoscópica se tratasse, se fundem uma condição particular e uma dimensão coletiva.

A busca identitária empreendida pelo protagonista saramaguiano conduz a autora à abordagem do fantástico enquanto um recurso de construção narrativa, mais que como uma delimitação de género, e permite-nos entender essa questão desde uma atitude exegética divergente, em confronto permanente, sustentando assim a incessante construção identitária do protagonista, em função daqueles que com ele interagem e tecem a teia em que ele se move, mas também desde a manifestação do seu subconsciente, indo ao encontro do que muito bem aponta a autora: *a dualidade está entre o consciente e o subconsciente* (p.35). Este tema do duplo sugere a ampla série de temas que a autora aqui trabalha e que, reiteramos, nos deixam campo aberto para outras e pertinentes análises críticas, paralelas à linha dorsal deste livro, e que agora se alia com a pertinente questão do mal.

São várias as vozes que se pronunciaram acerca da consciência e inconsciência do mal na humanidade e, como muito bem o aponta a autora *Nos textos saramaguianos, o mal é o estado base de onde partem as suas ficções* (82). Efetivamente, sendo um excelente observador da realidade e do que nela se manifesta, é natural que José Saramago parta de uma das questões mais pertinentes da humanidade e que se prende com essa (in)consciência do mal. Poderemos defender que o mal é um estado mais primeiro? será o bem um processo de aprendizagem humana? Indo ao encontro das nossas interrogações, Carlos Nogueira (2022) aponta precisamente o seguinte: *Em Saramago há uma procura constante de explicações para a natureza do mal, não apenas (o que, nas grandes obras, já não é pouco) uma representação (e uma apresentação) dos seus efeitos.* (p. 14). Ora, isto só sucede porque o escritor revela ser um profundo observador da condição humana. Os seus textos transformam-se em cenários para a complexidade extrema que sustenta a humanidade, com todas as suas circunstâncias, implicando obviamente o leitor nessa representação e indagação de todas as questões a ela inerentes, tendo sempre em conta que *A tendência para o mal e para o bem, em que intervêm categorias como a responsabilidade, a culpa, o remorso e a autoconsciência, compõe a dualidade mais básica do ser humano.* (NOGUEIRA 2022, 13).

Que os quadros humanos desenhados por José Saramago possam ir ao encontro de uma dimensão universal apenas se deve à sua extrema lucidez. A curiosidade do autor obriga-o a empreender um severo e inteligente trabalho de auscultação da nossa condição humana que acabará, inevitavelmente, por desencadear a empatia e a curiosidade do leitor que se revê na própria ficção. Este exercício de indagação identitária é precisamente o mesmo que experiencia Tertuliano Máximo, o protagonista de *o Homem duplicado*, quando a sua duplicidade se manifesta, não num espelho, mas antes num ecrã, algo mais de acordo com o devir das nossas sociedades, que se têm vindo a encarregar de esvaziar a nossa identidade para dentro de um retângulo digital.

Este trabalho que agora lemos vem confirmar o quão visionárias podem chegar a ser os textos de José Saramago, mas rejeitemos qualquer interpretação transcendental. As obras do prémio Nobel nada têm de místico ou de messiânico, já que apenas respondem à sua extrema perspicácia, engenho literário e capacidade de análise da realidade. Inevitavelmente, essa transparência implica uma consciência ética e ontológica que, quando encontra um leitor atento, se amplifica e universaliza.

Enquanto autor moderno, José Saramago impõe-nos, enquanto leitores, um compromisso constante com o texto e com o que ele implica. Nesse compromisso cabe uma indagação identitária para que, conscientes de quem somos, sejamos capazes de criar uma sociedade mais responsável, moldada por uma consciência de cidadania ativa e, consequentemente, mais humana. Como podemos ler na página 124 deste estudo: *Como um ser no mundo, o homem é o produtor e produto do processo. A desumanização em nossa sociedade veio do homem e para o homem*(…) (p. 124). Tenhamos, pois, em conta esta pertinente observação da autora porque, assim sendo, se o mal está na humanidade, só o desenvolvimento de uma consciência humanista poderá redimir a humanidade desse mal, pelo que cabe ao homem esse exercício de autognose e de compromisso ético para que o processo se inverta. Assumamos o compromisso de uma leitura consciente, crítica e consciente para que sejamos capazes de avançar para uma consciência ética e humanista mais forte.

MARIA DE LOURDES PEREIRA
Cátedra Mário Cesariny Camões. I.P. - UIB
Universitat de les Illes Baleares

1 APRESENTAÇÃO

"Eu não sou eu nem sou o outro, Sou qualquer coisa de intermédio [...]". (SÁ- CARNEIRO, 1996, p. 80)[2]

A proposta de dissertar sobre o fantástico na escrita de José de Souza Saramago (1922-2010), ou melhor, de José Saramago, apresentou-se desafiante, afinal, como dissolver a película da alegoria que é constantemente aplicada à obra saramaguiana? Para isso, iremos fazer uma breve incursão por obras do autor em que o fantástico circula, antes de nos deter no objeto da dissertação.

A literatura designada como fantástica ainda é vista como literatura menor, mesmo que haja muitas pesquisas acadêmicas sobre o assunto, e o universo do fantástico tenha conquistado ainda mais espaço. O desafio é ainda maior quando esse escritor tem o peso de ter sido o único escritor de língua portuguesa, até o momento, a receber o Prêmio Nobel de Literatura (1998), criando assim uma aura de intocabilidade nas compreensões já realizadas acerca do projeto literário do autor. O aporte literário dado pela obra em estudo ratificaria essa hipótese (do fantástico nas obras saramaguianas) e implicaria em um novo olhar significativo para esse vencedor do Nobel de literatura? Qual a relevância dessa nova leitura?

Depois de algumas leituras feitas dos livros escritos de José Saramago *Objecto Quase* (contos) (1994), *Memorial do Convento* (2013), *Caim* (2009), *Intermitências da Morte* (2005), *Ensaio sobre a cegueira* (1995), *Claraboia* (2011), e de outros que viriam no processo de escrita da dissertação, *O homem duplicado* (2002) é desde muito tempo o que clama a ser descoberto por novas leituras. Claro que não anulamos as outras análises com suas metáforas e alegorias, uma vez que a obra de arte garante pontos de partidas para as mais diversas compreensões daquilo que ela apresenta. Entretanto, há uma necessidade tomada pela própria escrita do romance que se mostra e exige novas leituras.

---

[2] Trecho extraído da obra *Poemas Completos*, de Mário de Sá-Carneiro (1996, p. 80).

Não é tarefa fácil investigar o universo criado por José Saramago, são inúmeros os textos e os diálogos que ele utiliza na construção de suas histórias, criando um palimpsesto conhecido principalmente pelas críticas a absurdas justificativas criadas em função da conduta humana, em especial a fundamentada no cristianismo, exemplo disso temos em seu livro *O Evangelho Segundo Jesus Cristo* (1991). Essa obra é a representação viva de sua ousadia ao fazer de seus textos literários voz para questionar os pilares convenientes e injustos da sociedade. Mesmo o romance sendo vetado para o Prêmio Europeu de Literatura pelo governo do Partido Social Democrata, o escritor português não se intimidou e continuou com sua escrita ácida. Escreveria o que fosse necessário, não lhe calariam. O fantástico, justamente por ser uma boa via para a crítica social, reforça as críticas deferidas pelo autor sobre o mundo. A construção do fantástico no fazer literário de José Saramago envereda-se por seus romances, crônicas, contos, peças teatrais, poesia e ensaios; eles abrem curiosidades sobre as dimensões humanas, que por si só, são complexas e fugidias de resoluções cartesianas.

Suas obras gozam de prestígio entre leitores não só de língua portuguesa, como também entre falantes de outros idiomas. Seus romances cortejam com a sedução que o fantástico desperta nas histórias. Dentre seus romances que seguem essa direção, podemos apontar aqui *O ano da morte de Ricardo Reis* (1984), afinal, o que seria mais fantástico do que a ação de um autor trazer outro à vida? Em *O ano da morte de Ricardo Reis*, José Saramago se apropriou não somente de um dos heterônimos, mas do próprio Fernando Pessoa. Pessoa, o poeta morto, faz visitas ao protagonista saramaguiano, ele tem então a oportunidade de reencontrar-se com o seu heterônimo. Situação insólita, afinal, sabemos que "nem sempre o absurdo respeita a lógica" (SARAMAGO, 1984, p. 274). Circularidade e recriação, ficção da ficção, o poeta pessoano Ricardo Reis (seria pessoano de fato? Ou temos um Ricardo Reis saramaguiano? Personagem duplamente inventada) tem suas últimas aventuras em Lisboa contada pelo narrador-escritor. De teor fantástico, a personagem heteronímica do romance de Saramago não se distância das determinações semânticas designadas por Fernando Pessoa, mas agora, no romance, tem seu universo multiplicado pelo imaginário de Saramago e passa a ser uma personagem literária de outra continuidade.

Cenas de cunho ficcional aliadas ao fantástico também estão em *Todos os nomes* (1997), enredo em que uma personagem nomeada José, escriturário da Conservatória Geral do Registro Civil, busca autoconhecer-se em meio aos documentos de sua repartição. No labiríntico prédio da conservatória, como uma Babel, Sr. José subverte a ordem da vida e da morte.

Entre arquivos dos vivos e dos mortos, O Sr. José dedica sua vida, as situações insólitas acontecem durante sua busca pela mulher desconhecida que lhe desperta um novo motivo de existir. Então, eis que a mulher desconhecida está morta. Sr. José descobre que ela suicidara-se poucos dias antes. Em sua trajetória, a personagem insere-se em cenários de chuva, nevoeiro e escuridão. Isso reforça os simbolismos e o misticismo do enredo.

Na busca de apresentar a quebra das ilusões da realidade, é pertinente, um último exemplo da construção do fantástico na escrita de Saramago, a exemplo, *Manual de pintura e caligrafia* (1992) obra com a qual o autor retornou ao romance (mesmo autobiográfico) após quase duas décadas de afastamento. Nesse romance, como seria de suas práticas futuras, o autor faz do fantástico uma estratégia para atingir o seu objetivo crítico. É interessante trazer esse romance, como exemplo, por ele possuir um teor de tratado sobre o fazer literário. Sua constituição de romance biográfico acentua o tom de realidade da narrativa de modo a "esconder" o teor fantástico presente na obra.

Este romance tem como protagonista o pintor H, que decide se aventurar em um novo fazer artístico: a escrita. Em seu exercício pictórico, ou de escrita, tem como objetivo o processo de conhecimento do "eu". H é um pintor frustrado com seu ofício e com as ilusões que produz pela imagem:

> Faço retratos para pessoas que se estimam suficientemente para os encomendarem e pendurarem em átrios, escritórios, livingues-rumes ou salas de conselho. Garanto a duração, não garanto a arte, nem ma pedem, mesmo que eu pudesse dá-la. Uma semelhança melhorada é ao mais longe que chegam. E como nisso podemos coincidir, não há decepção para ninguém. Mas isto que faço não é pintura. (SARAMAGO, 1992, p. 7).

Para o protagonista suas pinceladas não são honestas, ele joga com o seguro, pinta o que agrada aos olhos do comprador porque "[...] o conjunto de manchas só reproduz do modelo uma semelhança que a este satisfaz, mas ao pintor não" (SARAMAGO, 1992, p. 9), mas infelizmente esse é a garantia de seu negócio. Nesse processo ele está ciente de não realizar o retrato justo, em seu ofício, o ato de negar a real imagem do outro lhe atormenta:

> [...] o modelo transporta para casa aquela sua imagem supostamente ideal e o pintor suspira de alívio, liberto da assombração irónica que lhe estava queimando as noites e os dias. Quando o quadro já pronto se demora, é como se girasse no seu eixo vertical e virasse para o pintor os olhos acusativos: poderia chamar-se-lhe fantasma se não tivesse ficado já dito que é assombração. (SARAMAGO, 1992, p. 9).

Por também se desfigurar, ou seja, negar quem de fato ele é, o artista passa a buscar na escrita outros "eus", esses também provisórios, ressaltando que cada indivíduo foge de ser uma constante, porém, já na escrita ele prolonga-se misteriosamente para as representações do lado de dentro, mesmo que ainda sendo representações. Ao escrever, ele admite seus anseios e reconhece seus medos, irá passar a pintar não como imitação ou cópia, mas, fundamentalmente, como apropriação e compreensão daquilo que cria e transforma. A transformação é posta à prova quando H é solicitado a fazer um retrato de S, cliente que lhe desperta mistérios. Daí em diante, H não deseja manter a fratura entre a essência do ser e a sua representação, realiza então dois quadros de S, um para o cliente e outro para ele mesmo, esse segundo retrato o salva do jogo duplo que fazia; assim, H nos convida a uma reflexão sobre a realidade e a destruição (seria possível?) das falsas imagens. Infelizmente seu projeto fracassa, a destruição da imagem é o desejo da destruição do outro e, por conexão, de si próprio. A destruição na obra não acontece literalmente:

> A tela está ainda no cavalete, metida agora, negra, na escuridão do quarto das arrecadações, como um cego que numa sala às escuras procurasse um chapéu preto retirado uma hora antes. Imagino-a daqui, invisível, negro sobre negro, presa ao esqueleto do cavalete, como o enforcado à forca. E a imagem que tentei verdadeira de S. tem entre si e o mundo da luz (ou a treva passageira destas horas nocturnas) uma película formada por milhões de gotículas, dura e recusadora como um espelho negro. Fiz tudo isto como se cuidadosamente cortasse um membro, avançando suave por dentro das fibrilhas dos tecidos musculares, laqueando veias e artérias com o gesto seco e preciso de quem aplica garrotes, ou como o carrasco meticuloso que conhece a exacta força que deslocará irremediavelmente a vértebra e cortará a espinal-medula. Há só um retrato de S., o único que sei fazer, igual não ao que sou, mas ao que querem de mim, se não é antes verdade ser eu precisamente e apenas o que de mim querem. (SARAMAGO, 1992, p. 60).

A anulação da tela dual da personagem S foi a culminância da aprendizagem de si pelo outro. É pelo insólito que o pintor de retratos vai "[...] fabricando um duplo sem carne nem sangue, mas com as ameaças duma ilusão do real" (SARAMAGO, 1992, p. 51). Novamente, através da construção do fantástico, Saramago traz para a discussão a reflexão sobre o indivíduo e suas angústias dentro de contextos socialmente atemporais. Assim, nas palavras de Perrone-Moisés, o escritor português também é mestre das construções fantásticas:

> Embora seja mestre em dar vida e ação aos dados documentais, em reconstruir ambientes e personagens de outras épocas, também é mestre na desconstrução de todo realismo, pelos voluntários anacronismos, pelas bruscas mudanças de enunciador e de tom, pela mistura de registros altos e baixos, pela introdução de eventos fantásticos na trama oficial ou cotidiana, pela interferência irônica do narrador. (PERRONE-MOISÉS, 2000, p. 188).

Na desconstrução feita por Saramago, algumas referências ao fantástico ficam evidentes. As investigações acadêmicas sobre seus livros são vastas e confirmam a valorosa contribuição do escritor não só para a literatura portuguesa, como também para a literatura geral. Certamente, um dos motivos para isso é a variedade dos temas de seus livros. Estes possibilitam debates frutíferos sobre o seu pertencimento no seio da literatura fantástica, debates que vêm ganhando espaço cada vez maior. Há também de se dizer que o uso do recurso fantástico não confere aos textos de Saramago preconceitos de literatura menor, isso é impensável quando falamos de autores de seu porte. A exemplo, quem haveria de dizer que as produções de Edgar Allan Poe (2017) são meros textos de entretenimento por adotarem essa prática?

Em nosso estudo discutimos a presença do fantástico na escrita de Saramago, analisando a ocorrência desse recurso em algumas produções do escritor, focando especificamente em *O homem duplicado (2002)*. Para esse processo, podemos citar aqui um dos recursos do fantástico, como quando o narrador intervém na história, demarcando o tom macabro e anunciador da tragédia. O narrador busca convencer o leitor implícito, não interessando o nível de ceticismo desse interlocutor, de que ele, o narrador, é o detentor do saber, ser de autoridade dentro da história e que por isso suas impressões devem ser consideradas.

Esse narrador, se não sabe como acaba o final, certamente está seguro das fatalidades que ocorrerão e, assim, age como voz de uma assombração prenunciando o inevitável. O que, contudo, mais chama atenção na constituição desse teor fantástico na história em estudo é o tema núcleo: a maleficência humana. Por ser narrado em primeira pessoa, o narrador conduz o leitor por linhas que provocam certezas e incertezas sobre os fatos contados.

A partir das questões colocadas acima, investigou-se a relação desses com a recorrência ao tema da maleficência do homem. A literatura é o sistema ideal para a abordagem do mal, pois, não apenas nessa obra em pesquisa, como noutras, percebemos a potencialidade dessa arte ao desenvolver discussões sobre os demônios que habitam a razão humana. Em *A literatura e o mal,* Bataille (1989, p. 9) comenta que: "A literatura é o essencial ou não é nada, sendo uma forma penetrante do Mal, torna-se soberana para nós. Mas isso não impõe a ausência de moral, exige uma 'hipermoral'". Bataille apresenta a literatura como o mal, sendo assim, por desvelar tudo do humano, sem nenhum pudor ou escrúpulo. A sociedade, ou boa parte dela, vê a literatura como má, pois seu ato de mostrar tudo, até o não belo, torna-se ameaça, mas, na verdade, ela é revolucionária, toma o que lhe é de direito: sua liberdade total. De sua hipermoral, está ciente de sua liberdade de expressão de dizer tudo e, ao mesmo tempo, de revelar uma moral humana inerente, deixando o leitor livre para conceber o que é bem e mal segundo os critérios sociais. A literatura é o registro, assim como a história, das ações humanas, porém contadas de forma a ampliar os horrores, as tragédias e as angústias. Ela é essencial, por isso profunda, arte questionadora da sociedade.

Mas o que é o mal? Para Santo Agostinho (1980), o mal é uma privação do bem e, como tal, só pode ter uma não existência. Ver o mal como uma não existência foi o suficiente para o santo, visto que o Deus de sua crença era onipotente e sumamente bom, logo ele não podia crer que esse mesmo Deus fosse o criador do mal. Então, como justificar a existência do mal? A fé cristã foi decisiva para que Agostinho encontrasse essa resposta, pois dela criou o conceito de livre-arbítrio cristão para fundamentar a sua defesa do mal como algo não pertencente à criação de Deus. Para Agostinho, a origem do mal se dá, então, por meio das ações dos homens. Nas palavras dele, em *O livre-arbítrio* (AGOSTINHO, 2004, p. 69): "Se não me engano, tal como a nossa argumentação mostrou, o mal moral tem sua origem no livre-arbítrio de nossa vontade". Tal livre-arbítrio não é algo necessariamente ruim, uma vez que seu resultado para o bem ou para o mal depende da escolha humana.

Entendemos que o mal, mesmo sendo algo ruim, "contribui" para a ordem moral. Não há mal nas coisas, o mal parte das ações que ferem e prejudicam um indivíduo e/ou um grupo dentro de um contexto sociocultural. Outra perspectiva sobre o mal relacionada com a moral é explicitada por Paul Ricoeur (2013), que utiliza o símbolo como recurso essencial para a reflexão e compreensão desse mesmo mal, isto é, busca conhecer sua origem por meio de símbolos e narrativas culturais. Segundo o filósofo, é possível que o mal não possa ser compreendido por completo, entretanto, podemos conhecer parte de sua essência através dos símbolos, uma vez que, por mediação da linguagem, pode-se conhecer algo do pensamento humano. É na linguagem que se expressam as ideias e os sentimentos. Os símbolos designam tipos de signos, cujos significados são carregados de uma influência cultural em sua linguagem.

No entanto, nossa perspectiva está ligada à visão que classifica como mal tudo o que ultrapassa um dado limite ou regra definida por norma ou lei – ética, religiosa ou social (ROSENFIELD, 1988). Destarte, optamos aqui por trabalhar com a concepção de mal como transgressão do limite de liberdade e ruptura de um paradigma desencadeador de um mal estar individual ou coletivo. O mal perturba, instiga e incomoda a caminhada do ser, põe-se a bater à porta instigando-o a renunciar à humanidade. Ele ressalta a falta que há nos homens e oferece o preenchimento dessa lacuna, contudo há um valor a ser pago, deve haver a transposição dos limites, quebra de regras e transgressão da liberdade, do indivíduo e do outro. O homem tentado e fragilizado é um ser não liberto, a sedução do mal a todo o momento orbita não apenas no agressor, mas também na vítima que tem sua liberdade invadida. "Uma das significações que se sobressai do ato mau é a que nasce do abandono da liberdade, um modo de deixar-se ir pela satisfação imediata: o contentamento do amor-próprio" (ROSENFIELD, 1988, p. 136). O mal sempre produz resultados, sua tragédia imprime a sensação de uma liberdade com culpabilidade, uma vez que essa parte do tema da transgressão de limites que delimitam a liberdade de um indivíduo para o bem estar do outro na sociedade. O mal como "[…] perversão de uma regra ou mesmo da incapacidade humana de se dar regras" (ROSENFIELD, 1988, p. 34), e de cumpri-las. O problema aqui não é ver o mal na natureza humana, mas lembrar da parcial responsabilidade do homem na propagação do mal.

Cremos na possibilidade de racionalizar e entender o mal através de uma perspectiva ético-política. Sobre isso, cito Rosenfield (1988, p. 34), para quem o mal estaria relacionado com a violação das regras, "[…] da perversão particular das regras universais", negando assim a liberdade em determinados contextos sócio- históricos. Daí a relação íntima do fantástico com o mal, pois esse aparece comumente nas narrativas como algo que deve ser combatido, como uma efermidade, através de provas racionais. Na estranha anomalia em que irrompe o fantástico, o mal é um fator essecial para esse tipo de narrativa, é como um verniz que passado sobre a madeira dar-lhe brilho.

Partindo disso, nosso segundo intuito é investigar em *O homem duplicado* a vinculação do tema do mal com o duplo, uma vez que ambos aparecem juntos e se autojustificam nas narrativas, uma vez que as ações do duplo se justificam no mal em que se originaram. O duplo comumente surge como uma punição ao duplicado. Na abordagem do duplo e do mal, Saramago traduz a realidade da sociedade atual, ressaltando o conflito entre essência e aparência. Desenvolvendo características próprias, o romance é um jogo de espelho que confunde o leitor por não se conseguir saber o que é real e reflexo no enredo; as imagens confundem-se, as personagens invertem-se, a duplicação triplica-se e ao término há a necessidade de retornar ao início.

O homem duplicado, de José Saramago, atualiza a temática para a contemporaneidade. O tema do duplo relaciona-se com a sociedade atual, uma vez que o narcisismo e o culto a si próprio tem ganhado espaço no cotidiano das pessoas. Não basta apreciar o momento, as situações, é preciso fazer registros com o foco em si e compartilhar na rede de "amizades", os outros "precisam" saber onde estou e o que faço com minha vida. A imagem é mais importante do que o ser real.

Vale aqui esclarecer conceitos para entender a relação do fantástico com o duplo. O duplo é um mito[3] presente em diferentes culturas. Por ser amplo e exigir definição antropológica, o duplo não será focado pelo escopo do mito, e sim pelo conceito de mito literário, o qual é uma apropriação da literatura recriada por um ou mais autores (criação individual), em que se revisita um tema[4] por outra abordagem. Transforma-se o mito em um tema. Com diferentes nomenclaturas, o tema do duplo também aparece nas narrativas como: gêmeo, alma gê-

---

3 Para Joseph Campbell (2015, p. 7), "O Material do mito é o material da nossa vida, do nosso corpo, do nosso ambiente". O mito é o conhecimento místico próprio de cada época consistindo em lembrar a sociedade sua situação primeva.

4 O mito é uma criação coletiva, por isso o destaque à criação individual. O duplo é aqui um estudo temático surgido de um tema mitológico. Tema "[...] é a matéria ou objecto de que trata o texto. [...] o tema determina-se a partir de uma série de ilacções gerais sobre o texto, obrigando o leitor a prestar atenção a todas as recorrências para delas poder extrair a substância essencial do texto" (CEIA, 2009, on-line).

mea, *alter ego*, sósia e sombra. O duplo, a princípio, trata da existência de dois seres idênticos, porém com personalidades opostas que lutam para ser o único.

Segundo Júlio França (2009, p. 3), essa relação entre duplicata e duplicado pode ter diversos graus de dependência, indo da dependência explícita, como as imagens produzidas pelo espelho – que só tem o poder de duplicar *in praesentia* do objeto duplicado – ao duplo que possui certa autonomia. Ele ainda destaca que "a dependência entre duplicata e duplicado é obviamente essencial, uma vez que algo só é percebido como duplo sendo o duplo de outra coisa que não ela própria – o duplo não afirma eu sou o duplo de mim mesmo". O mais comum é se ouvir "Ele é o meu duplo" (FRANÇA, 2009, p. 3). Logo, o duplo pode ser mais que um sósia, por exemplo, manifestar-se em espelhos (Machado de Assis, com *O espelho*), em alucinações (Chuck Palahniuk, com *Clube da Luta*), em retratos (*O retrato de Dorian Gray*, de Oscar Wilde) ou em duplicatas, que seriam como clones ou androides, num sentido mais moderno/científico.

A relação entre duplo e duplicata nem sempre é pacífica, mesmo que sendo uma relação de complementaridade e dependência. Deste fato é que parte a relação do duplo com o mal. Nem sempre o duplo esteve associado a um ser maligno, antes era mais associado a um espírito protetor; a sombra em muitas culturas era vista como a projeção do espírito-alma. Por estar associado à sombra, o duplo ganha conotações negativas devido aos tabus relativos à sombra, como presságio de morte, que foram difundidos e modificados entre diferentes povos.

O duplo como sinônimo de morte e opositor foi vigorosamente desenvolvido no fim do século XVIII, e no período do Romantismo, quando o tema do duplo atingiu seu ápice. Um importante exemplo está no conto "William Wilson", do livro de mesmo nome *William Wilson* (2017), escrito por Edgar Allan Poe em 1839. O conto narra a história de um rapaz que encontra, logo no primeiro dia de escola, um colega com o mesmo nome que o seu. O problema se agrava ao perceberem que suas semelhanças vão além, seriam, inclusive, impulso para as perversidades que cometeriam.

De interesse temático nos contos do Poe (2018, p.106), a perversidade[5] em sua perspectiva tem origem em um impulso primário, pri-

---

[5] Vale aqui indicar a leitura do livro *O efeito Lúcifer: como pessoas boas se tornam más* (2013), de Philip George Zimbardo (1933-). A perversidade, ou o demônio da perversidade no homem estudada por Poe em seu âmbito literário, pode ser visua-

mitivo e radical. Em "William Wilson", o duplo é a força que impele a execução do mal, a constante perseguição e competição do duplo age paradoxalmente para nutrir sua perversidade. O paradoxo está no fato de que ao permitir a eliminação de um, ocorre a eliminação do outro. Simbiose repelida, nega-se a sua conexão, apesar de incompreensível, necessária. Conforme Edgar Morin (1970, p. 126), o duplo pode atuar de maneira autônoma, sendo uma das manifestações permanentes do duplo a sombra. Essa independência do duplo na narrativa de Poe é confirmada, possivelmente, devido a essa autonomia, os temores e inquietações suscitados por essa sombra viva fossem de cunho maior, anulando qualquer aceitação e compreensão do duplo criminoso de "William Wilson".

É este tipo de duplo que se apresenta em *O homem duplicado*, o comportamento humano é esteticamente apresentado e visualizamos as nuances da maldade humana através da temática da duplicação. Temos, na obra em questão, a típica escrita saramaguiana, um enredo em que a linha entre o real e a ficção é tênue, construído através de um discurso que visa tocar nas feridas da sociedade. Segundo assinala Ana Márcia

Siqueira (2018), uma das temáticas constantes na produção saramaguiana é "a linguagem que articula o signo em uma constante tensão como componente do complexo processo de ressignificação da realidade, objetivando criar uma outra, metafórica, mais lírica e humana" (SIQUEIRA, 2018, p.111- 112). O fantástico então funciona como uma estratégia de questionamento dialético, inclusive da realidade. Com o uso do fantástico, Saramago subverte a realidade e com ela o significado do signo linguístico, com a tensão da linguagem se ressinifica os sentidos; logo, proporciona-se para o leitor vias com diferentes níveis

---

lizada, mesmo que não haja de forma explícita referência ao literato, na teoria do psicólogo social. Para o pesquisador, a natureza humana pode direcionar-se tanto para o bem como para o mal. Zimbardo (2013, p. 24-25) refuta a noção de que as pessoas nascem definidas quanto a sua índole, recusando assim a dicotomia bem/mal. Em sua perspectiva, é o conjunto de ações ou predisposições para o abuso e a agressão que gera o sentimento do mal nas pessoas. O mal não é inerente ao homem, contudo, submetido às circunstâncias que propiciam seu desenvolvimento, o mal se torna um hospedeiro no homem. Assim, existe uma força de influência coletiva (o demônio da perversidade) na iniciativa individual. Essa leitura instigou-me muito antes do mestrado a investigar a temática do mal devido ao projeto de pesquisa realizado por Zimbardo na Universidade de Stanford, em agosto de 1971. O projeto é mundialmente conhecido como Experimento da Prisão de Stanford.

de interpretações possíveis. Podemos dizer que, ao romper esses limites no plano literário, Saramago liberta no leitor o exercício da crítica sobre os temas que propõe.

Tomando esses registros como ponto de partida para a discussão da personagem, nossa compreensão, acerca deste importante elemento da obra, vai ao encontro dos teóricos Rosenfeld (2005) e Candido (2005), que tratam da relação entre personagem e pessoa. Para eles, a personagem passa a transmitir verossimilhança com os tipos humanos quando existe harmonia na composição entre esta e os demais elementos da obra. A personagem precisa estar em sincronia com seu modelo e sua função exercida na estrutura do texto. Desse modo, a personagem ganha verossimilhança com o contexto em que está inserida. A partir disso, é possível encontrar nesses seres de palavras ações humanas de diferentes condutas.

Assim, o aspecto humano recriado nos protagonistas de *O homem duplicado* é analisado por uma leitura fundamentada em sua construção dentro da narrativa. Enfatizamos o aspecto ficcional da personagem, entretanto, tomamos alguns contributos da psicologia/psicanálise elaboradas por Freud (2011) que vão ao encontro do tema do duplo, isso sem encarar os seres ficionais como reais, assumindo assim a perspectiva de Rosenfeld (2005) e Candido (2005). A crítica psincanálista tem função teórica fundamental nesse estudo, mas é distinta das aplicações dos autores anteriores citados.

Nesse romance saramaguiano, a personagem Tertuliano Máximo Afonso (Professor de história) se encontra em depressão após o término do casamento e leva uma vida rotineira. Sua vida segue sempre o mesmo ritmo: casa e trabalho. Às vezes, recebe a visita de uma amiga, Maria da Paz, com a qual mantém um relacionamento pautado nos desejos eróticos. Sua rotina muda após ser aconselhado por um amigo de trabalho a assistir ao filme *Quem Porfia Mata Caça* para relaxar um pouco do estresse do trabalho. Tertuliano segue o conselho do amigo e, quando assiste ao filme, vê que há um ator idêntico a ele; a partir desse fato, ele inicia uma busca doentia por seu "sósia". Depois de muitas investigações, acaba conseguindo encontrar-se com seu duplo. Tal fato desencadeia o embate sobre quem é o original e quem é a cópia.

Após esses esclarecimentos, o nosso estudo aqui proposto parte dos temas do duplo e do mal na constituição das personagens e como elas são apresentadas na obra em foco. O interesse parte da amplitude do mal nas obras literárias, sempre persistindo determinados paralelismos de presença. Por exemplo, as forças das circunstâncias que o mal cria para justificar suas ações dentro de contextos criados por ele próprio. A arte literária legitima o real tom do comportamento humano, seja individual, seja coletivo. Sua abordagem modela, a partir das personagens, as imoralidades malignas desenvolvidas no escopo sociocultural das épocas, algumas narrativas mais sutis, outras deixadas por se levarem pelo jogo dominante e sedutor de apresentar a apavorante face do mal. Para, além disso, analisaremos a estética do fantástico[6] no romance, discutindo os sentidos possíveis dos elementos utilizados. Com a estética fantástica, Saramago aproxima o leitor de mundos ficcionais sem o distanciar da realidade. Construindo situações com a inserção do insólito, o escritor amplia o referencial de leitura, trazendo sentidos implícitos à possibilidade de interpretação.

Em termos de metodologia, foram focalizadas as ações e comportamentos das personagens centrais (duplicado e duplicata) e, a partir destes, realizou-se a análise da temática do mal e do duplo na constituição das personagens. Foram feitas várias leituras do romance e uma pesquisa bibliográfica a respeito de obras que tratam do duplo, da temática do mal na literatura, pessimismo e o mal no homem, além de conceitos sobre o fantástico. O auxílio de outras áreas (Psicologia, Ciências Sociais e Filosofia) fundamentaram os aspectos analisados, de forma a sair de um espaço fechado e focado apenas em um ponto de vista sobre os temas na contemporaneidade.

Por intermédio da leitura interpretativa das obras de José Saramago, é essencial não deixar de fora do presente estudo a figura feminina, que, de uma forma ou de outra, tem papel principal no que concerne à progressão e desfecho da trama. Explora-se o espaço da narrativa por meio dos contributos das personagens femininas presentes na obra e como essas também desenvolvem seus duplos.

---

[6] Independentemente da vertente teórica que o leitor escolha para compreender o que é a literatura fantástica, aqui veremos o fantástico não como gênero, e sim uma estética, meio aplicado no texto saramaguiano com o intuito de romper com o universo cartesiano e racional tal como conhecemos, e principalmente, para o fortalecimento da personagem dentro da narrativa. Assim, trago as palavras de Gama-Khalil (2013), para quem entende o fantástico como um modo, mas que contempla a ideia aqui defendida "[...] porque o que mais nos interessa nas pesquisas sobre a literatura fantástica não é datar determinada forma de fantástico nem enfeixá-la em uma espécie ou outra, mas compreender de que maneira o fantástico se constrói na narrativa e, o mais importante, que efeitos essa construção desencadeia" (GAMA-KHALIL, 2013, p. 30).

As mulheres na narrativa saramaguiana "além de serem curiosas por natureza [...] reparam muito nos pormenores" (SARAMAGO, 2002, p. 280). Assegurando assim, conforme Arnaut (2008, p. 207), papéis de fundamental importância no desenvolvimento humano do universo masculino que se apresenta nas obras do autor, logo, a "Mulher assume, pois, nos romances saramaguianos, o papel de mola de conhecimento" (ARNAUT, 2008, p. 207). São elas que abdicam dos interesses pessoais em função do outro, se arriscam e desafiam os padrões impostos em prol do bem comum. Ainda que presas a amarras impostas em suas épocas, as mulheres são seres livres, pois a liberdade delas encontra-se dentro de suas convicções. O sistema insiste em olhá-las como seres subalternos, fracos e regrados de limites, mas são elas capazes de nos surpreender "pondo diante de nós extensíssimas campinas de liberdade, como se no rebaixo da sua servidão, de uma obediência que a si mesma parece buscar-se, levantassem as muralhas de uma independência agreste e sem limites" (SARAMAGO, 1992, p. 52).

Acerca do tema apresentamos algumas discussões teóricas elaboradas por Capuano (2016) e Oliveira Neto (2011). Ambos os autores realizam um estudo sobre a presença marcante do feminino na produção de Saramago. "Pode-se até mesmo afirmar que se trata de uma espécie de chave de leitura de seus livros, já que aponta uma verdadeira lógica interna a evidenciar uma possível leitura de mundo" (CAPUANO, 2016, p. 51).

Nossa visão entra em consonância com o pesquisador Cláudio de Sá Capuano (2016), já que também vemos na figura feminina uma chave de leitura para a compreensão da obra *O homem duplicado*. Na obra, as personagens Maria da Paz e Helena são cruciais na narrativa; primeiro porque Maria da Paz desenvolve e auxilia Tertuliano em suas reflexões, além de ser o motivo que leva ao conflito máximo entre Tertuliano e António. Segundo, a força de Helena é o equilíbrio para o caos que se instala na narrativa, e assim como Maria da Paz, é lucida em suas conjecturas. Utilizamos também como suporte teórico acerca do feminino a obra *O segundo sexo* (1967; 1980), de Simone Beauvoir.

Discriminando o conteúdo das partes integrantes desta pesquisa, o segundo capítulo apresenta a trajetória do tema do duplo na literatura para a compreensão de suas formas e mudanças até a contemporaneidade. Concomitantemente, discutimos as influências históricas e literárias inseridas na composição do duplo criado por José Saramago em *O homem duplicado*, além de analisar a relação do duplo com a literatura fantástica, e com as várias vozes que se manifestam na narrativa saramaguiana. Como suporte teórico, foram utilizados conceitos que perpassam a filosofia de Platão (2010) e Rosset (1988), a psicologia e psicanálise, utilizadas por Rank (2013) e Freud (1996, 2011), e a literatura fantástica, Todorov (1992), Furtado (1980), Ceserani (2006), Bravo (2000) e, principalmente, Roas (2014).

No terceiro capítulo, são expostos e definidos aspectos dos estudos sobre a personagem e o processo de composição destas na escrita de José Saramago, tendo como foco principal a obra *O homem duplicado*. Também é feito um panorama sobre princípios teóricos que fundamentam a temática do mal abordada na dissertação. Apresenta-se o mal como procedimento de caracterização das personagens Tertuliano e António, procurando orientar o leitor nas reflexões sobre as implicações da problemática do mal na humanização das personagens. Realizamos análises apoiadas em *A simbólica do mal* (2013), de Ricoeur; *Tempos líquidos* (2007); *A sociedade individualizada: vidas contadas e histórias vividas* (2008) e *Vida líquida* (2009), de Bauman, dentre outros livros do autor; além de o *Dicionário de personagens da obra de José Saramago* (2012), de Ferraz, e *O que é existencialismo* (2001), de Penha, entre outros.

No quarto capítulo, estabelecem-se diálogos entre a literatura e a física. Para isso, pedimos suporte a textos de Hesíodo (1995) e Ovídio (2006), bem como o estudo intitulado *Todos os nomes d'O homem duplicado ou o caos é uma ordem por decifrar* (2015) elaborado por Eula Pinheiro. Também fazemos uso da Teoria do Caos, elaborada por Edward Lorenz (1963), que compreende o fenômeno como um percurso que pode desencadear complexos resultados a partir de uma pequena mudança. O duplo, o mal e o caos são trazidos para a discussão por meio do texto em estudo, ressaltando assim a grandeza desses temas.

Por fim, no quinto capítulo, em meio aos conceitos e teorias, não deixamos de destacar o cunho social da escrita de Saramago. O fenômeno vem em pauta não distante da estética fantástica, revelando as contribuições que esse recurso pode dar ao texto que se propõe ser crítico em suas ficcionalidades. Em uma realidade política e social em que o mal já não possui formas definidas e mostra-se em estado líquido, o mal líquido, usando aqui o termo de Bauman e Donskis (2019), ele vence a cada dia a sociedade. O mal líquido vem se fortalecendo nessa sociedade desregulamentada que rompe os vínculos das relações em detrimento da individualização caótica e dos rostos duplicados.

Nas considerações finais, retomaremos aspectos assinalados ao longo do trabalho e destacamos a relevância de nossa pesquisa na contribuição aos estudos das temáticas do mal e do duplo num contexto de uma obra contemporânea, além de contribuir nas investigações sobre a estética do fantástico na escrita de José Saramago.

2 UM BREVE PÉRIPLO DO DUPLO NA LITERATURA: UMA ANÁLISE DE O HOMEM DUPLICADO

"Je est un autre". (RIMBAUD, 1994, p. 157)[7]

A temática do duplo na literatura percorreu muitas épocas; de textos da Antiguidade, passou a ganhar força na Idade Moderna e, com o período do Romantismo, ampliou seu repertório para posteriormente se reconfigurar com as novas condutas da contemporaneidade. Isso porque a humanidade desde os primórdios da civilização está rodeada de elementos que remetem à dualidade e que são, quase sempre, de essência antônima[8], sendo esta a característica principal do duplo. Essas oposições incitam questões que estão no cerne das reflexões sobre a existência humana. Abaixo temos um esquema que expõe alguns dos elementos:

Esquema 1 – O ciclo reflexivo *ad infinitum* **da existência**

masculino ≠ feminino
bem ≠ mal
corpo ≠ espírito
Existencia humana
corpo ≠ espírito
vida ≠ morte
ganância ≠ desprendimento

Fonte: elaborado pela autora.

---

[7] Trecho extraído da obra *Poesia Completa*, de Arthur Rimbaud (1994, p.157).

[8] Os antônimos masculino≠feminino compreendidos e citados aqui pelo o que se estabeleceu convencionalmente dentro da sociedade. Obviamente, em nossa atualidade, novos estudos ampliam a compreensão acerca do gênero, de modo a ir alé do binarismo.

No esquema acima, temos alguns conceitos que constituem questões inerentes à condição humana. A realidade cíclica humana está fadada a constantes reinícios cujas conexões desencadeiam outros significados e ligações numa sucessão de perguntas, repostas e perguntas. Vida e morte, bem e mal[9], corpo e alma, prótons e elétrons, mundo das ideias e mundo material, a dualidade está na religião, nas ciências, na vida, na arte (SANTOS, R., 2011, p. 46). Para Brunel (2000, p. 262), ideias da dualidade da pessoa humana, como masculino/feminino, espírito/carne, vida/morte se apresentam como uma crença na metamorfose, o que para o homem implica uma ideia de ele ser responsável pelo seu destino. A dualidade do mundo faz criar a dualidade do ser. Desde sua existência, a humanidade leva consigo indagações que os avanços científicos e tecnológicos ainda não foram capazes de responder. Questões como vida fora da terra (existência de vida unicelular em outros planetas), se há civilizações inteligentes em outros planetas. Explicações reducionistas não são o suficiente para chegar às respostas destas dúvidas.

Entre o desconhecido impulsionado por dúvidas surge o insólito. Ele caminha entre a sociedade e amplia o obscurantismo sobre a existência de seres e de fatos que estão além da dita realidade. Esses seres (míticos e imaginários) não sucumbiram ao progresso da sociedade, uma vez que encontram espaços de desassossegos nesse progresso. E que espaços de desassossegos seriam esses? A exploração do homem pelo homem em um mundo marcado por tragédias e corrupções, a indagação sobre os valores morais em vigor, ansiedade perante a instabilidade da vida, entre outros, tudo isso nutre o insólito. Tais seres encontraram nesses conflitos a possibilidade de criar o medo, o mal e o sofrimento dentro desses fatos.

O desassossego foi sentimento presente na vida do escritor, como se percebe no trecho a seguir: "[Não escrevo] por amor, mas por desassossego. Escrevo porque não gosto do mundo em que estou a viver" (SARAMAGO, 2010, p. 151)[10]. O desassossego em José Saramago o fez escrever para não ser consumido pelo incômodo que sentiu ao constatar a hostilidade do espaço no qual estava inserido, fez de seu desassossego o material essencial de sua crítica, cuja ação a torna um ato humanizador.

---

9 Ligada ao divino. Normalmente figurados como Deus e Diabo na religião cristã.

10 Correspondência da Agencia efe de título "Saramago: 'Yo no escribo por amor, sino por desasosiego'", publicada inicialmente no *El Dia*, Tenerife, 15 jan. 2003. Depois, Fernando Aguilera (2010) organizou um catálogo com várias reflexões de Saramago, inclusive a que nos referimos acima.

Nesse contexto, o tema do duplo[11] é inserido, uma vez que a sociedade ainda segue vivendo entre antigas e reformuladas angústias. Este tema nunca esteve tão relacionado com a sociedade como está agora, uma vez que o narcisismo e o culto a si próprio tem ganhado espaço no cotidiano das pessoas. Não basta apreciar o momento, as situações, é preciso fazer registros com foco em si e compartilhar na rede de "amizades", os outros "precisam" saber onde estou e o que faço com minha vida. A imagem é mais importante do que o ser real. Já não nos encantamos com nossa aparência na lagoa de Eco, e sim nas telas de celulares, computadores e afins[12]. A busca de si torna-se um tema ainda mais relevante, e que se apresenta por meio do duplo, uma vez que essa busca é a aceitação da sua multiplicidade. O duplo traz à tona a existência de nossos outros. Logo, tendo a literatura relação com a vida, ela pode explorar os mistérios que cercam a existência, entre eles, nosso motivo de ser.

A permanência do embate entre elementos duais no mundo nutre a essência do duplo. Com isso, o tema do duplo permite discussões que se encontram no âmago humano. Constantemente refletimos sobre a nossa identidade e o nosso destino; assim como Narciso, tentamos nos compreender apaixonadamente na própria imagem refletida, e essas reflexões projetam-se durante tempos e gerações sem obter uma mínima resposta, permanecendo indagações perenes.

Abarcar as diversas manifestações do duplo na arte, inclusive literária, seria inviável para o percurso desta dissertação[13]. O foco deve ser mantido para que ao final deste trabalho tenhamos respondido

---

[11] O duplo é um mito que esteve presente em diferentes textos antigos, como na narrativa Bíblica com Caim e Abel, no mito do Andrógino presente em *O banquete,* de Platão, "Também no Egito, a forma mais antiga da alma era a sombra (Negelein, segundo Maspero) e, segundo Moret, os conceitos de alma, duplo (Ka), imagem, sombra e nome se permutavam" (RANK, 2013, p. 57). O conceito de mito é amplo e exige definição antropológica, pois está relacionada à criação coletiva ao longo de gerações. Foquemos, pois no conceito de mito literário. O mito literário é uma apropriação da literatura recriada por um ou mais autores (criação individual), em que se revisita um tema por outra abordagem. Transforma-se o mito em um tema.

[12] A espetacularização do "eu" que já algum tempo vinha se configurando e passa a ser impulsionada pelas tecnologias digitais e redes sociais será tratada no capítulo 5.

[13] Para conhecer desdobramentos do duplo em diferentes perspectivas, do tradicional ao contemporâneo, consultar a obra *Leituras do Duplo* (2011), das organizadoras Aurora Alvarez e Lílian Leopoldo. Trata-se de riquíssimo material que reúne ensaios com variadas fundamentações de área sobre o assunto.

aos questionamentos que norteiam esta pesquisa. Desta maneira, um pequeno histórico do tema do duplo na literatura é necessário para compreender as suas formas e mudanças até a contemporaneidade e, concomitantemente, verificar as influências históricas e literárias inseridas na composição do duplo de *O homem duplicado* (2002).

Com diferentes nomenclaturas, o duplo também aparece nas histórias como: gêmeo, alma gêmea, *alter ego*, sósia e sombra. O tema do duplo surgiu em épocas remotas, nas mais diversas civilizações. Aparece nas histórias e lendas nórdicas, germânicas, gregas, egípcias, nas tribos africanas, entre outras. Uma das primeiras manifestações do duplo no seio literário está em *O Banquete*, de Platão, (380 a.c). Em *O Banquete*, Aristófanes apresenta o mito do andrógino, descrevendo como eram fisicamente os três gêneros que existiam:

> Deveis começar por aprender qual era a natureza humana e como se esenvolveu, uma vez que nossa natureza antiga não era, em absoluto, idêntica ao que é hoje. Em primeiro lugar, havia três tipos de seres humanos, e não apenas os dois, macho e fêmea, que existem na atualidade; havia também um terceiro tipo que possuía em si porções iguais dos outros dois – tipo do qual sobrevive o nome, embora ele próprio haja desaparecido. De fato, o *andrógeno* então constituía uma unidade tanto na forma quanto no nome, um composto de ambos os sexos, o qual compartilhava igualmente do masculino e do feminino, ao passo que hoje se transformou meramente num nome insultuoso. Em segundo lugar, esses seres humanos tinham a forma inteiramente redonda, o dorso e os flancos acompanhando circularmente essa forma; cada indivíduo possuía quatro braços e quatro pernas combinando; dois rostos exatamente semelhantes sobre um pescoço cilíndrico. Entre os dois rostos posicionados em lados opostos havia uma cabeça com quatro orelhas. Havia duas genitálias e todas as demais partes, como podeis imaginar, nessa proporção. [Esse indivíduo] andava ereto, como hoje, em qualquer direção se desejasse; e quando se dispunha a correr, movia-se como nossos acrobatas, girando repetidamente com as pernas efetuando um volteio na reta; somente naquela época tinham oito membros que lhes davam suporte e lhes possibilitavam uma rápida aceleração circular. O número e as características desses três tipos encontravam sua explicação no fato de que o macho nascera originalmente do sol, e a fêmea da terra; por outro lado, o tipo que combinara ambos os sexos nascera da lua, pois esta também partilha de ambos. Eles eram esféricos bem como o movimento que produziam era circular, já que se assemelhavam aos seus pais. Eram dotados de extraordinária força e vigor, e de inteligência e sentimento tão elevado que chegaram a conspirar contra os deuses, o relato de Homero sobre Efialtes e Oto sendo originalmente a respeito deles, ou seja, de como tentaram fazer uma escalada rumo ao céu objetivando atacar os deuses. (PLATÃO, 2010, p. 58-59)

A insolente ambição de enfrentar os deuses levou Zeus a tomar uma medida disciplinadora: cortar cada um dos seres em dois. O resultado dessa ação foi que cada parte que fora cortada de imediato sentiu falta de sua outra metade, e devido a isso, ocorreram muitas mortes associadas à solidão, pois não conseguiam encontrar sua outra metade e nada queriam fazer sem ela. Zeus então se compadeceu e buscou solucionar os problemas causados pelo seu plano:

> Zeus, então, se compadeceu deles e concebeu um novo plano. Deslocou suas genitálias para a parte dianteira; até então eles as tinham, como tudo o mais, na parte externa, gerando e dando à luz não um no outro, mas lançando seu sêmen sobre a terra, como as cigarras. Ele providenciou a mudança de lugar das genitálias para frente, como o que criou a reprodução com concurso mútuo, ou seja, pelo homem no interior da mulher; assim, quando um homem abraçasse uma mulher, isso resultaria na concepção [na mulher] e na preservação da espécie; quando um homem abraçasse um homem, obteriam ao menos a satisfação produzida pela relação, depois do que poderia interromper o amplexo, retornar às suas atividades e aos demais interesses da vida. (PLATÃO, 2010, p. 60)

Eis que o duplo surge através de uma narrativa da existência humana, justificando a eterna busca dos homens pela sua outra parte, cujo objetivo seria atingirem a unidade e a completude. Na gênese bíblica temos também um enredo mítico que explica a criação humana através da duplicação. Deus cria o homem, e por meio da cisão deste homem se tem a criação da mulher. Conforme Bravo (2000, p. 262), "no Egito antigo, o Ka [alma] é um duplo, manifestação das forças vitais; este princípio tem uma existência independente do corpo com o qual foi moldado [...]. O Ka sobrevive à morte do corpo". Para Mello (2000, p. 229 *apud* SILVA, G., 2015, p. 54-55): "Toda antítese, toda a cisão, toda fusão, todo fenômeno especular inscrevem-se no duplo, o qual [sic] está a origem de tudo, já que o próprio Deus, consciência absoluta, cria o mundo para nele refletir". Isso reforça a ideia inicial de que o duplo faz parte da condição humana, uma vez que a dualidade está intrínseca na vivência humana. Assim sendo, em diferentes crenças e épocas encontraremos a relação de surgimento/origem com o mito do duplo.

Outro exemplo de narrativa sobre duplo que aparece na Antiguidade é *O Anfitrião*, de Plauto (201-207 a.c.). Na narrativa, temos personagens como o protagonista Anfitrião, que é o comandante do exército tebano, os deuses Júpiter e Mercúrio, e seres mortais como Alcmena, mulher de Anfitrião e Sósia, o escravo de Anfitrião. Na trama, o deus

Júpiter se metamorfoseia no general Anfitrião para desfrutar do amor de Alcmena. Júpiter aproveita o fato de Anfitrião estar comandando as legiões tebanas na guerra contra os inimigos da pátria e com a ajuda de Mercúrio, que por sua vez toma a forma de Sósia, enganam Alcmena, esposa extremamente fiel ao marido. Quando retornaram vitoriosos da guerra, Anfitrião e Sósia se defrontam com suas duplicatas. O mal entendido instala situações cômicas e tensas e leva Anfitrião a acusar Alcmena de adultério. Ao fim da narrativa, Anfitrião se sente honrado por Zeus ter escolhido Alcmena para lhe dar um filho, e então tudo se resolve. Alcmena dá a luz a gêmeos, sendo o primeiro filho de Anfitrião, Íficles, e o segundo de Júpiter. Hércules é o segundo filho, um semideus. A narrativa de Plauto traz um duplo homogêneo, possuindo como principal característica a usurpação da identidade, entretanto, os filhos de Alcmena também carregam consigo a ideia de duplicação.

Na obra *O homem duplicado* (2002), temos também a usurpação da identidade e o adultério em dois momentos. O primeiro quando António Claro engana Maria da Paz, noiva de Tertuliano, e o segundo quando Tertuliano enfurecido se vinga pelas ações de António Claro deitando com a mulher dele sem que esta saiba que está sendo enganada.

> Tertuliano Máximo Afonso atravessou a rua com o livro dos mesopotâmicos debaixo do braço, abriu a porta do prédio, entrou no elevador e viu que tinha companhia, Boas noites, estava à tua espera, disse o senso comum, Era inevitável que aparecesses, Que ideia é essa de aqui vires, Não armes em ingénuo, sabe-lo tão bem como eu, Vingar-te, desforrar-te, dormir com a mulher do inimigo, já que a tua está na cama com ele, Exacto, E depois, Depois, nada, à Maria da Paz nunca lhe passará pela cabeça que dormiu com o homem trocado, E estes daqui, Estes vão ter de viver a pior parte da tragicomédia, Porquê, Se és o senso comum devias sabê-lo, Perco qualidades nos ascensores, Quando o António Claro entrar amanhã em casa vai ter a maior das dificuldades para explicar à mulher como foi que conseguiu dormir com ela e ao mesmo tempo estar a trabalhar fora da cidade, **Não imaginei que fosses capaz de tanto**, é **um plano absolutamente diabólico, Humano, meu caro, simplesmente humano, o diabo não faz planos, aliás, se os homens fossem bons, ele nem existiria**, E amanhã, Arranjarei um pretexto para sair cedo, Esse livro, Não sei, talvez o deixe ficar aqui como recordação. O elevador parou no quinto andar, Tertuliano Máximo Afonso perguntou, Vens comigo, Sou o senso comum, aí dentro não há lugar para mim, Então, até à vista. (SARAMAGO, 2005, p. 224, grifo nosso)

O diálogo transcrito acima é entre Tertuliano e seu "senso comum", o seu outro "eu", seu superego, que atua sempre como a auto-observação, procurando julgar as ações que exclusivamente buscam a satisfação movida por instintos selvagens e caóticos. Tertuliano age guiado pelo Id[14], procura anular a ética e a lógica para alcançar sua vingança, mesmo que seus pensamentos sejam contraditórios. Ele busca acalmar os conflitos internos por meio de acordos psíquicos, "Arranjarei um pretexto para sair cedo [...]" (SARAMAGO, 2002, p. 285), para manter o conforto mental e não pensar nas consequências de seus atos.

Retomando a Íficles e Hércules, o nascimento desses constrói um duplo heterogêneo em sua forma física e mental. Hércules é um semideus especular do mortal Íficles. Apesar de também ser forte como o irmão, Íficles não era tão poderoso e tinha personalidade dócil, diferente de Hércules que era dominado pela rebeldia e ira, diferenças que aparecem de forma costumeira na abordagem do duplo, inclusive em *O homem duplicado*:

> Tertuliano Máximo Afonso levantou-se de rompante e avançou para António Claro de punhos cerrados, mas tropeçou na pequena mesa que os separava e teria ido ao chão se o outro não o tivesse segurado no último instante. Esbravejou, debateu-se, mas António Claro, agilmente, dominou-o com uma prisão rápida de braço que o deixou imobilizado, Meta isto na cabeça antes que se aleije, disse, você não é homem para mim. Empurrou-o para o sofá e voltou a sentar-se. Tertuliano Máximo Afonso olhou-o com ressentimento, ao mesmo tempo que esfregava o braço dolorido. Não quis magoá-lo, disse António Claro, mas era a única maneira de evitar que repetíssemos aqui a mais que vista e sempre caricata cena de pancadaria de dois machos a disputar a fêmea. (SARAMAGO, 2002, p. 199)

Ao ser apresentado ao plano de vingança de António Claro, Tertuliano não consegue reagir. António se coloca como superior e melhor que seu rival. Não se esclarece o motivo de ambos serem semelhantes na obra, mas o comportamento dos dois se assemelha a uma rivalidade de irmãos gêmeos que querem ser únicos devido às semelhanças físicas.

---

[14] "O id foi concebido como um conjunto de conteúdos de natureza pulsional e de ordem inconsciente, constituindo o polo psicobiológico da personalidade [...]. Portanto, os conteúdos do id, expressão psíquica das pulsões, são inconscientes, por um lado hereditários e inatos e, por outro lado, adquiridos e recalcados" (LIMA, 2010, p. 281).

A ideia do duplo relacionada com o parentesco entre irmãos emerge fortemente nas figuras de Caim e Abel, que, mesmo sem serem idênticos, colocam em pauta a questão da dualidade do ser no mundo. Segundo Robson Santos (2011), a história trágica dos primeiros irmãos bíblicos apresenta uma das principais características do duplo: as personalidades opostas. Essa característica é desenvolvida não só na literatura, como também no cinema e na televisão, sendo uma forma de inspiração para outras narrativas sobre o duplo.

Em outras religiões, crenças e culturas, o duplo se manifesta por meio da sombra. Segundo Frazer (1911 *apud* RANK, 2013), na Índia Central, existe a superstição de que mulheres grávidas devem evitar o contato com a sombra de um homem, por medo de que a criança tome a aparência dele. Conforme Rank (2013), os zulus ou zulos, (povo do sul da África que vive em territórios correspondentes à África do Sul, Lesoto, Suazilândia, Zimbábue e Moçambique) possuem a crença de que quando a criança se parece demais com seu pai, este deve morrer logo, porque a criança puxaria sua imagem ou silhueta para si. Nem sempre o duplo foi compreendido como um ser maligno, antes era mais associado a um espírito protetor, a sombra em muitas culturas era vista como a projeção do espírito- alma. A mudança ocorreu devido a tabus relativos à sombra que foram difundidos e modificados entre diferentes povos. "Assim sendo, a sombra do homem, que, durante sua vida, era um espírito enviado para protegê-lo, se transforma em um fantasma assustador que o persegue e o vitima até a morte" (ROCHHOLZ, 1860 *apud* RANK, 2013, p. 49). Logo, a convicção em um espírito protetor que trazia consigo bonança, gradualmente, se modifica para uma significação desfavorável, passando para a ideia de morte.

Essa característica do duplo como sinônimo de morte e opositor é vigorosamente desenvolvida no fim do século XVIII, e no período do Romantismo, quando o tema do duplo atinge seu ápice. Características da corrente literária romântica, como o egocentrismo, o sentimentalismo, a supervalorização das emoções pessoais e o subjetivismo viabilizam um espaço produtivo para a composição de obras com o tema do duplo, além do contexto histórico, que fez acreditar no progresso da sociedade devido à Revolução Industrial. Bem sabemos que esse progresso focava no lucro e na produção, desconsiderando a miséria das classes populares. O sujeito inserido nesse contexto histórico se vê binário nesses dois mundos, o do possível progresso e o da decadência.

Múltiplas formas de duplicação foram utilizadas, tais como, sombra, quadro, espírito, espelho etc. O termo doppelganger[15], cunhado por Jean-Paul Richter em 1796 (BRAVO, 2000, p. 261) se consagra nesse período. O escritor romântico e grande representante da literatura fantástica E. T. A. Hoffmann exerceu enorme influência para a profusão da temática do duplo. Obras como *Os elixires do diabo* (1983), *O homem de areia* (1993), entre outras de sua produção, versaram sobre as variações do duplo. Esses textos posteriormente contribuíram para os estudos da psique realizados por Freud, como exemplo, *Das Unheimliche* (*O estranho*, 1919). Através do material estético construído por Hoffmann em *O homem de Areia* (1993), o psicanalista realiza um estudo sobre os desdobramentos do "eu". A narrativa de Hoffmann foi essencial para as teorias sobre a pulsão dos desejo, Freud não hesitou em utilizar elementos da hitória para construir suas hipóteses.

Também não podemos deixar de citar aqui a primeira obra de ficção científica da história, *Frankenstein*, de Mary Shelley (2017). Este romance de terror gótico mostra como o doutor Victor Frankenstein descobre o segredo da geração da vida e decide criar um ser humano, contudo tem como trágico resultado, a seu ver, um monstro. Bem sabemos que na verdade o monstro real é o Victor Frankenstein que abandona sua criatura numa existência cruel. A criatura é a extensão do criador, a sombra que o persegue e lhe cobra as dívidas de uma boa conduta, ela clama por autonomia, mas a dependência entre um e o outro é essencial; no duplo, a única maneira de libertar-se é a morte, sendo para esse fim que a narrativa leva Frankenstein e sua criação. Frankenstein é uma grande influência não só na escrita literária, como também no cinema, e grande contribuinte para o tema do duplo.

Outro importante escritor, no que se refere ao duplo, é Edgar Allan Poe (2017). Citamos em especial o conto "William Wilson", uma narrativa curta e intensa que aborda um duplo moralmente mais elevado

---

15 No dicionário online *Langenscheidt* (2018), o termo significa sósia. No alemão a maioria das palavras é criada por justaposição, então colocar uma palavra ao lado da outra não quer dizer a mesma coisa, mas em outra palavra nova. Etimologicamente, ela vem de [doppel = duplo] + [gänger = que anda]. Podendo ser entendido literalmente como "aquele que caminha ao lado". O termo associa-se ao fenômeno da bilocação, ou seja, a possibilidade de estar em dois lugares ao mesmo tempo. A origem de Doppelgänger é advinda de lendas germânicas e o termo designa um ser fantástico que replica a forma de outro ser. Na obra *O homem duplicado*, o Doppelgänger é Daniel Santa Clara –António Claro – que "caminha" ao lado e rouba a face de Tertuliano.

do indivíduo duplicado de modo a prossegui-lo e atormentá-lo durante toda a vida. O narrador em 1ª pessoa se nomeia William Wilson, mas admite estar usando um codinome, ele se encontra à beira da morte e isso o faz relatar e reviver sua história com o duplo. Ao término do conto temos um confronto final em que após ferir o seu duplo mortalmente com o florete, o narrador admite ter imaginado estar diante de um grande espelho diante de si, enquanto contempla o fim de seu duplo. Em ambas as histórias, O homem duplicado (2012) e "William Wilson", há a ideia do duplo relacionada com a noção de duplicidade da identidade de modo a despertar a autoconsciência do sujeito, o duplo em ambos os textos carrega consigo justificativas sobrenaturais. Com isso, podemos entender que o contexto do período do romantismo ampliou o desejo de escapismo, intensificou a negação do real e encontrou no duplo, ferramenta ideal para compor as formas de pensamento e comportamento humano no texto literário.

O duplo, Tertuliano Máximo Afonso e António Claro, tem em suas constituições as influências das obras citadas acima, trazem com eles as características do duplo opositor, símbolo de morte e reflexo de decadência. A repulsa entre os dois é constante e causa angústia em ambos, a única forma de libertação é a morte:

> [...] por puro e simples rancor, Rancor, Sim, rancor, você disse ainda não há muitos minutos que se tivesse uma arma me mataria, era a sua maneira de declarar que um de nós está a mais neste mundo, e eu estou inteiramente de acordo consigo, um de nós está a mais neste mundo e é pena que não se possa dizer isto com maiúsculas, a questão já estaria resolvida se a pistola que levei comigo quando nos encontrámos estivesse carregada e eu tivesse a coragem de disparála, mas já se sabe, somos gente de bem, temos medo da prisão, e portanto, como não sou capaz de o matar a si, mato-o doutra maneira [...]. (SARAMAGO, 2002, p. 199-200)

Destruir o outro é o que passa a interessar a cada um deles, contudo não é algo fácil, já que destruir o outro, é destruir a si próprio. Como observamos nos casos anteriores, o duplo está relacionado ao tema da morte e ao desejo de sobreviver, pois o ser deseja vencer a morte e o duplo possibilita a personificação de uma alma imortal, disso passa a existir uma frustação entre aceitar e eliminar aquele que carrega a sua imagem e extensão. Os sentimentos que surgem com o contato com o duplo são de interesse e admiração e, ao mesmo tempo, terror e ameaça.

É importante também comentar a presença de espelhos em toda obra, assim como acontece nos textos de Edgar Allan Poe (2017) e Oscar Wilde (1998), respectivamente, "William Wilson" e O retrato de

Dorian Gray. O uso deste objeto na obra de José Saramago (2002, p. 22-23) reforça a temática do desdobramento e da perda de identidade, como vemos nos trechos em seguida: "[...] Por muito esforço que tenhamos de fazer, sabemos que só abrindo os olhos se pode sair de um pesadelo, mas o remédio, neste caso, foi fechá-los, não os próprios, mas os do reflexo no espelho". E ainda em: "Vai-lhe acontecer o mesmo que a mim, de cada vez que se olhar num espelho nunca terá a certeza de que se o que o está vendo é a sua imagem virtual, ou a minha imagem real [...]" (SARAMAGO, 2002, p. 127). A aplicação do espelho enriquece a narrativa por causar dúvidas nos próprios personagens sobre as projeções e refrações de sua imagem. França (2009) define que a duplicidade, um desdobramento do ser, pode ser criada pela reflexão especular ou até pela duplicidade sobrenatural[16] e ilógica de dois seres absolutamente idênticos, que em ambos os casos, o duplo sempre mantém uma relação íntima com o ser do qual é um desdobramento.

A temática do duplo ganhou espaço com a corrente romântica e seguiu se expandindo nas diferentes produções subsequentes. Uma produção que merece espaço nesta dissertação e que recebeu influência de Hoffmann é a obra *O duplo* (2003), de Dostoiévski. O escritor russo já traz nessa obra o prenúncio do "homem do subsolo"[17], esse busca vencer o meio social circundante a todo custo. Tal homem já não suporta o estado de angústia e desespero nas quais está sua rotina e acaba sucumbindo para o seu lado mais sombrio para atingir prestígio.

Em Saramago (2002), temos um Tertuliano em mesmo estado, é solitário, angustiado, só pensa na sua profissão, e deseja subir na carreira. De acordo com Brunel (2000, p. 276), o duplo é compreendido como um perseguidor porque tem as qualidades exigidas para a vida social, enquanto o original é um ser deslocado. Conforme o autor, podemos deduzir que tanto em Tertuliano, personagem de Saramago, como em Goliádkin, personagem de Dostoiévski (2003), o duplo nasce das incapacidades de lidar com as estruturas sociais impostas e com os próprios sentimentos que emergem dessas situações. A pressão social imposta a Goliádkin o faz perder a sanidade e dá espaço para o aparecimento do duplo. Ele é funcionário público de baixo escalão em São Petersburgo e passa a ser perseguido por sua duplicata. Goliádkin não

---

16 Entendida aqui como tudo aquilo que transcende a realidade humana.

17 Referência à obra Memórias do Subsolo (2000), de Fiódor Dostoiévski. Na obra, o protagonista de natureza negativista ilustra um homem niilista, cansado e enfraquecido pelo sistema.

compreende como todos os seus colegas ignoram as perfeitas semelhanças físicas entre ele e o seu duplo, que inclusive trabalha no mesmo local. O duplo de Goliádkin traz perturbações: além do fato de ter que conviver com a própria cópia, é obrigado a ver refletido o pior de sua personalidade; ele torna-se o agente e paciente de seus atos.

Outras três produções do século XIX devem ser referidas, são elas: *O estranho caso do Dr. Jekyll e de Mr. Hide* (1996), de Stevenson, *O Horla* (2009), de Guy de

Maupassant – conto que possui duas versões, uma narra os fatos durante o acontecimento e a outra conta o depois – e *O retrato de Dorian Gray* (1998), de Oscar Wilde, romance que traz o duplo representado por meio da pintura. Neste, a arte atua como inibidor da finitude da vida e filosoficamente a leitura nos leva a questões sobre vaidade e ego. O comportamento humano é esteticamente apresentado e visualizamos as nuances da maldade humana. Ponto também encontrado no romance de Saramago, já que o fato do duplo de Tertuliano ser um ator de cinema, desperta nele cobiça e o desejo de também ser uma personalidade famosa.

Damasceno (2010), em sua dissertação *Os Duplos em Dostoiévski e Saramago* defende que o tema do duplo segue insistentemente para outras épocas e instala-se bem na contemporaneidade:

> O duplo, no século XIX, insistentemente tematizado sob a inspiração da literatura fantástica em autores como Hoffmann, Maupassant, Poe, Dostoiévski, continua atual e vigoroso nas escrituras de Carlos Fuentes, Jorge Luís Borges, Julio Cortázar e José Saramago. O tema é intrigante ao longo do tempo, seja pela sua aura de mistério, seja atualmente pelo avanço dos estudos genéticos. O estudo do tema do duplo justifica-se, assim, pela contemporaneidade e transformação constantes: analisá-lo é procurar desvelar algo mais no processo de conhecimento do homem. (DAMASCENO, 2010, p. 10-11)

A pesquisa comparativa de Damasceno (2010) traz contribuições teóricas que dão suporte aos estudos relacionados ao tema do duplo, colocando em diálogo duas significativas obras que abordam as dualidades do ser humano, no caso, *O duplo* (2003), de Dostoiévski, e *O homem duplicado* (2002), de Saramago. Como dito na passagem acima, nomes como Jorge Luis Borges, Julio Cortázar e José Saramago contribuíram para a resistência do mito do duplo. Os dramas do "eu" seguem então para o século XX e XXI e com influências fortes da psicanálise.

A dualidade está entre o consciente e o subconsciente, assim as obras passam a ter como enfoque a busca de uma verdadeira identidade em meio aos discursos de tantos outros que surgem no processo de avanços e mudanças sociais, como por exemplo, *O Visconde partido ao meio* (1988), de Italo Calvino. A história do ficcionista cubano, mas naturalizado italiano, influenciada pelas experiências da segunda guerra mundial e pela psicanálise freudiana, conta satisfatoriamente, por meio da perspectiva literária, o conflito do homem moderno, ser angustiado, incompleto e inimigo de si mesmo. O visconde Medardo di Terralba, protagonista, foi partido ao meio por uma bala de canhão quando participava da guerra contra os turcos. Medardo di Terralba é salvo por médicos do

exército, entretanto, eles só conseguem recuperar apenas sua metade direita, que concentra em si apenas os sentimentos negativos do ser completo que outrora fora, demonstrando que o jovem visconde foi bipartido física e mentalmente. Posteriormente sua outra parte, ou duplo, reaparece, contudo, essa parte esquerda é bondosa. Nessa situação, Medardo passa por diversas situações que o levam a um processo de autoconhecimento. Outra narrativa, mais contemporânea, que precisa ser lembrada aqui é *Clube da Luta*, escrita por Palahniuk (2000), trata exatamente de um duplo que aborda consumismo, alienação das massas e insatisfação frente à força motriz do capital aprisionador das pessoas num sistema de consumo e anulador das individualidades.

No que tange à produção nacional brasileira, existem inúmeros textos que falam sobre o duplo, a exemplo temos contos como "O espelho", "Esaú e Jacó" e "Capítulo dos chapéus", de Machado de Assis; "A caçada", "A mão no ombro", "O encontro", "O noivo", de Lygia Fagundes Telles; "Ele me bebeu", de Clarice Lispector; "O duplo", de Coelho Neto; O pirotécnico "Zacarias e O convidado", de Murilo Rubião; "Paulo", de Graciliano Ramos; "Aqueles Dois", de Caio Fernando de Abreu; "Dois irmãos", de Milton Hatoum, incluindo também a poesia, um exemplo é "Traduzir-se", de Ferreira Gullar, entre outros.

Recriações da temática do duplo estão diretamente ligadas não só à necessidade humana de manter o mito, mas de debater, discutir as questões de identidade, sempre presentes na vida. A literatura se torna o próprio duplo da sociedade. A lista é extensa, sendo perceptível que o mito do duplo é bastante frutífero no meio literário, de modo que os estudos se tornam infindáveis. Para Mello (2000, p. 111):

Fazer uma síntese do tema do duplo não é uma das tarefas mais fáceis de se executar, uma vez que este pode ser examinado sob múltiplos prismas, dependendo do contexto de que e de onde se fala. Além disso, as incontáveis transformações que sofreu – e, certamente, continuará a sofrer – conferem tal dificuldade. A única coisa que, seguramente, pode-se dizer é que, independentemente da diversidade de realizações e representações, as histórias de duplo geralmente apresentam uma face invariável de impasse, propiciadora de um sentimento de insegurança e mistério, nem sempre totalmente decifrável, nem sempre de compreensão plena, mas, nem por isso, menos estimulante. Conforme foi dito, o tema do duplo goza de uma popularidade constante e a explicação para o seu incessante reaparecimento provavelmente reside no fato de o mesmo dizer respeito a questões por demais inquietantes e conflituosas para o ser humano: "'Quem sou eu?' e 'o que serei depois da morte?' são indagações perenes que se projetam na criação artística de todos os tempos e sugerem representações do desdobramento do Eu que pensa e, ao mesmo tempo, é objeto da reflexão.

Como Mello (2000) explica, a versatilidade do duplo permite a abordagem de diferentes temas. Dentre as possibilidades de se examinar o mito do duplo, escolhemos o tema da identidade, assunto claramente abordado na obra. O tema da identidade já foi construído em narrativas de outras épocas, mas agora possui o drama da sociedade pós-moderna. Os mistérios e impasses estão também associados aos conflitos da "[...] caótica malha urbana" (SARAMAGO, 2002, p. 49): violência, acidentes de trânsito e poluição. O caos da cidade cria um ambiente propício ao conflito, principalmente da perda da identidade.

Por se tratar de um mito, o estudo do duplo tem como base as histórias que se modificam ao acompanhar a dinâmica da sociedade. Na escrita literária, ele se instala e registra diferentes formas de um "eu" estranho a si mesmo. Tertuliano não se reconhece em meio a esses "[...] cinco milhões e pico de seres humanos que, com diferenças importantes de bem-estar e outras sem a menor possibilidade de mútuas comparações, vivem na gigantesca metrópole [...]" (SARAMAGO, 2002, p. 49). A sua verdadeira identidade é reprimida em função das pessoas que o cercam, no final, ele reconhece que o ódio pelo seu duplo ocorre porque aquele é o seu verdadeiro "eu": "Diz-se que só odeia o outro quem a si mesmo se odiar, mas o pior de todos os ódios deve ser aquele que leva a não suportar a igualdade do outro, e provavelmente será ainda pior se essa igualdade vier a ser alguma vez absoluta" (SARAMAGO, 2002, p. 297).

A construção do duplo em *O homem duplicado* (2012) se dá pela partilha de outros duplos surgidos no meio literário, porém, da maneira própria do autor, trazendo uma carga simbólica que dialoga com os conflitos pós-modernos, proporcionando aos leitores mais uma leitura do duplo.

2.1 - O DUPLO E SUA RELAÇÃO COM O FANTÁSTICO: A ESTÉTICA DO FANTÁSTICO NA ESCRITA SARAMAGUIANA

Apesar dos avanços da ciência, ainda existem muitos fenômenos que não foram compreendidos pelo homem do século XXI. Mitos e lendas continuam cercando a sociedade que hodiernamente convive com narrações que afloram do imaginário coletivo. Mitos, lendas e ficções "habituaram as pessoas, praticamente desde o momento do nascimento, a pensar de determinadas maneiras, a se comportar de acordo com certos padrões, a desejar certas coisas e a seguir certas regras" (HARARI, 2015, p. 171). Seja na família, na escola, no trabalho e em atividades cotidianas, o narrar se faz presente nas relações sociais. Contar, ver e ouvir histórias nos satisfaz, e quando elas são ricas em criaturas, lugares insólitos e situações incomuns, são ainda mais fascinantes, uma vez que através delas fugimos da realidade ou mesmo porque passamos a ver essa realidade com outros olhos após conhecer alguns espaços imaginários que questionam o nosso real.

Em razão disso, os estudos relacionados a produções do fantástico ganham cada vez mais espaço e novas perspectivas, renovando interesses investigativos. Há um grande número de estudos teóricos sobre o fantástico, a exemplo, Charles Nodier (1830); Vax (1977), Caillois (1965); Todorov (1992); Bessière (2009); Furtado (1980); Ceserani (2006); e Roas (2014), esse último, nosso principal referencial teórico sobre o assunto. Todavia, mesmo com esses estudos, ainda persiste a oscilação sobre a definição do que pode ser considerado uma narrativa fantástica, principalmente devido à existência de outras subcategorias (Fantástico puro, Fantástico estranho, Fantástico maravilhoso) que são divididas por linhas muito tênues e também pela existência de outros gêneros (Maravilhoso, Realismo Maravilhoso, Estranho, Ficção Científica) que se aproximam[18].

---

18 A questão dessa oscilação parte das teorias quererem fechar o máximo possível o fantástico dentro de uma terminologia, o que acaba por generalizar o entendimento do fantástico. O central agora, em uma época de constantes mudanças, não é definir e sim compreender o que acontece. Entende-se primeiro o fenômeno, depois, se crucial, dar-lhe um nome. "[...] contamos com uma grande variedade de definições que, tomadas em conjunto, serviram para iluminar uma boa quantidade de aspectos

Apesar de certas imprecisões, o livro *Introdução à literatura fantástica* (1992), de Todorov, é um texto básico para a compreensão da literatura fantástica. Para ele, o conceito de gênero é fundamental para o desenvolvimento de sua reflexão através dos preceitos estruturalistas. No seu ponto de vista, o gênero fantástico é definido pela hesitação. Para Todorov (1992, p. 31), o fantástico é "a hesitação experimentada por um ser que só conhece as leis naturais, em face de um acontecimento aparentemente sobrenatural". O caráter puramente estrutural elaborado pelo teórico búlgaro-francês exclui outras formas de percepção e leitura da narrativa. Nesta perspectiva, o fantástico encontra-se entre dois gêneros, com diferenças significativas, seriam eles o estranho, em que a hesitação tem uma explicação lógica, e o maravilhoso, no qual o sobrenatural acontece e faz parte daquele universo. Para Todorov (1992), seriam considerados puramente fantásticos os textos em que a hesitação permanece. Os pesquisadores posteriores sempre partem das definições do teórico, seja para a elaboração de novas reflexões, seja para apontar os pontos frágeis.

O interesse crítico pela literatura fantástica gerou nos últimos cinquenta anos um considerável *corpus* de aproximações ao gênero por meio de diversas correntes teóricas: estruturalismo, crítica psicanalítica, mitocrítica, sociologia, estética da recepção, desconstrução. O resultado é uma variedade de definições que em conjunto auxiliam na compreensão do fantástico, mesmo que muitas dessas definições sejam excludentes entre si. Dessa forma, ainda não contamos com uma definição que possa unir as numerosas perspectivas do que demos por nomear literatura fantástica (ROAS, 2014, p. 29). Isso não é negativo, em se tratando de reflexões sobre o fazer artístico, pois confirma a riqueza e validade do recurso estético. Não temos como objetivo seguir uma ou outra concepção, mas particularizar o que é útil para a análise.

Bessière, com *El relato fantástico: forma mixta de caso y adivinanza* ([1974] 2001), foi umas das pioneiras a questionar sistematicamente sobre a falibilidade da noção de gênero para a definição da literatura fantástica:

---

do gênero fantástico – ainda que também seja verdade que muitas dessas visões são excludentes entre si, limitando-se a aplicar os princípios e métodos de uma determinada corrente crítica. É por isso que ainda não contamos com uma definição que considere em conjunto as múltiplas facetas disso que demos por chamar literatura fantástica" (ROAS, 2014, p. 29).

> El relato fantástico provoca la incertidumbre, en el examen intelectual, porque utiliza datos contradictorios reunidos según una coherencia y una complementariedad propias. No define una cualidad actual de objetos o seres existentes, como tampoco constituye una categoría o un género literario, pero supone una lógica narrativa a la vez formal y temática que, sorprendente o arbitraria para el lector, refleja, bajo el aparente juego de la invención pura, las metamorfosis culturales de la razón y del imaginario colectivo. (BESSIÈRE, 2001, p. 84)[19]

Há certa maneira de organizar a narração e seus elementos: "una lógica narrativa a la vez formal y temática, que sorprendente", pode ser uma subversão da forma ou do conteúdo que leva à inquietação, à tensão em relação ao estabelecido, ao que se acredita, o sentido é construído a partir da organização estética do texto, do uso de recursos estilísticos diversos.

Deste modo, literatura fantástica não deve ser entendida como gênero literário, conforme a autora, já que tal perspectiva restringe a diversidade das mais variadas obras literárias, com formas que acabam por surpreender ou contrariar o leitor. Com Ceserani (2006), complementamos o pressuposto de que o fantástico não se trata de um gênero, na visão dele trata-se de um "modo" literário que:

> [...] que teve raízes históricas precisas e se situou historicamente em alguns gêneros e subgêneros, mas que pôde ser utilizado - e continua a ser, com maior ou menor evidência e capacidade criativa - em obras pertencentes a gêneros muito diversos. Elementos e comportamentos do modo fantástico, desde quando foram colocados à disposição da comunicação literária, encontram-se com grande facilidade em obras de cunho mimético-realista, aventuresco, patético-sentimental, fabuloso, cômico-carnavalesco, entre outros tantos. Porém, há uma precisa tradição textual, vivíssima na primeira metade do século XIX, que continuou também na segunda metade e em todo o século seguinte, na qual o modo fantástico é usado para a estrutura fundamental da representação e para transmitir de maneira forte e original experiências inquietantes à mente do leitor. (CESERANI, 2006, p. 12)

Por conseguinte, torna-se mais viável compreender o fantástico como um efeito estético, um recurso que o autor pode fazer uso, pois

---

19 "O relato fantástico provoca a incerteza ao exame intelectual, porque coloca em ação dados contraditórios de acordo com sua coerência e complementaridade própria. Ele não define uma qualidade atual de objetos ou de seres existentes, nem constitui uma categoria ou um gênero literário, mas implica uma lógica narrativa que é tanto formal quanto temática e que, surpreendente ou arbitrária para o leitor, reflete, sob o aparente jogo da invenção pura, as metamorfoses culturais da razão e do imaginário coletivo" (BESSIÈRE, 2001, p. 84, tradução nossa).

o interesse está nas maneiras e nos efeitos que a construção da linguagem gera na obra literária e como essas implicam a leitura. Destacamos que o processo de leitura do texto é, a nosso ver, um processo circular, o leitor cria hipóteses de acordo com suas experiências de vida e de leitura, tal repertório retorna para o texto e estabelece possíveis implicações de leitura da obra, nesse momento, a construção do fantástico atua na transgressão dos parâmetros que regem a ideia de realidade do leitor. Se o leitor se colocará em cheque perante as certezas do mundo não se sabe, pois, como dito, devemos considerar o contexto desse leitor, mas uma coisa é certa, esse leitor irá considerar em sua reflexão alguns pontos da realidade ficcional lida. O mundo extratextual do leitor é a ponta da circularidade que se encontra novamente com as marcas do texto, tem-se assim um movimento circulatório de possíveis interpretações textuais.

As obras escritas por Saramago dificilmente irão se enquadrar em uma única categoria de classificação. Existem aqueles que defendem que seus textos pertencem ao realismo maravilhoso[20], ao neofantástico[21], ao neorrealismo[22], ao realismo ou ao romance histórico. É fato que, como todo escritor, Saramago teve diferentes momentos de escrita. A verdade é que mesmo dividindo as obras em dois momentos, umas mais voltadas para o histórico de Portugal e outras de um tom mais universal, não deixamos de encontrar nas narrativas um *pot-pourri* de discursos e vozes. A obra *Memorial do convento* (2013), publicada em 1982, é comumente reconhecida como romance histórico, e isso

---

20 O Realismo maravilhoso propõe a coexistência do real e do sobrenatural em um mundo semelhante ao nosso. (ROAS, 2014, p. 36)

21 Na visão de Roas (2014), o neofantástico é uma proposta teórica do crítico argentino Jaime Alazraki. Trata- se de um gênero capaz de descrever de forma mais adequada produções contemporâneas. Constitui uma tentativa de subverter o real de forma mais cautelosa, diferente do fantástico tradicional. O objetivo da literatura neofantástica, conforme Alazraki é desvelar uma segunda realidade que está oculta por trás do real. Contudo, a literatura fantástica tradicional é muito mais próxima do neofantástico do que se possa imaginar, pois para Roas (2014), tanto o fantástico tradicional quanto o neofantástico tem o mesmo efeito, mas com meios diferentes.

22 Para Juarez Donizete Ambires, "O Neorrealismo tem sua abertura oficial em 1939, segundo a história da Literatura Portuguesa. No ano em questão, publica-se Gaibéus, romance de Alves Redol. O escrito é preocupação viva com questões sociais, sintonia que é o cerne da estética e seu grande atrativo". (AMBIRES, Juarez Donizete. p. 96). Disponível em: <http://e-revista.unioeste.br/index.php/trama/article/view/8207/6054> Acesso em: 01 Jun 2017.

não anula a estética fantástica presente na atmosfera exótica que envolve a personagem central denominada Blimunda (que enxerga por dentro das pessoas). Não se pode negar, portanto, no universo deste romance, a instabilidade que se instaura entre os fatos históricos de Portugal e as ações sobrenaturais advindas das ações das personagens: "entram os motivos fantásticos, inserindo formas estranhas e proteicas com que o conhecido é desfigurado, [...] como também zonas vacilantes que atenuam as margens entre o burlesco, a fantasia e o lirismo" (LEÃO; CASTELO-BRANCO, 1999, p. 42). A estética do fantástico serve para Saramago como substância para a sua crítica ao padrão absolutista e às hierarquias, como visto em *Memorial do Convento*. O autor mescla os fatos históricos com o simbólico de maneira a criar uma nova história dos fatos, com as vozes daqueles que não puderam ser ouvidos. Para Leão e Castelo-Branco (1999, p. 42):

> Nessa mutação constante que dificulta a apreensão de um sentido unívoco (antes o fractura e torna ambíguo), cria-se uma rede de formas transgressoras que, tanto entram no espaço onírico, como levantam, subtilmente, formas vagas de bruxas, sombras, lobisomens, ou mesmo, do diabo, como ainda, assumem a descrição do horror e de crueldade sádica. Por outro lado, tanto penetram ironicamente no maravilhoso das superstições e dos milagres, como rondam a própria atmosfera fantástica - como acontece com a descrição do extraordinário voo da passarola.

Para Todorov (1992, p. 38), há narrativas que contêm elementos sobrenaturais sem que o leitor jamais se interrogue sobre sua natureza, sabendo perfeitamente que não deve tomá-los ao pé da letra. Se animais falam, não nos parece estranho, sabemos que as palavras do texto estão em um sentido alegórico. Os textos de Saramago muitas vezes são analisados em um sentido alegórico, o que funciona bem, mas não é o único meio de leitura, principalmente quando o autor mescla diferentes recursos discursivos em sua obra. No livro *O modo fantástico e A Jangada de Pedra de José Saramago*, Cristiana Pires (2006, p. 22) afirma "[...] o fantástico como um dos modos do discurso humano, dos quais os escritores se servem para construir os mundos ficcionais comprometidos, no curso da História, com as diferentes manifestações dos gêneros literários".

No uso da estética fantástica, Saramago aproxima o leitor de mundos ficcionais sem se distanciar da realidade e reconstrói situações históricas com a inserção do insólito. Em *A Jangada de Pedra* (2006), a Península Ibérica se solta do continente após fatos insólitos acontecerem com quatro personagens centrais; *O Evangelho segundo Jesus*

Cristo (1991) e *Caim* (2009) recriam histórias bíblicas, remetendo ao maravilhoso cristão; em *Ensaio sobre a cegueira* (1995), uma misteriosa cegueira branca acomete toda uma comunidade e apenas uma personagem feminina, a esposa do médico, não é contaminada.

José Saramago também escreveu poesia, teatro, crônica e conto, dentre estes, escolhemos o conto para apresentar o fantástico para além do romance, reiterando o uso da construção fantástica em sua escrita. No conto "Coisas", publicado em 1978 na coletânea *Objecto quase* (1994), Saramago narra a história de um funcionário público que é solteiro e vive sozinho em um apartamento, algo muito apropriado para uma narrativa fantástica (a solidão), pretexto que é novamente utilizado em *O homem duplicado* (2012).

A solidão reforça o caráter sombrio de presenças insólitas e contribui para o descrédito da situação vivenciada pelo protagonista. A personagem central do conto mora em um apartamento localizado numa cidade cujos objetos (de todos os tipos, incluindo o apartamento) começam a desaparecer misteriosamente. As pessoas que vivem nesse local são divididas em castas (hierarquia demarcada por letras em ordem alfabética) e algumas confiam firmemente no governo e na solução que ele dará ao problema que assola o local. O mundo da personagem no conto apresentado é subvertido após ela saber que os objetos revoltados eram na verdade pessoas que combatiam a opressão do estado. O uso dos recursos estéticos, como o fantástico, para ir além do referencial, traz sentidos implícitos. Ampliando a possibilidade de leitura. Através disso o conto apresenta a tirania, a reificação dos seres humanos etc. Como vemos, há textos em que há o recurso fantástico, mesclado a outras possibilidades (maravilhoso, insólito) sem necessariamente conter um fenômeno considerado metaempírico.

Para Roas (2014, p. 67), "o que caracteriza o fantástico contemporâneo é a irrupção do anormal em um mundo aparentemente normal, mas não para demonstrar a evidência do sobrenatural, e sim para postular a possível anormalidade da realidade [...]". Essa anormalidade como forma de questionar esse mundo que temos como realidade ocorre no romance em estudo. A construção do fantástico se apresenta intensamente na ficção e mescla as mais diversas fantasias, construindo uma maneira diferente de realidade ao ponto de tirar o indivíduo de sua estabilidade cotidiana, e este acaba por querer imergir no mundo insólito apresentado ou fugir dos acontecimentos estranhos que o inquietam.

As contribuições sobre características e temas a respeito da estética do fantástico são essenciais para a compreensão desse recurso na escrita de José Saramago. Compreendemos aqui a narrativa fantástica como um recurso estético que possibilita novas leituras, sem perder a "essência" do que seja fantástico (questionamento da realidade) e também sem limitar os possíveis graus de análises. Tendo em mente os objetivos desse

trabalho, não entraremos em debates sobre o que é ou não fantástico na produção literária, ou quais as melhores nomenclaturas a serem aplicadas na obra em pesquisa. Assim, reafirmamos que, para fins da análise, o fantástico será compreendido como um recurso de construção na narrativa. Vejamos como aparece esse recurso estético em nosso objeto de estudo.

Em *O homem duplicado,* temos uma escrita que fala da contemporaneidade atrelada a passagens insólitas que remetem ao fantástico contemporâneo. Esse tipo de fantástico mantém as características do mundo realista, com ocorrências que pertencem ao irreal, ao inexplicável. Assim, por um lado as leis naturais são colocadas em cheque e por outro os detalhes insólitos assumem o caráter cotidiano, logo, realidade e irrealidade são separados por uma linha tenue e quase imperceptível. José Saramago nos convida a adentrar em uma história que se apresenta como parte de nossa realidade contemporânea através de um fato desconhecido dentro da história: o duplo[23]. Para Roas (2014), um fator essencial no fantástico contemporâneo:

> [...] é a irrupção do anormal em um mundo aparentemente normal, mas não para demonstrar a evidência do sobrenatural, e sim para postular a possível anormalidade da realidade, o que também impressiona o leitor terrivelmente: descobrimos que nosso mundo não funciona tão bem quanto pensávamos, exatamente como propunha o conto fantástico tradicional, mas expresso de outro modo. (ROAS, 2014, p. 67)

A jornada que percorremos no romance de Saramago está fortemente atrelada a esse fator, apresentar um real com irrupções do anormal, o fora do comum, ele mesmo deixa aberto em sua obra a origem do duplo. O duplo surge como um fator insólito para Tertuliano e é através

---

[23] A título de retomada da argumentação desenvolvida no início do capítulo 2, sobre a relação do duplo com o fantástico salientamos que o tema desse mito é antigo, tendo sido desenvolvido em narrativas de todos os tempos, mas que na obra em estudo, o tema por ser ligado aos problemas da vida globalizada torna-se o retrato do homem contemporâneo.

do olhar que ele entra na vida do protagonista quando ele decide assistir a um filme que seu colega de trabalho indicou. "[...] toda aparição de um elemento sobrenatural vai acompanhada da introdução paralela de um elemento pertencente ao campo do olhar" (TODOROV, 1992, p. 129). A partir deste fato, tudo se liga com o observar, o ver, o notar, Tertuliano passa a viver em um novo ambiente carregado de fantástico.

> Acordou uma hora depois. Não sonhara, nenhum horrível pesadelo lhe havia desordenado o cérebro, não esbracejou a defender-se do monstro gelatinoso que se lhe viera pegar à cara, abriu apenas os olhos e pensou, Há alguém em casa. Devagar, sem precipitação, sentou-se na cama e pôs-se à escuta. O quarto é interior, mesmo durante o dia não chegam aqui os rumores de fora, e a esta altura da noite, Que horas serão, o silêncio costuma ser total. E era total. Quem quer que fosse o intruso, não se movia de onde estava. Tertuliano Máximo Afonso estendeu o braço para a mesa-de-cabeceira e acendeu a luz. [...] Deixou-se escorregar subtilmente da cama, empunhou um sapato à falta de arma mais contundente e, usando de mil cautelas, assomou-se à porta do corredor. Olhou a um lado, depois a outro. A percepção de presença que o fizera despertar tornou-se um pouco mais forte. Acendendo as luzes à medida que avançava, ouvindo ressoar-lhe o coração na caixa do peito como um cavalo a galope, Tertuliano Máximo Afonso entrou na casa de banho e depois na cozinha. Ninguém. E a presença, ali, era curioso, pareceu-lhe que baixava de intensidade. Regressou ao corredor e enquanto se ia aproximando da sala de estar percebeu que a invisível presença se tornava mais densa a cada passo, como se a atmosfera se tivesse posto a vibrar pela reverberação de uma oculta incandescência, como se o nervoso Tertuliano Máximo Afonso caminhasse por um terreno radioactivamente contaminado levando na mão um contador Geíger que irradiasse ectoplasmas em vez de emitir avisos sonoros. Não havia ninguém na sala. (SARAMAGO, 2002, p. 21-22)

Cesarani (2006, p. 77) afirma que o ambiente noturno é o ideal para o fantástico, o obscuro remete ao mundo noturno, algo que compreende-se como sinônimo de perigo dentro da escrita fantástica e por consequência, a irrupção mal. No trecho acima, a primeira aparição do sentimento do duplo acontece à noite. Tertuliano havia visto o filme no qual estava sua cópia e apenas quando anoiteceu ele começou a sentir que algo estava errado. Nesse momento, assiste ao filme novamente e se choca com a imagem de si mesmo na TV. A noite apresentada remete a um prenúncio de algo ruim que adentrou em seu mundo, para ele seria um ser sobrenatural. Depois desse momento, a ocorrência de palavras como fantástico e fantasia se fazem presentes nos diálogos entre os personagens.

Ao saber de seu duplo, Tertuliano vive um constante medo: "Logo arredou a incómoda fantasia, Estou a ver fantasmas, o tipo nem sequer sabe que eu existo, a verdade, porém, é que ainda lhe tremiam os joelhos quando entrou em casa e se deixou cair exausto no sofá" (SARAMAGO, 2002, p. 111-112). Até em seu ambiente de trabalho ele se sente perseguido: "Tertuliano Máximo Afonso já não estava tão certo de que o responsável pelo plasma invisível que se diluíra na atmosfera do gabinete do director fosse o caixa do banco" (SARAMAGO, 2002, p. 58). O medo o coloca em situação de atenção, mecanismo de proteção muito importante para a condição humana, dessa forma paulatinamente ele se prepara para o embate com seu semelhante.

O recurso ao fantástico não se mostra apenas com Tertuliano, outros aspectos na construção do enredo também reforçam o clima insólito da narrativa. Com a aparição, ocorre uma ruptura da ordem estabelecida não só na vida de Tertuliano como na vida daqueles que o cercam. Quando António Claro recebe a ligação de Tertuliano, seu quotidiano se transforma, porém, só posteriormente ele se dará conta do erro que cometeu ao sugerir um encontro com seu duplo. Sua esposa é a única que percebe o anúncio de tragédia iminente. Vejamos nos trechos:

> E como iremos nós sentir-nos daqui em diante, com essa espécie de fantasma a andar pela casa, terei a impressão de estar a vê-lo a ele de cada vez que te olhar a ti, Ainda estamos sob o efeito do choque, da surpresa, amanhã tudo nos parecerá simples, uma curiosidade como tantas outras, não será um gato com duas cabeças nem um vitelo com uma pata a mais, só um par de siameses que nasceram separados [...]. (SARAMAGO, 2002, p. 130)

E ainda em:

> Abriu os olhos para o quarto imerso numa penumbra que era quase escuridão, ouviu o lento e espaçado respirar do marido, e de súbito percebeu que havia uma outra respiração no interior da casa, alguém que tinha entrado, que se movia lá fora, talvez na sala, talvez na cozinha, agora por trás desta porta que dá para o corredor, em qualquer parte, aqui mesmo. Arrepiada de medo, Helena estendeu o braço para acordar o marido, mas, no último instante, a razão fê-la deter-se. Não há ninguém, pensou, não é possível que esteja alguém aí fora, são imaginações minhas, às vezes acontece saírem os sonhos do cérebro que os sonhava, então chamamos-lhes visões, fantasmagorias, premonições, advertências, avisos do além, quem respira e anda aí pela casa, quem há pouco se sentou no meu sofá, quem está escondido atrás da cortina da janela, não é aquele homem, é a fantasia que tenho dentro da cabeça, esta figura que avança direita a mim, que me toca com mãos iguais às deste outro homem adormecido ao meu lado, que me olha com os mesmos olhos, que com os mesmos lábios me beijaria,

que com a mesma voz me diria as palavras de todos os dias, e as outras, as próximas, as íntimas, as do espírito e as da carne, é uma fantasia, nada mais que uma louca fantasia, um pesadelo nocturno nascido do medo e da angústia, amanhã todas as coisas tomarão ao seu lugar, não será preciso que cante um galo para expulsar os sonhos maus, bastará que toque o despertador, toda a gente sabe que nenhum homem pode ser exactamente igual a outro num mundo em que se fabricam máquinas para acordar. A conclusão era abusiva, ofendia o bom senso, o simples respeito pela lógica, mas a esta mulher, que toda a noite vagara entre as imprecisões de um obscuro pensar feito de movediços farrapos de bruma que mudavam de forma e de direcção a cada momento, pareceu-lhe nada menos que irrespondível e irrefutável. (SARAMAGO, 2002, p. 131-132)

Percebemos nos trechos acima a tensão entre lógica e imaginação que domina a personagem Helena. O medo e a angústia são mencionados para explicar o clima obscuro e estranho da cena. A personagem também associa Tertuliano a um fantasma que está cercando a família, fato curioso, uma vez que o duplo também é representado por fantasmas em algumas narrativas como, por exemplo, a produção cinematográfica *O Estudante de Praga* (1913)[24], inspirado no conto "William Wilson", de Edgar Alan Poe (2017). Assim como nestas histórias, o arrepio e a premonição de Helena não deixam de ser um presságio de morte.

Nessa série de acontecimentos apresentados, não podemos deixar de fora outro fator importante para a construção do fantástico: o narrador. A voz que narra a história se mostra versátil por usar diferentes procedimentos. O narrador heterodiegético, com sua onisciência, acaba por interferir, por meio de suas opiniões, nos pensamentos dos personagens e, em algumas vezes, dialoga também com o leitor. Outro aspecto significativo do narrador é o seu diálogo para quem ele destina, ou seja, o narratário. No livro, o narratário, expõe o espaço mental das personagens, funcionando como uma lupa que aumenta os pequenos detalhes de personalidade para o leitor. "O narratário adquire então a função de elo entre leitor e narrador; é um foco discursivo orientado para outro horizonte da narrativa e que vai revelar outras características do narrador, delineando-o mais precisamente como indivíduo [...]" (ALVES, 2009)[25].

---

24 Na obra *O Duplo: um estudo psicanalítico*, Rank (2013) apresenta o duplo por meio do drama cinematográfico oriundo da obra de Hans Heinz Ewers – "O estudante de Praga".

25 Jorge Alves escreveu o verbete "narratário", em 2009, para o E-Dicionário de Termos Literários (EDTL), coordenado por Carlos Ceia.

Assim, a irrupção do insólito ocorre por intermédio também do narrador que, uma vez ou outra, questiona as resoluções para os inexplicáveis eventos que os cercam. Vejamos no seguinte excerto: "Sim, era aquilo, o aparelho de televisão, o leitor de vídeo, a comédia que se chama *Quem Porfia Mata Caça*, uma imagem lá dentro que havia regressado ao seu sítio depois de ir acordar Tertuliano Máximo Afonso à cama" (SARAMAGO, 2002, p. 22).

Conforme observado, o narrador onisciente nos apresenta os fatos insólitos e suas inquestionáveis presenças. O narrador está lá enquanto Tertuliano dorme e não sabe o que pode ter ocorrido em sua sala, apenas pressente que uma presença estranha esteve lá, mas prefere não acreditar nas armadilhas que seu cérebro cria. À vista disso, o duplo seria um delírio, alucinação ou uma entidade sobrenatural? É bem verdade que a aparição do duplo nas histórias relaciona-se com o desdobramento de personalidade, desencadeando assim, segundo Rosset, em seu estudo *O real e seu duplo* (1988, p. 61): "[...] inúmeros comentários de ordem filosófica, psicológica e, sobretudo, psicopatológica, já que o desdobramento de personalidade define também a estrutura fundamental das mais graves demências, tal como a esquizofrenia". De qualquer maneira, no decorrer da análise, será por si só que o romance em estudo apresentará as nuances do ser desdobrado que é Tertuliano, até então, é muito cedo para um veredito.

Vejamos, de um lado temos o narrador que reafirma a sobrenaturalidade; do outro, a personagem que afirma a racionalidade do fato, mas sofre de desequilíbrios emocionais, em que acreditar? Na personagem "senso comum", que se apresenta como sensato diante dos acontecimentos? Sendo "o senso comum" fruto da mente de Tertuliano, o mesmo deve ser lido com desconfiança, as colocações do "senso comum" estão comumente em contradição com Tertuliano e funcionam para instigar a personagem a agir de maneira inversa,

> Se achas que deves pedir uma explicação ao teu colega, pede-a de uma vez, sempre será melhor que andares por aí com a garganta atravessada de interrogações e dúvidas, recomendo-te em todo o caso que não abras demasiado a boca, que vigies as tuas palavras, tens uma batata quente nas mãos, larga-a se não queres que te queime, devolve o vídeo à loja hoje mesmo, pões uma pedra sobre o assunto [...]. (SARAMAGO, 2002, p. 31)

Mas, no final, o "senso comum" reitera que a missão dele é apenas de avisar, e que, no final, Tertuliano acaba por sempre fazer o que quer. De fato, o tal "senso comum" não interfere nas ações, deixando o resultado dos acontecimentos com ambiguidade até o fim.

A conclusão a que chegamos, até então, é que o leitor deve escolher pelo caminho desejado. Tanto o narrador como as personagens que sofrem as ações não desvendam o enigma da história. Eles criam as propostas de construção de múltiplos sentidos que perpassam pelo verossímil e pelo inverossímil, confrontam a realidade com o inesperado e, desse modo, evidenciam situações traçadas pelo fantástico.

Nesta nossa análise, portanto, procuramos demonstrar que a estética do fantástico se constrói com o tecido textual e com a exterioridade à língua, uma vez que a personagem faz relações entre o contexto criado na narrativa e o contexto real, externo. O fantástico está sempre em mutação, isso devido às mudanças na arte, no imaginário, enfim, todas as criações humanas estão em mutação, porque o homem também está. Percebemos que a obra não busca aterrorizar, ela tem o propósito de trazer o tema do duplo para o debate da identidade, Saramago faz o uso da estética do fantástico para inserir um ambiente angustiante no qual eclodem os conflitos de existência e de compreensão da humanidade[26].

O efeito se concretiza porque não depende exclusivamente do autor. O contexto de recepção também contribui para o ambiente familiar que se cria na obra. Nosso quotidiano nem sempre segue a lógica esperada, muitas vezes ele faz uso de resoluções,

para a harmonia da realidade, que fogem de nossas explicações. A dubiedade é um efeito alcançado pela construção característica da narrativa fantástica.

2.2 O DUPLO ESPACIAL: O INEVITÁVEL ETERNO RETORNO

Os eventos estão sempre a se repetir no mundo, assim como o mito de Sísifo, personagem da mitologia grega, que é condenado a rolar uma pedra morro acima, e no final, vê-la rolar morro abaixo, tudo volta ao início, e seu trabalho é como um ciclo infinito. Pelo pensamento de Camus (2005), Sísifo é aquele que continua a rolar a pedra, entretanto tem consciência da absurda situação em que se encontra. Caso similar de Tertuliano, "[...] nesse momento acendeu-se-lhe uma luz num escaninho da memória, a lembrança de um dos sonhos desta noite, aquele em que um homem ia transportando uma pedra às costas" (SARAMAGO, 2002, p. 67). Em suas mais recônditas reflexões, nosso protagonista sente-se Sísifo, constantemente está repetindo as

---

[26] O ser humano é a matéria prima de José Saramago, e o uso da construção do fantástico na sua ficção para pensar o humano será analisado no capítulo 5.

ações de seu cotidiano e, após a sua insólita experiência com o duplo, compreende a absurdidade em que vive. Deixou a pedra rolar e ficou a observá-la, agora não mais frustrado pelo exercício desperdiçado; sabe que irá voltar a rolar a pedra, entretanto, assim como Sísifo, é preciso ver Tertuliano sorrindo, pois encontrou sentido no absurdo.

A humanidade está inserida numa rotina de repetições e de ciclos como Sísifo, a diferença é que muitos não tomam consciência da repetição automática em que vivem, recusam quebrar o ciclo, ou buscar entendimento nele, e seguem assim na absurdidade. Conforme Zygmunt Bauman e Raud (2018, p. 17):

> A vida humana é, assim, um esforço incessante para preencher um vazio assustador, tornar a vida significativa; ou, alternativamente, esquecer a insignificância existencial da vida ou proscrevê-la, declará-la irrelevante, minimizá-la ou jogá-la num incinerador, deixando-a lá indefinidamente; em suma, tornar a vida suportável – na verdade, capaz de ser vivida – com a consciência de nossa mortalidade.

Planejar as formas de tornar a vida suportável é o meio de o homem suportar a absurdidade de sua vida e morte. A consciência da mortalidade é o principal motor para trazer objetividade na vivência humana, pois essa é única por ser findável. O nascer então confirma a vitória da morte sobre a vida, trata-se de uma confirmação de um ciclo.

Deste modo vive a personagem Tertuliano Máximo Afonso que segue uma rotina, ao sair dela cai em outra, a busca do duplo, passando a viver em função disso. Ele acredita estar fugindo do estado de inércia em que se encontrava, todavia, entra em uma espiral obsessiva na qual não há saída.

É através do espaço do real com a inserção de aspectos da estética do fantástico que José Saramago constrói uma narrativa que compreendemos como uma realidade próxima a nossa, que, contudo, se mostra destoante da que julgamos como nosso mundo. O conflito habita neste limiar, entre o que é o nosso real (do possível) e como ele é verdadeiramente, ou seja, a realidade que nossa compreensão ainda não pode assimilar. Conforme Roas (2014, p. 128):

> Podemos dizer, portanto, que possuímos uma concepção do real que, embora possa ser falsa, é compartilhada por todos os indivíduos (trata-se, como eu disse antes, de uma construção cultural) e nos permite, em última instância, identificar o conflito entre o ordinário e o extraordinário que define o gênero fantástico.

Compartilhamos uma falsa ideia do real. O real com suas reservas imperiosas exige a suspensão de nossa sanidade, assim o real "só é admitido sob certas condições e apenas até um certo ponto: se ele abusa e mostra-se desagradável, a tolerância é suspensa" (ROSSET, 1988, p.11). A nossa consciência prefere ficar salva de espetáculos que em nossa concepção fazem parte do ficcional. A transição entre o nosso real e o real inatingível pelos nossos sentidos se "viabiliza" em outros mundos, a exemplo, na arte literária. Artesanalmente nosso artífice (escritor) constrói essa possibilidade no corpo da linguagem numa dialética entre o real e o ficcional na tentativa de agarrar os mistérios que nos circulam. Cito o anseio do escritor nesse ofício:

> [Em O ano da morte de Ricardo Reis] é como se eu tivesse a preocupação fundamental de tornar o real imaginário e o imaginário, real. Foi como se quisesse fazer desaparecer a fronteira entre o real e o imaginário, de modo que o leitor circule de um lado para o outro sem se pôr a si mesmo a questão: isto é real?, isto é imaginário? Gostaria que o leitor circulasse entre o real e o imaginário sem se interrogar se aquele imaginário é imaginário mesmo, se o real é mesmo real, e até que ponto ambos são aquilo que de fato se pode dizer que são. Podemos sempre distinguir entre o real e o imaginário. Mas o que gostaria é de ter criado um estado de fusão entre eles de modo a que a passagem de um para o outro não fosse sensível para o leitor, ou o fosse tarde demais — quando já não pode dar pela transição e se acha já num lado ou no outro, vindo de um ou outro lado, e sem se aperceber como é que entrou. (SARAMAGO, 1984 *apud* AGUILERA, 2010, p. 203-204)[27]

Situação semelhante há de se deduzir em *O homem duplicado*. O enredo circular nos confunde ao final da narrativa, no início enveredamos numa história aparentemente comum, mais um relato de um homem angustiado na modernidade, e aos poucos imergimos em um mundo insólito onde há a duplicação de seres. A pergunta que instiga o leitor seria: É possível em minha realidade vivenciar a situação de Tertuliano? Quando a resposta vem em confirmação, o medo e o ato de indagar coloca o leitor em sensível transição entre o lado do contar do livro e o outro lado de quem ouve esse contar. "Este mundo aqui, que em si mesmo não tem nenhum sentido, recebe a sua significação e o seu ser de um outro mundo que o duplica, ou melhor, do qual

---

[27] "José Saramago sobre O ano da morte de Ricardo Reis: 'Neste livro nada é verdade e nada é mentira'", entrevista concedida Francisco Vale e publicada no Jornal de Letras, Artes e Ideias, Lisboa, n. 121, 30 out. 1984. Para este trabalho, citamos o livro organizado por Aguilera (2010) em que consta essa entrevista.

este mundo aqui é apenas um sucedâneo enganador" (ROSSET, 1988, p. 41). A fim de discutir o tema do duplo que se instala na forma do romance e cria a circularidade da história, bem como a possibilidade do circular, vejamos, o excerto abaixo:

> O telefone tocou. Sem pensar que poderia ser algum dos seus novos pais ou irmãos, Tertuliano Máximo Afonso levantou o auscultador e disse, Estou. Do outro lado uma voz igual à sua exclamou, Até que enfim. Tertuliano Máximo Afonso estremeceu, nesta mesma cadeira deveria ter estado sentado António Claro na noite em que lhe telefonou. Agora a conversação vai repetir-se, **o tempo arrependeu-se e voltou para trás**. (SARAMAGO, 2002, p. 315, grifo nosso)

O trecho acima é de um dos momentos finais do livro. Após a morte de António Claro, Tertuliano assume a vida que desejava, passa a viver na casa e com a mulher de seu duplo. Vemos que a oportunidade de Tertuliano usufruir dessa nova vida dura pouco, "o tempo arrependeu-se e voltou para trás" (SARAMAGO, 2002, p. 315). Tudo começa a assumir o espaço que lhe pertence, o terceiro duplicado surge para dar continuidade à roda da vida, Tertuliano, que era António Claro, irá perder seu posto e outro irá assumir sua face.

A forma com que o enredo segue, numa circularidade em que o final se dá novamente com a cena de início do romance, implica a absurdidade da vida. "O real só começa no segundo lance, que é a verdade da vida humana, marcada com a rubrica do duplo: quanto ao primeiro lance, que não duplica nada, é precisamente um lance inútil" (ROSSET, 1988, p. 45-46). Não é mais Tertuliano que faz a ligação para o duplo, ele agora será o perseguido, o resultado do seu lance anterior de ligar para o duplo (António Claro), começa agora:

> Há uma parte de bosque depois do terceiro lago, espero-o aí, Talvez eu chegue primeiro, Quando, Agora mesmo, dentro de uma hora, Muito bem, Muito bem, repetiu Tertuliano Máximo Afonso pousando o telefone. Puxou uma folha de papel e escreveu sem assinar, Voltarei. Depois foi ao quarto, abriu a gaveta onde estava a pistola. Introduziu o carregador na coronha e transferiu um cartucho para a câmara. Mudou de roupa, camisa lavada, gravata, calças, casaco, os sapatos melhores. Entalou a pistola no cinto e saiu. (SARAMAGO, 2002, p. 316)

Tertuliano deseja manter a vida que finalmente conseguiu e, devido ao espaço social em que está inserido, não era possível. Também assume sua verdadeira personalidade de coragem, diferente de muitas outras situações perante o risco. Antes apenas aceitava a tragédia iminente, agora é necessário assumir as circunstâncias. A ambiguidade, entretanto, permanece, não sabemos se o protagonista irá pôr fim a sua condenação que cerca sua história. Assim como no título do primeiro filme, assistido por ele: *Quem porfia mata caça*, Tertuliano continuará a insistir no ciclo por ele iniciado? É preciso aceitar corajosamente o destino, afirma-se isso, pois não há como negar que a circularidade/duplicação envolve repetição. E se tudo há de repetir, tudo está escrito, logo, acredita-se, o destino de Tertuliano estaria já definido. É preciso trazer aqui antecipação anunciada pela mãe de Tertuliano, Carolina Máximo. De forma oracular ela sente o destino do filho e tenta, eventualmente, impedi-lo do encontro com o outro: "Ainda estás a tempo de parar" (SARAMAGO, 2002, p. 69). Característica paradoxal do oráculo, eles podem prever o futuro, aconselhar o infeliz e tudo vai suceder-se como premeditado.

Sobre o tempo circular, Nietzsche (2006, p. 201-202, grifo e aspas do autor) desenvolveu importantes colocações:

> E se um dia, ou uma noite, um demônio te seguisse em tua suprema solidão e te dissese: "*Esta vida, tal como a vives atualmente, tal como a viveste, vai ser necessário que a revivas mais uma vez e inumeráveis vezes; e não haverá nela nada de novo, pelo contrário! A menor dor e o menor prazer, menor pensamento e o menor suspiro, o que há de infinitamente grande e de infinitamente pequeno em tua vida retornará e tudo retornará na mesma ordem – essa aranha também e esse luar entre as árvores e esse instante e eu mesmo! A eterna ampulheta da vida será invertida sem cessar – e tu com ela, poeira das poeiras!*" – Não te jogarias no chão, rangendo os dentes e amaldiçoando esse demônio que assim falasse? Ou talvez já viveste um instante bastante prodigioso para lhe responder: "*Tu és um deus e nunca ouvi coisa tão divina!*" Se este pensamento te dominasse, tal como és, te transformaria talvez, mas talvez te aniquilaria; a pergunta "*queres isso ainda uma vez e um número incalculável de vezes?*", esta pergunta pesaria sobre todas as tuas ações com o peso mais pesado! E então, como te seria necessário amar a vida e amar a ti mesmo para *não desejar mais outra coisa* que essa suprema e eterna confirmação, esse eterno e supremo selo!

No trecho supracitado, retirado do livro *A gaia ciência*, Nietzsche (2006) comenta pela primeira vez o conceito de eterno retorno como desafio ou hipótese para o homem. Questionar o sentido da vida e dos propósitos que existem (se houver) não é algo fácil para a sensibilidade humana, o embate com esses pensamentos torna-se um peso não suportável. Não suportará o fraco perante a vida o peso do eterno retorno. Deve ser levado em conta que "cada momento existe apenas em função daqueles que o precederam e o seguem; mas isso significa que não tem em si um significado próprio, que não representa aquela coincidência de essência e existência que é a condição para poder desejá-lo sempre de novo" (VATTIMO, 2017, p. 248). Nietzsche (2006) passa com essa doutrina a necessidade que o homem tem de reconciliar-se com o tempo, e que assim possa viver momentos capazes de justificar o eterno retorno. Implica-se uma mudança de existência.

A repetição não se encontra apenas no final da obra; em outras cenas, Tertuliano encontra-se em ciclos, que são percebidos por ele como no exemplo abaixo:

> (...) Afonso conhecia estes móveis, este cortinado, esta alcatifa, ou julgava conhecê-los, possivelmente o que lhe aconteceu foi ter lido um dia num romance ou num conto a lacónica descrição de um outro gabinete de um outro director de uma outra escola, o que, assim sendo, e no caso de vir a ser demonstrado com o texto à vista, o obrigará a substituir por uma banalidade ao alcance de qualquer pessoa de razoável memória o que até hoje tinha pensado ser uma intersecção entre a sua rotineira vida e o majestoso fluxo circular do eterno retomo. (SARAMAGO, 2002, p. 54)

As implicações que temos da situação exposta é que a personagem encontra-se em um ciclo de situações do qual se dará conta posteriormente. Tertuliano percebe o ambiente em que se encontra e sente-se como num *déjà vu*. Na verdade, a rotina constante de Tertuliano cria um ciclo de vivência que se repete: casa, trabalho e casa. Daí o motivo do duplo, um escape da realidade repetitiva que vive. Como afirma Rosset (1988, p. 48): "Um duplo, por piedade, parece buscar a pessoa que o presente sufoca: o duplo encontra o seu lugar natural um pouco antes ou um pouco depois" Ele foge de sua solidão, tem medo de estar enclausurado na mesmice, como fala Nietzsche (2006, p. 201): "Esta vida, tal como a vives atualmente, tal como a viveste, vai ser necessário que a revivas mais uma vez e inumeráveis vezes; e não haverá nela nada de novo, pelo contrário!". Seria então melhor ser amigo do presente, "o futuro e o passado lhe serão dados *por acréscimo*" (ROSSET, 1988, p. 59, grifo do autor).

Rosset (1988) faz uma análise sobre o real e a fuga do real através da duplicação da personalidade do ser e dos espaços. Para Rosset (1988), o indivíduo recorre à duplicação para viver o que deseja já que não consegue na realidade. Realiza-se uma fuga do real, algumas vezes por meio da loucura, do suicídio e da ilusão. Quando a realidade incomoda o ser, este passa a assumir um novo olhar para o que lhe situa. O duplo para Clement Rosset (1988, p. 24) "está presente em um espaço cultural infinitamente mais vasto, isto é, no espaço de toda a ilusão". O duplo está na dita realidade, o que consideramos como real de fato não o é. A percepção que temos do mundo advém de uma evolução que não garantiu sentidos que captem a essência do real. Conforme Brunel (2000, p. 270), "O mundo é uma duplicata: tudo não passa de aparência, a verdadeira realidade está fora, noutro lugar; tudo o que parece ser objetivo é na verdade subjetivo, o mundo não é senão o produto do espírito que dialoga consigo próprio".

A realidade que Tertuliano procura viver não é alcançada, porque "O real não está no início nem no fim, ele se mostra pra gente é no meio da travessia" (ROSA, 1986, p. 52). O constante desejar viver outra vida faz com que ele não perceba o presente, o real é aquilo que está diante do momento em que se vive, e Tertuliano acaba por negar o seu momento em função do que poderia ser. Esquece-se de seu apartamento, de sua família, de seu trabalho e da namorada. O desleixo e apatia da personagem se apresentam no espaço em que se passa a história. A ambientação influencia diretamente no desenvolvimento do enredo e é um dos elementos estruturais que já nos insere no tempo e no espaço da narrativa. Leiamos, como exemplo, um trecho:

> Na pequena divisão da casa que lhe serve de escritório e de sala de estar há um sofá de dois lugares, uma mesinha baixa, de centro, uma cadeira de assento estofado que parece hospitaleira, o aparelho de televisão em frente dela, no ponto de fuga, e, posta de canto, **a jeito de receber a luz da janela,** a secretária onde os exercícios de História e a cassete estão à espera de ver quem ganha. **Duas das paredes estão forradas de livros, a maioria deles com as rugas do uso e a murchidão da idade.** No chão um tapete com motivos geométricos, **de cores surdas, ou talvez desbotadas,** ajuda a sustentar um ambiente de conforto que não passa de simples mediania, sem fingimentos nem pretensões a parecer mais do que é, o sítio de viver de um professor do ensino secundário **que ganha pouco,** como parece ser obstinação caprichosa das classes docentes em geral, ou condenação histórica que ainda não acabaram de purgar. (SARAMAGO, 2002, p. 18, grifo nosso)

Percebemos que Tertuliano vive em um lugar que metaforicamente representa seu estado de espírito, tudo é muito apático, mal iluminado, borrado e simplista. O espaço exerce significativa função na narrativa, por meio dele a personalidade das personagens é realçada, e os conflitos subjetivos são trazidos para a superfície da leitura. Para Pereira e Gama-Khalil (2008, p. 8), o espaço tem como

> Sua primeira função [...] a caracterização da personagem em seu contexto socioeconômico e psicológico, pois o espaço é a projeção psicológica da personagem. Por isso, o espaço tanto influencia as personagens como pode sofrer suas ações. É o espaço também que dá as condições para a personagem agir, ela (a personagem) só pode agir dessa maneira por que o espaço

é favorável à determinada ação. Assim, o espaço situa as personagens e representa os sentimentos vividos por ela, podendo ainda estabelecer contraste entre as personagens.

A caracterização da protagonista se fortalece pelo espaço literário circundante, um ambiente fechado, iluminação opaca, desleixo nos ambientes, tudo isso constrói um Tertuliano desordenado assim como o local que ocupa. O leitor já inicia a interpretação do livro com as primeiras informações espaciais da obra. O elemento característico que pode remeter ao espaço é a palavra caos, tudo gira em torno das desordens que o duplo causa. Este caos está também no ambiente da narrativa:

> É a altura de informar aqueles leitores que ajuizando pelo carácter mais que sucinto das descrições urbanas feitas até agora, tenham criado no seu espírito a ideia de que tudo isto se está a passar numa cidade de tamanho mediano, isto é, abaixo do milhão de habitantes, é a altura de informar, dizíamos, que, muito pelo contrário, este professor Tertuliano Máximo Afonso é um dos cinco milhões e pico de seres humanos que, com diferenças importantes de bem-estar e outras sem a menor possibilidade de mútuas comparações, **vivem na gigantesca metrópole** que se estende pelo que antigamente haviam sido montes, vales e planícies, e agora é um sucessiva **duplicação horizontal e vertical de um labirinto**. (SARAMAGO, 2002, p. 71, grifo nosso)

Como se nota pelo fragmento, a cidade apresentada remete a um ambiente caótico de indústrias, vias de trânsito, paisagens metálicas, diferentes edificações verticais e paralelas. Nesse tipo de espaço urbano, pode-se dizer que comumente predomina um grande fluxo de pessoas que buscam os centros da cidade para mudar sua realidade social em busca de novas oportunidades, o que nem sempre ocorre e desencadeia um espaço de degradação humana e ambiental. Os problemas dessa região urbana de traço labiríntico contribuem para uma percepção claustrofóbica do local que habitam as personagens; a angústia deles se reverbera na imagem da cidade. O único espaço de fuga é o lar:

> A casa de Tertuliano Máximo Afonso **abriu-lhe os braços como uma outra mãe**, com a voz do ar murmurou, Vem, meu filho, aqui me encontras à tua espera, eu sou o teu castelo e o teu baluarte, contra mim não vale nenhum poder, porque sou tua mesmo quando estás ausente, e mesmo destruída serei sempre o lugar que foi teu. (SARAMAGO, 2002, p. 263, grifo nosso)

O espaço da casa de Tertuliano é antropomorfizado. O narrador lhe dá vida e mostra que o lar é o único ambiente em que ele não teme a realidade, pois é um espaço conhecido, que lhe é familiar. No recinto de sua casa, Tertuliano se sente seguro por reconhecer cada espaço, ali encontra suas coisas, o escritório, a sala de estar com a televisão que mal faz uso, os livros na estante, a cozinha que pouco usa. Mas tudo pertence a ele, faz parte de sua identidade e não pertence ao outro.

2.3 ELE E ELAS: VOZES FEMININAS NA OBRA SARAMAGUIANA

Em cada livro de José Saramago, encontramos a presença de personagens femininas que, sem sombra de dúvida, são a força impulsionadora da narrativa. As narrativas saramaguianas trazem os diferentes papéis da mulher, criticam a desigualdade de gênero, e reivindicam o espaço para elas. Não existe um endeusamento ou idealização da mulher, temos em seus textos a representação do ser de carne e de osso, corpo de luta e de desejos que elas são. Se Saramago dá voz aos que foram silenciados, a personagem feminina não poderia deixar de estar entre essas vozes, mesmo que nem sempre postas como protagonistas. Elas não estão visíveis no centro, entretanto, não são menos importantes. O protagonismo feminino age através de violações das barreiras que o patriarcado impõe diante delas. Saramago acredita na força feminina e sabe que, mesmo após muitas conquistas, ela ainda é vista como secundária, como o outro:

> [...] Continuo vendo manifestações de mulheres na rua. Elas sabem o que querem, isto é, não ser humilhadas, coisificadas, desprezadas, assassinadas. Querem ser avaliadas pelo seu trabalho e não pelo acidental de cada dia. Dizem que as minhas melhores personagens são mulheres e creio que têm razão. Às vezes penso que as mulheres que descrevi são propostas que eu mesmo quereria seguir. (SARAMAGO, 2009, p. 214)

A presença marcante do feminino é um dos traços da criação do romance. "Pode- se até mesmo afirmar que se trata de uma espécie de chave de leitura de seus livros, já que aponta uma verdadeira lógica interna a evidenciar uma possível leitura de mundo" (CAPUANO, 2016, p. 51). Nossa visão entra em consonância com o que disse o pesquisador, já que também vemos na figura feminina uma chave de leitura para compreensão da obra.

Analisando algumas personagens femininas nas obras em prosa de José Saramago, confirmaremos como elas representam a força de progressão do enredo e a força da obra. No seu primeiro romance, Saramago parte do gênero feminino, afirmamos isso porque cremos não ser desinteressado o título que ele quis dar para sua primeva criação, deu- lhe o nome de "A Viúva", contudo, teve de mudar o nome, pois para o editor o título não era atrativo comercialmente. Após passar por caminhos tortuosos, "A Viúva" então se torna *Terra do pecado* (2004). Longe do estilo do escritor, esta obra, publicada em 1947, já anunciava umas das obsessões daquele jovem português: a mulher. No romance temos como história um amor proibido entre uma jovem que enviuvara e seu cunhado. A gentil jovem chama-se Maria Leonor, mãe de duas crianças: Dionísio e Júlia. Após a morte do marido, Leonor precisará buscar forças dentro de si para enfrentar inúmeras dificuldades de administração de sua propriedade, além de ter que lidar com a saudade do marido. Tudo fica ainda mais árduo devido às pressões da sociedade em relação ao seu novo estado civil. Leonor foi filha, foi esposa, foi mãe, entretanto ela agora antes de tudo encontrar-se como mulher, e para isso precisa percorrer uma terra em que, aos olhos dos outros, é alicerçada no pecado.

A personagem tenta superar o tormento de seu corpo e espírito, mas infelizmente não consegue se desvencilhar da moral religiosa e convenções sociais, mas isso não a torna fraca, uma vez que

> Maria Leonor é a primeira personagem feminina de Saramago e revela sinais da visão que o autor adotará em relação ao feminino ao longo de sua obra. Mesmo em suas contradições ideológicas, Leonor é quem questiona a ordem vigente e transgride seus limites, desafiando a moralidade cristã. (FERRAZ, 2012, p. 229)

Pode-se afirmar que Leonor traz o foco temático do escritor. Apesar de não vencer as pressões impostas, ela expõe a condição em que muitas mulheres viveram e ainda vivem, muitas são silenciadas pela sociedade patriarcal que as coloca em condição de fragilidade.

Capuano (2016) realizou um estudo que teve como foco a presença de personagens femininas na produção teatral de Saramago. Segundo o mesmo autor, na dramatologia saramaguiana, as mulheres têm papel decisivo no andamento da ação e para a compreensão do próprio assunto abordado na obra. O pesquisador analisou três personagens das três primeiras obras teatrais do autor: Cláudia, da peça *A noite* (1998), Francisca de Aragão, de *Que farei com este livro?* (1998), por fim, de *A segunda vida de Francisco de Assis* (1998), a mãe do protagonista. As três peças estão reunidas na obra *Que farei com este livro?* (1998).

Dentre as três, escolhemos a personagem de *A noite* (1979) para ilustrar o papel feminino na produção teatral desenvolvida por Saramago. A peça possui temática histórica, uma vez que o autor faz uso de um evento histórico de maneira a trazer o debate sobre a censura imposta aos meios de comunicação no período de ditadura salazarista. O texto dramático se faz por meio de uma revisitação ao passado. "A acção passa-se na redacção de um jornal, em Lisboa, na noite de 24 para 25 de abril de 1974. Qualquer semelhança com personagens da vida real e seus ditos e feitos é pura coincidência. Evidentemente."

(SARAMAGO, 1998, p. 13). Entre esses personagens ficcionais que brotam de uma ocorrência histórica está Cláudia, estagiária na redação, que se frustra por conhecer como realmente funciona o sistema de controle do governo sobre os meios de comunicação, contudo ela se mantém firme em suas condutas mesmo nos momentos tensos e conflituosos.

As represálias do período são constantes no jornal em que trabalha. A personagem vista como secundária é a que instiga, mesmo que com poucas falas, a ruptura do sistema ideológico vigente. Juntamente com Torres (redator da província) e outros personagens, ela almeja mudança na política ditatorial.

Em *Memorial do Convento* (2013), constatamos o feminino desempenhar papel importante na obra. Umas das saramaguianas que reinventa o papel da mulher é Blimunda,

> [...] oferecerá os seus próprios milagres simbólicos, ora vendo a interioridade das pessoas, ora recolhendo vontades, ora descobrindo um veio de água pura para apaziguar o sofrimento do povo, vítima de uma seca imensa que exaurira fontes e consumira os poços. Estes entram numa esfera intermédia, talvez anunciadora da possibilidade de transgredir a História e os acontecimentos, projectando-se para um futuro possível [...]. (LEÃO; CASTELO-BRANCO, 1999, p. 49)

Blimunda é filha de uma condenada à fogueira e conhece seu par (Baltazar) no momento de execução de sua mãe. Temos como base dessa mulher uma história de dor e perda, e nem por isso torna-se submissa ou vítima; ela segue em frente, e sem mesmo conhecer Baltazar, leva-o para morar consigo, viola tudo que se espera do papel feminino dentro do contexto da obra.

Também não podemos deixar de citar Joana Carda, de *A Jangada de Pedra* (1986). A narrativa desse romance começa por: "Quando Joana Carda riscou o chão com a vara de negrilho, todos os cães de Cerbère começaram a ladrar" (SARAMAGO, 1986, p. 8). O início aponta para o leitor a extraordinária ação da personagem. Após essa ação de Joana Carda, a Cordilheira dos Pirineus começa a rachar e a separar-se da França. Transforma-se em uma jangada de pedra a Península Ibérica, quando se desprende do continente europeu, e assim a jangada busca suas origens. Divorciada, é uma mulher emancipada, que faz escolhas, que busca igualdade. Deste modo

> José Saramago partilha a perspectiva de uma relação igualitária entre homens e mulheres. É uma visão progressista que as duas mulheres se envolvam com Pedro Orce, o ancião do grupo. Após a morte desta personagem, a jornada da jangada de pedra que é a Península Ibérica chega ao fim e todas as mulheres, à semelhança de Joana Carda e Maria Guavaira, engravidam. Esta viagem confirma-se, portanto,

como uma jornada de reflexão e a sua conclusão aponta para a geração de uma nova humanidade. É também muito importante que esta jornada seja empreendida por um grupo constituído tanto por homens como por mulheres e em paridade. (SILVA, I., 2017, p. 72)

Ao revisitar o passado, pelo viés da atualidade, o autor demonstra a profundidade da alma feminina, em um discurso de elogio e de justiça em sua trama que questiona os modelos comportamentais impostos no constructo social.

Outra personagem feminina que não pode deixar de ser citada é a mulher do médico, de *Ensaio sobre a cegueira* (1995). Ela é um exemplo acima de tudo de um grande ser humano. Com dignidade enfrenta as situações mais absurdas da decadência humana, funciona como uma âncora que segura e mantém firme a esperança de humanidade. A personagem que não é atingida pela cegueira branca, que pode vê e repara a verdadeira identidade da sociedade pós-moderna.

No romance *As intermitências da morte* (2005), temos o feminino representado por um dos símbolos mais conhecidos e imponentes da história: a morte. Saramago constrói a Morte com um corpo de mulher. A ela cabe marcar o fim da vida, mas humaniza-se perante os humanos, encontra-se no amor pelo violoncelista e "No dia seguinte ninguém morreu" (SARAMAGO, 2005, p. 207). O amor é o sentido que falta em muitas existências. Ela assume o impulso do amor e desconstrói estereótipos.

No romance *Caim*, destacamos a presença de Lilith, mulher que chama a atenção por se mostrar segura de si, ela é livre porque primeiramente é dona do próprio corpo, "[...] porque Lilith, quando finalmente abrir as pernas para se deixar penetrar, não estará a entregar- se, mas sim a tratar de devorar o homem a quem disse, Entra" (SARAMAGO, 2009, p. 58- 59). Caim afoga-se no vórtice de luxúria dessa mulher que preza pelo prazer não só do companheiro como o dela. Lilith não se anula em função do homem. Também cabe mencionar Eva, personagem do mesmo romance:

> Estava surpreendida consigo mesma, com a liberdade com que tinha respondido ao marido, sem temor, sem ter de escolher as palavras, dizendo simplesmente o que, na sua opinião, o caso justificava. Era como se dentro de si habitasse uma outra mulher, com nula dependência do senhor ou de um esposo por ele designado, uma fêmea que decidira, finalmente, fazer uso total da língua e da linguagem que o dito senhor, por assim dizer, lhe havia metido pela boca abaixo. (SARAMAGO, 2009, p. 23)

Comumente a mulher esteve associada com designo de insubordinação tanto na história como na literatura, tendo o vocábulo insubordinação caráter pejorativo; aquela que causa a desordem, a bruxa, a provedora do pecado, corpo de erotismo e perdição. Na história as mulheres que buscaram seu espaço em meio ao universo masculino foram símbolos de desobediência[28].

Na transcrição acima, Eva toma a iniciativa de ir até o jardim do éden para pedir ao querubim Azael que lhe deixe entrar no jardim e assim colher algumas frutas, pois não suportava mais a fome, ela e Adão já haviam passado por muitas abjeções. Adão não acredita na possibilidade de tal feito ser possível, primeiro porque era uma ideia feminina; segundo, porque um querubim autêntico não iria desobedecer às ordens do senhor. Então Eva parte sozinha e se descobre como um ser livre, que pode pensar por si mesma: "Atravessou o riacho gozando a frescura da água que parecia difundir-se-lhe por dentro das veias ao mesmo tempo em que experimentava algo no espírito que talvez fosse a felicidade, pelo menos parecia-se muito com a palavra" (SARAMAGO, 2009, p. 23).

Ao se deparar com o querubim Azael, que guarda a entrada do jardim do éden, inicia-se uma batalha dialética, Eva vence e finca seu *status* de mulher que luta. Contudo, não passa de uma transgressora aos olhos de Adão.

Eva preferiu transgredir e viver em vez de cumprir as ordens e morrer. Vista como aquela que infringiu e trouxe o pecado, ela apresenta o outro lado da sua travessia. Eva "Atravessou o riacho", superou a

---

[28] "Desde épocas remotas, os homens têm manipulado as mulheres para resolver seus problemas políticos, econômicos, sociais e emocionais. A elas muito tem sido negado ou proibido. Essa repressão foi oportuna para que a situação de domínio se mantivesse imutável" (PIRES, V., 2008, p. 9).

injustiça, porque "O que ela [vida] quer da gente é coragem" (ROSA, 1986 p. 278). Segundo Oliveira Neto (2011, p. 54),

> Convém dizer que o autor não apenas estabelece uma preferência significativa pelo feminino, mas instaura, às suas protagonistas, papéis outros, outras dimensões, outros valores, que vão de encontro à trivialidade que outros autores lhes delegaram; papéis como o de musa inspiradora, de anjo/ demônio, de eterno feminino e mesmo alguns casos de revelia, que mais reforçam a ideia de vítimas e de subserviência ao masculino, padecem, no universo ficcional saramaguiano, todos eles, de uma subversão.

A Voz feminina na obra de Saramago demarca a ruptura de padrões esperados convencionalmente em personagens femininas, a deusa, a donzela, a vítima. Se estão em situação de fraqueza, as mulheres saramaguianas espelham naquela conduta a força das mulheres, que, mesmo em sofrimento, são autônomas de suas dores, levantam-se do chão e seguem pela transgressão.

Em *Claraboia* (2011), temos uma grande quantidade de personagens femininas, cada uma com suas próprias características, distintas tanto fisicamente como psicologicamente. Aqui, Saramago (2011, p. 27) traz uma sexualidade feminina explícita:

> Maria Cláudia, sozinha, sorriu. Diante do espelho desabotoou a bata, abriu a camisa e contemplou os seios. Estremeceu. Uma leve vermelhidão lhe tingiu o rosto. Sorriu de novo, um pouco nervosa, mas contente. O que fizera provocara-lhe uma sensação agradável, com um sabor a pecado. Depois, abotoou a bata, olhou uma vez mais o espelho e deixou o quarto.

Isso provavelmente não seria próprio para o ano em que foi concluído, 1953, tempo de Salazar. A publicação ocorreu apenas após a morte do autor. O desejo de que a obra não fosse publicada em vida foi do próprio escritor português, pois no passado havia enviado a obra para uma editora lisboeta que não mostrou interesse no texto, tempos depois, a mesma editora contatou-o, justamente quando Saramago estava no seu auge com o reconhecimento do Nobel. A narrativa construída no livro, apesar de ser o seu segundo romance, já apresenta a desenvoltura da escrita saramaguiana, bem como suas preocupações com o cerne humano.

Claraboia conta histórias vividas em um pequeno prédio de seis apartamentos, repletos de personagens que lutam contra suas angústias do dia a dia. O desejo de liberdade ou o apego à reclusão, a busca pelo amor ou o direito de sentir apenas desejo, o prazer de ler um livro, um sorriso de criança, o sentido para a existência, da singela até a mais complexa vontade, tudo é escutado pelo cúmplice prédio. Nele habitam mulheres que se silenciam e outras que se impõem em igualdade perante os homens.

O objetivo crítico de Saramago é questionar estereótipos. Em nosso objeto de estudo, temos personagens femininas que também quebram a ideia de fragilidade e submissão ao masculino. Colocam-se como opositoras às individualidades impostas por seus parceiros.

2.3.1 O DUO FEMININO: MARIA DA PAZ E HELENA

Mais uma vez a força feminina irrompe na malha textual tecida por José Saramago, verificamos por fim a temática feminina em *O homem duplicado*. Na leitura das falas das personagens Maria da Paz e Helena, percebe-se que ambas são cruciais na narrativa. Primeiro porque a tragédia ocasionada é advinda pelo conflito entre Tertuliano e António que acabam por dividir a mesma mulher (Maria da Paz). Segundo, a força de Helena perante a situação de caos que se instala com a presença do duplo faz Tertuliano enfrentar o seu "eu".

Também temos outras presenças femininas na obra, como Dona Carolina Máximo (depois, com a morte falsa de seu filho, torna-se Carolina Claro, um duplo de si mesma), a mãe de Tertuliano, e outras que aparecem muitas vezes sem antropônimo. Nossa análise é pautada em Maria da Paz, namorada de Tertuliano Máximo Afonso e Helena, esposa de António Claro – Daniel Santa Clara (nome artístico do ator).

Maria da Paz é bancária, e Helena é empregada de uma agência de viagens. Como estamos analisando uma obra que aborda a identidade, precisamos tentar compreender a nomeação destas personagens. Saramago tem várias personagens que não têm nome, contudo aqui temos um caso diferente, a escolha de nomear todos nesse romance é significativa, uma vez que aborda a questão da identidade. Por isso é importante a análise etimológica e simbólica desses nomes.

O nome, decerto, está associado à identidade, isto posto, passemos para uma fragmentação do nome composto Maria da Paz, vejamos que essências temos. Maria tem uma denominação de comum e Paz remete à calma e tranquilidade. Conforme o dicionário de nomes próprios, Maria é um nome de origem incerta, com possível origem do hebraico, *myriam*, que significa "senhora soberana" ou "a vidente". Na perspectiva religiosa, é um nome de grande força, já que se refere à mãe de Jesus, filho de Deus. Saramago era grande conhecedor dos textos bíblicos, mesmo sendo ateu, e sempre nutriu, em suas obras, ácidas referências para com a religião católica. Contudo, não é o caso aqui, Maria da Paz é um nome na obra que tem um estado "comum" e simplório.

O nome Maria já teve outras ocorrências na escrita do autor, vejamos: Maria Dolores e Maria Guavaira (*A jangada de pedra*), Maria e Maria Sara (*História do cerco de Lisboa*), Maria Adelaide Espada e Maria Conceição (*Levantado do chão*), Maria Ana Josefa (*Memorial do convento*), Maria de Magdala e Maria de Nazaré (*O evangelho segundo Jesus Cristo*), Maria de Athaíde (*Que farei com este livro?*) e Maria Leonor (*Terra do Pecado*). No total, incluindo Maria da Paz, há doze ocorrências, demonstrando que apetece ao autor tal nome, mas que também não seria algo exclusivo, criado ou escolhido para a obra em estudo. Saramago pensa em cada detalhe quando cria suas narrativas, e se ele nomeia seus personagens, um caso nem sempre recorrente, é porque tais nomes são de muita importância. Oliveira Neto (2011) acredita que o nome é, sim, um recurso que pode desvelar mistérios sobre o sujeito,

> Como exemplo, é possível citar o debate em torno do nome pessoal, materialidade constitutiva da individualidade dos sujeitos, signo de fechamento identitário, ferramenta, por isso, de identificação, extensão verbal da existência dos indivíduos; ícone universal para as marcações sobre a questão das identidades e da individuação dos sujeitos nos textos literários, é ele, o nome pessoal, via constante de reflexão narrativa em Saramago. (OLIVEIRA NETO, 2011, p. 78)

Na citação supracitada, ressalta-se a relevância do tema identidade para Saramago. É possível que a escolha de trabalhar o duplo tenha tido essa motivação, e na obra os nomes são significativos, no caso de Maria da Paz, um nome composto, passa a ideia de dualidade, mesmo que seja comum. Vejamos, revisitando o verbete apresentado pelo dicionário de Houaiss e Villar (2015), temos como forma acertada palavras que remetem à personalidade de Maria da Paz, personagem, calma e tranquila. Nas primeiras falas do narrador em que ela aparece, percebemos que existe um longo tempo de espera e de persistência pela busca do amor de Tertuliano:

> A primeira era de uma voz feminina que não se anunciou, provavelmente por de antemão saber que a reconheceriam, disse apenas, Sou eu, e logo continuou, Não sei o que se passa contigo, há uma semana que não me telefonas, se a tua intenção é acabar, melhor que mo digas na cara, o facto de termos discutido no outro dia não devia ser motivo para esse silêncio, mas tu lá sabes, quanto a mim sei que gosto de ti, adeus, um beijo. A segunda chamada foi da mesma voz, **Por favor, telefona- me.** (SARAMAGO, 2002, p. 54, grifo nosso)

Pelo tom da conversa, nota-se um alto grau de intimidade, o que se confirma posteriormente quando Maria da Paz visita o apartamento de Tertuliano, "[...] entrou com o à-vontade de quem conhece os cantos à casa" (SARAMAGO, 2002, p. 95). E, apesar de mostrar-se decidida a terminar, ao final da conversa faz um apelo de retorno ao amado:

> Foi Maria da Paz quem por fim se despegou para murmurar, ofegando, uma frase que não chegou a concluir, Mesmo que me arrependa do que acabei de fazer, mesmo que me envergonhe de o ter feito, Não digas tolices, contemporizou Tertuliano Máximo Afonso a tentar ganhar tempo, que ideias, arrependimento, vergonha, era o que nos faltava, envergonhar-se, arrepender-se uma pessoa de expressar o que sente, Sabes muito bem a que me refiro, não faças de conta que não compreendes, Entraste, beijámo-nos, foi tudo do mais normal, do mais natural, Não nos beijámos, beijei-te eu, Mas eu também te beijei a ti, Sim, não tiveste outro remédio, Estás a exagerar como de costume, a dramatizar, Tens razão, exagero, dramatizo, exagerei vindo a tua casa, dramatizei ao abraçar-me a um homem que deixou de gostar de mim, deveria era ir-me daqui neste mesmo instante, arrependida, sim, envergonhada, sim, apesar da caridade de dizeres que o caso não é para tanto. (SARAMAGO, 2002, p. 95-96)

Maria é cheia de amor, prefere negar o que sua consciência lhe avisa em função ao amor inexistente de Tertuliano. A personagem é lúcida de sua realidade, mas busca no amor do outro a sua felicidade. Como disse Simone de Beauvoir (1980, p. 437-438),

> No dia em que for possível à mulher amar em sua força, não em sua fraqueza, não para fugir de si mesma mas para se encontrar, não para se demitir mas para se afirmar, nesse dia o amor tornar-se-á para ela, como para o homem, fonte de vida e não perigo mortal. Enquanto isso não acontece, ele resume sob sua forma mais patética a maldição que pesa sobre a mulher encerrada no universo feminino, a mulher mutilada, incapaz de se bastar a si mesma.

Maria da Paz figura como uma mulher que depende do amor do companheiro. Mesmo Tertuliano pouco lhe dando atenção, ela continua a acreditar na relação dos dois. Não percebe que ela é apenas uma companheira de cama; apenas no final do enredo ele diz que realmente a amava, mas tudo indica ser, na verdade, o sentimento de culpa por ter desencadeado a morte dela.

Ela vê, mas não observa, desconfia o tempo todo da dualidade de seu amado, como em: "[...] ponho-me a imaginar o maravilhoso que seria se me telefonasses apenas porque sim, simplesmente como alguém a quem lhe deu a sede e vai beber um copo de água, mas isso já sei que seria pedir-te demasiado, nunca finjas comigo uma sede que não sintas" (SARAMAGO, 2002, p. 267).

O plano de encontrar o duplo de Tertuliano só entra em ação, porque ele consegue o consentimento de Maria da Paz para usar nome dela na carta que escreve para a agência em que António Claro trabalha. Por meio da carta e usando o nome de Maria da Paz, ele descobre informações pessoais de seu duplo e inicia sua caçada. É também por conta da carta que António Claro chega até Maria da Paz, e como ela havia avisado quando autorizou o uso do nome dela sem saber o real motivo de Tertuliano: "Tem cuidado, vigia- te, quando uma pessoa começa a falsear nunca se sabe até onde chegará [...]." (SARAMAGO, 2002, p. 125).

Ela será o armistício entre Tertuliano Máximo Afonso e António Claro. Quando os duplos se chocam, o acerto de contas se dá com Maria da Paz. O acordo temporário entre Tertuliano e António só existe devido à presença de Maria.

António Claro se disfarça de Tertuliano, que apenas tem de aceitar e engolir sua cólera. Ao passar uma noite com Maria da Paz, António Claro tem, deste modo, sua vingança, pois está a tomar não só a identidade de Tertuliano como também lhe toma o amor. Entretanto, Maria da Paz descobre o plano de António Claro quando acorda ao seu lado e percebe que ele possui uma marca de aliança no dedo anelar da mão esquerda, marca que Tertuliano já não possui mais (ou ela se negava a aceitar a ver?), já que estava com seis anos que havia se divorciado. O ambiente em que ocorre a ação soma com a ideia de revelação: "A luz cada vez mais intensa que vinha penetrando pelas frinchas das rústicas portadas das janelas iluminava a pouco e pouco o quarto da casa de campo que António a levou. Maria da Paz suspirou e virou a cabeça para o lado de Tertuliano Máximo Afonso" (SARAMAGO, 2002, p. 312). A luz que adentra o quarto demonstra que pela primeira vez Maria da Paz não só viu como também reparou quem realmente seria Tertuliano? Podemos compreender que a revelação de Maria da Paz contribui com o pressuposto de Tertuliano e António serem a mesma pessoa, um homem que se divide em duas vidas, entre duas mulheres, e como falou Saramago em *Ensaio sobre a cegueira*: "Se podes ver, repara" (SARAMAGO, 1995, p. 9).

Maria da Paz insiste em não ver "Que o homem que a tinha trazido aqui e com quem passara a noite não era Tertuliano Máximo Afonso, disso tinha completa certeza, mas, se não era ele, quem seria então [...]." (SARAMAGO, 2002, p. 312). Seria possível uma explicação para a existência de duas pessoas exatamente iguais, no corpo, na voz, no jeito? A única maneira de descobrir seria o confronto:

> [...] começou a relacionar acontecimentos e acções, recordou palavras equívocas que havia escutado a Tertuliano Máximo Afonso, as suas evasivas, a carta recebida da produtora de cinema, a promessa que ele fizera de que um dia lhe contaria tudo. Não podia ir mais longe, continuaria a não saber quem era este homem, salvo se ele próprio o dissesse. A voz de Tertuliano Máximo Afonso ouviu-se lá de dentro, Maria da Paz. Ela não respondeu, e a voz insistiu, insinuante, cariciosa, Ainda é cedo, vem para a cama. Ela levantou-se da cadeira onde se havia deixado cair e dirigiu-se ao quarto. Não passou da entrada. Ele disse, Que ideia foi essa de te vestires, vá, tira a roupa e salta para aqui, a festa ainda não acabou, **Quem é você, perguntou Maria da Paz, e antes que ele respondesse, De que anel é a marca que tem no dedo.** António Claro olhou a mão e disse, Ah, isto, Sim, isso, você não é o Tertuliano, **Não sou, de facto não sou o Tertuliano,** Quem é, então, **Por agora, contenta-te com saber quem não sou,** mas quando estiveres com o teu amigo podes perguntar-lhe, Perguntarei, preciso de saber por quem fui enganada, **Por mim, em primeiro lugar, mas ele ajudou, ou melhor, o pobre homem não teve outro remédio, o teu noivo não é propriamente um herói.** (SARAMAGO, 2002, p. 312- 313, grifo nosso)

Os diálogos postos realizam um labiríntico discurso entre as personagens. Quando pensamos que compreendemos o mistério, o narrador nos mostra outros caminhos de interpretação. Abrimos um parêntese para ressaltar a relação entre a atitude de Tertuliano para com António, ele permite que o outro leve sua parceira assim como um bom "Anfitrião". A certeza de Maria da Paz de que aquele não é Tertuliano se efetiva quando o duplo afirma ser outro: "Não sou, de facto não sou Tertuliano" e "[ ] contenta- te com saber quem não sou", cria-se um ambiente insólito, já que sabemos que não se trata de clonagem ou irmão gêmeo. Contudo, a negação de António em dizer que não é Tertuliano pode ser uma forma de negar a si mesmo, ele é Tertuliano, mas não naquele momento, "Que importância tem que eu seja um ou seja outro" (SARAMAGO, 2002, p. 313), fala ele para Maria da Paz. Seria, então, um caso de conflito de identidade, interpretação que abordaremos no capítulo 3. Ficam então duas veredas de compreensão: uma para o insólito e a outra para o conflito de identidade, um caso entre o real e o duplo.

Em contraste a Maria da Paz, temos Helena, personagem com apenas uma denominação, marcando um traço unitário que, no entanto, possui uma forte origem. Na busca de uma origem para o nome, realizamos uma pesquisa primeiramente no dicionário de Houaiss e Villar (2015), cuja ocorrência foi a palavra *heleno*, que designa uma origem grega. No dicionário não consta o termo feminino da palavra. No *O livro dos Nomes* (2002), de Obata, apuramos que *Helena* vem do grego *heléne*, (de *helénos*, 'brilhante'), pelo latim *helene*, cujo significado é luz ou iluminada. Em outras pesquisas, descobrimos que "na Inglaterra renascentista os rebeldes davam a suas filhas o nome de "Helena", apesar da reputação divulgada em panfletos de que essa denominação acarretaria desgraça" (HUGHES, 2009, p. 51). Na leitura do romance, Saramago faz inúmeras menções a fatos históricos e literários, incluindo entre eles a cultura grega (Tertuliano denomina a mãe de Cassandra, a história de Anfitrião, a caixa de Pandora, a *Ilíada*, de Homero em que narra a história da guerra, desde o rapto de Helena por Páris, irmão de Cassandra, até a derrota dos troianos). Vale destacar que Cassandra previa o futuro, mas ninguém acreditava em suas previsões. O mesmo ocorre na narrativa de Saramago. Tertuliano ignora totalmente os conselhos de sua mãe e, devido a isso, tem o fim pautado em tragédia.

Fica explícita a relação da personagem Helena com o poema épico, personagem que, também no romance, passará por situação semelhante. Existem muitas versões para a história de Helena, dentre todas, sabemos que ela foi uma mulher que marcou e influenciou as narrativas e possuía uma grande beleza. Da mesma forma das narrativas originais, Tertuliano quer Helena, o rapto aqui é realizado de modo simbólico, quando a personagem toma o lugar de seu duplo. A Helena criada por Saramago, além de beleza, possui destreza e inteligência. Desde o primeiro contato que Tertuliano fez com seu marido, ela entende que terá de se manter forte perante a tragédia que se anuncia,

> como o faríamos, chamamo-lo aqui, tu despido e ele despido para que eu, nomeada juiz pelos dois, pronuncie a sentença, ou não a possa pronunciar por a igualdade ser absoluta, e se eu me retirar de onde estivermos e voltar logo a seguir não saberei quem é um e quem é outro, e se um dos dois sair, se se forembora daqui, com quem fiquei depois, diz-me, fiquei contigo, fiquei com ele, Distinguir-nos-ias pelas roupas, Sim, se as não tivésseis trocado, Tem calma, estamos só a conversar, nada disso sucederá, Imagina, decidir pelo que está fora e não pelo que está dentro, Tranquiliza-te, E agora pergunto-me que teria querido ele dizer quando lançou aquela de que, pelo facto de vocês serem iguais, morreriam no mesmo instante, Não o afirmou, apenas exprimiu uma dúvida, uma suposição, como se estivesse a interrogar-se a si mesmo, De toda a maneira, não entendo por que achou necessário dizê-lo, se não vinha a propósito, Terá sido para me

impressionar, Quem é este homem, que quererá ele de nós, Sei o mesmo que tu, nada, nem do que é, nem do que quer, Disse que é professor de História, Será verdade, não iria inventá-lo, pelo menos pareceu-me ser pessoa culta, quanto a ter-nos telefonado, creio que sucederia o mesmo se, em vez dele, tivesse sido eu a descobrir a semelhança [...]. (SARAMAGO, 2002, p. 129- 130)

Helena pressente o início de um mal na vida deles: "[...] mas agora percebo que é outra coisa o que estou a sentir, Quê, Não sei explicar, talvez um pressentimento, Mau, ou bom, É só um pressentimento, como uma porta fechada atrás de outra porta fechada [...]" (SARAMAGO, 2002, p. 130).

A personagem foge da ideia de fragilidade e é a que mais consegue manter o controle diante da situação anunciada pelo marido, ela, a princípio, racionalmente pretende entender a duplicação anunciada: "Helena, [...] deitada de costas, com os olhos fitos no tecto, deixou que as suas confusas ideias se fossem a pouco e pouco ordenando e tomassem o caminho onde se reuniriam num pensar já racional, já coerente [...]" (SARAMAGO, 2002, p. 132). Ela estava ciente de que o medo levaria a imaginação e as "[...] fantasias com explicação demasiado fácil" (SARAMAGO, 2002, p. 132).

Helena desperta desejos ao pensar que há outro igual a seu marido, "homem que ela não teria necessidade de despir para saber como seria fisicamente, da cabeça aos pés, todo ele, a seu lado dorme um igual" (SARAMAGO, 2002, p. 132), inclusive não se censura por isso, pois sabe que é "senhora dos seus pensamentos e do seu querer" (SARAMAGO, 2002, p. 132).

Helena começa por negar a possibilidade fantástica dos fatos e anota o número do telefone de Tertuliano. Estaria ela pensando no fato de que seu marido estaria apenas confuso psicologicamente? Ela afirma ao marido que tal perturbação estaria na cabeça dele e, mesmo que fosse verdade, o pior já havia acontecido; ele já fora consumido pela ideia do duplo.

Ao ter o número de Tertuliano em mãos, Helena realiza uma chamada do local de trabalho, primeiro para a sua casa, depois para o possível duplo, entretanto, em nenhuma das ligações é atendida. Ela não sabe o porquê teria feito aquilo; estava a duvidar do esposo? Não há uma resposta, o narrador intervém e comenta que nem sempre tomamos consciência de nossos atos, e que, se por acaso Tertuliano tivesse recebido a ligação de Helena, haveria uma possível gama de subtons a serem entendidos nesse diálogo, contudo o narrador não nos entrega isso e afirma: "deixámos para ilustração dos leitores mais interessados no que se esconde do que naquilo que se mostra" (SARAMAGO, 2002, p. 198). Seria o diálogo entre as duas personagens a revelação do mistério sobre o duplo? Helena teria evitado a tragédia do duplo? Maria da Paz não teria morrido? Não temos respostas, mas decerto o narrador quis gerar essas possibilidades ao não entregar situações que levariam a um fim determinado da narrativa.

A personagem feminina aqui se mostra ávida pela verdade e age como peça importante para a condução da narração. Nos momentos finais da obra ela se depara com a difícil situação:

> Tertuliano Máximo Afonso percebe que não pode esperar nem mais um minuto, ou então será obrigado a calar-se para sempre. Disse, O homem que morreu não era Tertuliano Máximo Afonso. Ela fitou-o inquieta e deixou sair da boca três palavras que de pouco serviam, Quê, que disseste, e ele repetiu, sem a olhar, Não era Tertuliano Máximo Afonso o homem que morreu. A inquietação de Helena transformou-se de súbito em um medo absoluto, Quem era, então, O seu marido. Não havia outra maneira de lho dizer, não havia no mundo um só discurso preparatório que valesse, era inútil e cruel pretender aplicar a ligadura antes da ferida. Em desespero, alucinada, Helena ainda tentou defender-se da catástrofe que lhe desabava em cima, Mas os documentos de que o jornal fala eram desse Tertuliano de má morte. Tertuliano Máximo Afonso tirou a carteira do bolso do casaco, abriu-a, extraiu lá de dentro o cartão de identidade de António Claro e estendeu-lho. **Ela pegou-lhe, olhou a fotografia que havia nele, olhou o homem que tinha na frente, e compreendeu tudo. A evidência dos factos reconstituiu- se-lhe na mente como um jorro brutal de luz** [...]. Tertuliano Máximo Afonso adiantou-se, agarrou-lhe as mãos com força, e ela, abrindo uns olhos que eram como uma lágrima imensa, retirou-as bruscamente, mas depois, sem força, abandonou-as, o choro convulso tinha-lhe evitado o desmaio, agora os soluços abalavam-lhe o peito sem compaixão, Também chorei assim, pensou ele, é assim que choramos perante o que não tem remédio. E agora, perguntou ela lá do fundo da cisterna onde se afogava, Desapareço para sempre da sua vida, respondeu ele, não me tomará a ver nunca mais, gostaria de lhe pedir perdão, mas não me atrevo, seria ofendê-la outra vez, **Não foste o único culpado**. (SARAMAGO, 2002, p. 223, grifo nosso)

Ao receber a notícia de que António Claro morreu (seja na mente de Tertuliano, ou na realidade), ela imediatamente pensa no que possa emergir da situação, analisar todas as questões antes de tomar uma decisão que seja irreversível, diferente de Tertuliano que apenas se afoga em desespero:

Aonde vais agora, Por aí, a recolher os cacos e a disfarçar as cicatrizes, Como António Claro, Sim, o outro está morto, Helena ficou calada, tinha a mão direita pousada em cima do jornal, a sua aliança de casamento brilhava-lhe na mão esquerda, a mesma que ainda segurava na ponta dos dedos o anel que fora do marido. Então disse, Resta-te uma pessoa que pode continuar a chamar-te Tertuliano Máximo Afonso, Sim, a minha mãe, Está na cidade, Sim, Há outra, Quem, Eu. (SARAMAGO, 2002, p. 314)

A iniciativa como nas outras obras de Saramago, novamente, parte do feminino: "Estou a dizer-te que fiques comigo, que tomes o lugar do meu marido, que sejas em tudo e para tudo António Claro, que lhe continues a vida, já que lha tiraste" (SARAMAGO, 2002, p. 134). A personagem feminina pela força da discussão une morte e vida. Da tragédia, Helena vê um novo começo com aquele novo homem e "Tomou-lhe a mão esquerda e, devagar, muito devagar, para dar tempo a que o tempo chegasse, enfiou-lhe a aliança no dedo. Tertuliano Máximo Afonso puxou-a levemente para si e ficaram assim, quase abraçados, quase juntos, à beira do tempo" (SARAMAGO, 2002, p. 134). Assim,

> [...] we can state that Saramago has a utilitarian approach to his female characters, serving the novel's structure; without women the narrative structure would be completely reorganized. The appearance of a woman in each Saramago's novel is a crucial moment, because it is the woman who becomes the driving force of the plot at a certain point. (CHARCHALIS, 2012, p. 435)[29]

Na estrutura do romance, as mulheres reorganizam as ações e demarcam uma situação importante. Como na situação acima, Helena vê um novo começo e Tertuliano percebia apenas um fim. Helena é quem permanece até o final e não Maria da Paz. A presença de Helena ao final da narrativa reforça a força da personagem no romance e confirma a ideia de seu nome não ser uma escolha aleatória. Uma mulher forte que é a força motriz para superar o estrago deixado pelo duplo. Conforme Arnaut (2008, p. 193):

> As histórias de amor que, segundo o autor, sempre surgem nos seus romances "com toda a naturalidade", acontecem "graças ao que são as" suas "mulheres, pessoas muito especiais, muito particulares, que na verdade

---

[29] "Podemos afirmar que Saramago tem uma abordagem utilitarista de suas personagens femininas, servindo a estrutura do romance; sem as mulheres, a estrutura narrativa seria completamente reorganizada. A aparição de uma mulher em cada romance de Saramago é um momento crucial porque é a mulher que se torna a força motriz da trama em um certo ponto" (CHARCHALIS, 2012, p. 435, tradução nossa).

acabam por não pertencer a este mundo [...]. São como ideais, como arquétipos que nascem para ser propostos". Assim, ainda de acordo com José Saramago, "as [suas] histórias de amor", no fundo, são histórias de mulheres, o homem está ali como um ser necessário, por vezes importante, é uma figura simpática, mas a força é da mulher.

A força (no sentido de presença necessária e de estopim para o conflito entre os parceiros delas) das duas personagens Maria e Helena é o que move a história do romance. Se não fossem elas, Tertuliano e António não duelariam, pois ambos querem ser o único que pode ser amado. O duplo entre Maria e Helena começa pela oposição entre os significados dos nomes, esses são caracterizadores de suas personalidades opostas: Maria é um nome comum de origem judaica, enquanto Helena é um nome de origem grega, ligado à beleza, à luminosidade e até a origem de um povo. Do mesmo modo, essa oposição se salienta em relação à independência, à busca de seus desejos sem culpa, muito diferente de Maria da Paz.

Maria da Paz e Helena formam uma presença dual oposta, mas complementares. A composição das personagens é feita de diálogos precisos e peremptórios. Cumpre observar, para encaminhamentos finais que, como foi discutido, as mulheres construídas nas narrativas de Saramago realizam rupturas dos padrões, contudo, percebemos que, no romance em estudo, Maria da Paz não segue essa regra. A oposição entre Maria da Paz e Helena cria um duplo heterogêneo, as duas não são sósias, mas faz revelar a identidade de uma através da outra. A dificuldade do diálogo entre Tertuliano e Maria da Paz não ocorre com ele e Helena, evidenciando a complementariedade que esta realiza com o protagonista. Em todo caso, elas são as responsáveis pelas progressões que ocorrem nas histórias, que estão sempre em ação, seja por palavras ou atos.

3 A MÁXIMA DO MAL ATRAVÉS DAS PERSONAGENS DE JOSÉ SARAMAGO

Os seres ficcionais criados na tessitura do texto não são apenas constituídos de papel e tinta; há tempo, percebeu-se que o convite a estes seres, por meio da leitura, para adentrarem em nossas vidas, acaba por materializá-los. Algumas personagens são mais meticulosamente criadas e tornam-se imortais, cristalizadas no imaginário coletivo, transitando em diferentes épocas, de modo a deixar sempre rastros de uma inacabável voz; já outras, não. Adentrar o saguão de personagens com glória requer o lapidar constante do escritor sobre o texto, tempo para a sua difusão e um fiel público leitor.

Dos critérios listados acima, o leitor ocupa o maior destaque. É na leitura que as histórias contidas na obra ganham vida, e consequentemente as personagens passam a traçar seus próprios percursos. Estes seres de ficção nos permitem, através deles, apreciar profusas situações, como: lutar por um amor impossível, conhecer novas amizades, viajar em direção ao desconhecido, pertencer à outra espécie, fugir do inevitável, ser o mais sábio ou mais tolo de todos, encarar a morte, interceder em defesa de alguém etc. José Saramago, em entrevista ao Programa Roda Viva[30], em 1992, fala do processo de criação de suas personagens. Em sua concepção:

> Trata-se, talvez, da consciência muito clara, enfim, muito viva, que no fundo no fundo, nós somos feitos de papel. Quer dizer, cada um de nós é muito mais feito de papel do que de carne e osso. E digo que somos feitos de papel porque somos feitos das leituras que fizemos. Então, parece-me um erro, de certa maneira, parece-me um erro dividir, digamos, a vida entre o que é realidade, que chamamos de realidade – as pessoas que estão por aí, nós próprios aqui todos juntos – e esse outro universo feito de palavras, de personagens de livros, de páginas. Tudo isso, no fundo, tem, às ve-

---

[30] SARAMAGO, José. Memória Roda Viva: José Saramago (1992). In: Programa Roda Viva, São Paulo, 7 set. 1992. Entrevista concedida a Rodolfo Konder no Programa Roda Viva.

zes tem, creio que tem, eu diria que tem sempre, ou pelo menos tem mais fortemente em muitos casos, tem mais influência em nós do que a própria realidade, isso que chamamos de realidade. Portanto, se nos meus livros de fato há o apelo constante a esses seres de papel, para encontrar outros seres de papel, outros, em primeiro lugar o autor, e depois outros seres de papel, que são os leitores, é por uma razão muito simples: é que eu não separo isso a que chamamos de realidade dessa outra realidade fictícia, que é da imaginação, que é da invenção, e a ambas eu vejo embrenhadas uma na outra. [...] Então, toda esta, digamos, todo este imbricamento entre o que é fictício e o que é real, julgo eu, é o que passa pelos meus livros. (SARAMAGO, 1992)

A realidade e a ficção estão interligadas; o nosso processo de conhecer o mundo dito como real passa pelo processo de leitura do mundo, que muitas vezes se efetua por uma obra, e quase sempre uma obra literária. Os seres de papel criados por José Saramago estão em constante busca dos outros seres de papel que somos. Constituímo-nos de leituras, de histórias, pois, ao final de nossa trajetória, são elas que fazem com que permaneçamos vivos. Nosso encanto por personagens está no fato de elas, com suas histórias, nos possibilitarem ser/conhecer o outro e, por consequência, nós mesmos.

Percebe-se então a significância desse componente para os estudos literários e especialmente para o texto ficcional. Acerca dos estudos sobre personagens, sabe-se que foi com a *Poética* (1993), de Aristóteles (384 a 322 a.c), que surgiram as primeiras conceituações a respeito das manifestações e funções da personagem dentro dos gêneros líricos, épicos e dramáticos. Dentre muitos conceitos elaborados por Aristóteles, a sua percepção de *mímesis* influenciou significativamente a ideia de personagem. Ao pé da letra, *mímesis* significa "imitação", e, neste sentido, alguns compreenderam a personagem como uma imitação dos seres pertencentes à realidade. Tal concepção foge do real interesse de Aristóteles, pois, para o filósofo grego, interessa não somente aquilo que é imitado em um texto, mas como tal imitação criativa surge nos recursos empreendidos para a construção da obra artística como um todo. A *mímesis* aristotélica deve ser compreendida como uma atividade que recria a "realidade" segundo uma nova dimensão. Nas palavras de Aristóteles (1993, p. 55):

> [...] não é ofício de poeta narrar o que aconteceu; é, sim, o de representar o que poderia acontecer, quer dizer: o que é possível segundo a verossimilhança e a necessidade. Com efeito, não diferem o historiador e o poeta por escreverem verso ou prosa (pois que bem poderiam ser postos em verso as obras de Heródoto, e nem por isso deixariam de ser história, se fossem

em verso o que eram em prosa) – diferem, sim, em que diz um as coisas que sucederam, e outro as coisas que poderiam suceder. Por isso a poesia é algo de mais filosófico e mais sério do que a história, pois refere aquela principalmente o universal, e esta o particular. Por "referir-se ao universal", entendo eu atribuir a um indivíduo de determinada natureza pensamentos e ações que, por liame de necessidade e verossimilhança, convêm a tal natureza; e ao universal, assim entendido, visa a poesia, ainda que dê nomes às suas personagens; particular, pelo contrário, é o que fez Alcibíades ou o que lhe aconteceu.

A partir da passagem, pode-se concluir que a forma empregada na construção do texto literário não é a sua principal caracterização; a característica que o distingue de qualquer outro texto é a sua capacidade criadora de poder narrar fatos verídicos com a peculiaridade de transfigurá-los. Não existe a obrigação com a veracidade histórica. Com o foco no possível e no verossímil, a arte – e, por consequência, o texto literário – assume papel de importância dentro do narrar da história da sociedade. A arte traduz os fatos históricos sociais para além do real, e é nesse contexto que a personagem é inserida. Para Brait (1985, p. 31), as concepções de Aristóteles sobre *mímesis* devem se estender ao conceito de personagem, uma vez que "[...] ente composto pelo poeta a partir de uma seleção do que a realidade lhe oferece, cuja natureza e unidade só podem ser conseguidas a partir dos recursos utilizados para a criação".

Concordamos com a afirmativa de Brait (1985) ao entendermos que a personagem é construída não com base no real absoluto, mas sim com o potencial que esta oferece para o processo criativo. Ela então é a relatora, experimentadora e condutora das transfigurações criadas na narrativa, não sendo a imagem e semelhança da pessoa humana; sua construção é feita das particularidades que comandam o texto e é, sim, uma criação de personalidade *sui generis,* que pode ilustrar o reflexo do ser real dentro da verossimilhança da obra. Leitores de José Saramago se deparam com este fato ao folhear suas obras, pois o espaço da narrativa e suas personagens lhes dão a falsa ideia de se tratar de uma realidade nossa; contudo, essa falsa similaridade é apenas uma das características criativas empregadas pelo escritor para garantir a imersão do leitor.

A construção literária é composta de orações que projetam um contexto objectual, que, segundo Rosenfeld (2005, p. 9-50), pode ter seres "puramente intencionais", isto é, seres onticamente não autônomos ou seres "também intencionais", que, quando autônomos, se tornam alvo de um ato. Assim, Saramago criou uma personagem chamada de

Tertuliano Máximo Afonso e construiu orações como "[...] Tertuliano Máximo Afonso olhou ao redor, ali estavam, firmes e impávidas, as duas estantes cheias de livros [...]." (SARAMAGO, 2002, p. 22), que pode não ter como referência alguém da realidade (ôntica não autônoma), mas, por outro lado, também existe a possibilidade de ter uma referência no real, e este pode ser visado por mim num ato intencional, mesmo que ele ainda esteja com plena autonomia; entretanto, a sua imagem captada em minha consciência é de minha autoria, não podendo ser manipulada pelo outro, logo, "também intencional". O correlato da oração pode referir-se tanto a alguém real como permanecer sem nenhuma referência a uma pessoa real. "Todo texto, artístico ou não, ficcional ou não, projeta tais contextos objectuais 'puramente intencionais' que podem referir-se ou não a objetos onticamente autônomos" (ROSENFELD, 2005, p. 15). Assim, seja uma personagem criada com base em alguém ou não, ambas seriam intencionais, uma vez que, passado para um contexto objectual, estão inseridas numa obra de ficção, em que há a intencionalidade da criação, da imaginação.

José Saramago apresenta com nitidez seus personagens, pois, em sua narração, há riqueza de detalhes que não tornam a leitura cansativa, e, em seu modo de escrever, a descrição coloca a personagem em ação, e a narração não se torna mero empilhamento de características. Tal ação apresenta personagens mais completos, desempenhando, na ficção, o disfarce da realidade. Segundo Rosenfeld (2005, p. 28), "Homero, em vez de descrever o traje de Agamenon, narra-lhe a história desde o momento em que Vulcano o fez. Assim, o leitor participa dos eventos em vez de se perder numa descrição fria que nunca lhe dará a imagem da coisa".

Nas orações coordenadas (1. Tertuliano Máximo Afonso olhou ao redor, /2. ali estavam, firmes e impávidas, as duas estantes cheias de livros), a personagem emancipa-se aos poucos, pois, a cada período, recebemos descrições do que ocorre com a personagem que faz revelar fatores não diretamente mencionados. Por já sabermos que Tertuliano está em sua casa, informação dada em páginas anteriores, na sua ação de olhar seu ambiente, percebemos seu fascínio por livros, por narrativas, afirmativa que se confirma posteriormente, quando também começamos a perceber a recorrência da dualidade que o cerca, "as duas estantes [...] firmes e **impávidas**" (SARAMAGO, 2002, p. 22, grifo nosso). Cada emprego feito pelo narrador deve ser cautelosamente lido, já que há rastros do duplo em cada recanto do enredo.

O autor prepara uma apresentação física e psicológica da personagem, convida o leitor a deter-se nela e viver a ficcionalidade. O leitor, mesmo inserido na situação imaginária, não deixa de encontrar nela traços da realidade, uma aparente realidade que revela a intenção mimética,

> E isso a tal ponto que os grandes autores, levando a ficção ficticiamente às suas últimas consequências, refazem o mistério do ser humano, através da apresentação de aspectos que produzem certa opalização e iridescência, e reconstituem, em certa medida, a opacidade da pessoa real. É precisamente o modo pelo qual o autor dirige o nosso "olhar", através de aspectos selecionados de certas situações de aparência física e do comportamento — sintomáticos de certos estados ou processos psíquicos — ou diretamente através de aspectos da intimidade das personagens — tudo isso de tal modo que também as zonas indeterminadas começam a "funcionar" — é precisamente através de todos esses e outros recursos que o autor torna a personagem até certo ponto de novo inesgotável e insondável. (ROSENFELD, 2005, p. 35-36)

O leitor ao contemplar as personagens, passa também a vivenciar as outras possibilidades humanas de ser, já que o desenvolvimento individual real, aos poucos, limita a possibilidade de ser vários num só. Nós, leitores, somos *voyeurs* que, ao estarem atrás da porta, observam pela fechadura os momentos que gostaríamos de estar envolvidos. A literatura cria essa possibilidade de vivência, que, mesmo se fosse possível em vida concreta, não seria vivida em todas as suas possibilidades, uma vez que estar no processo nos tira da posição de observadores, tirando assim a possibilidade de ter tudo plenamente visado e apreciado no nosso ritmo.

No ensaio "A personagem do romance", Candido (2005, p. 54) não vê a personagem como o elemento mais essencial no romance, todavia concorda que "é o elemento mais atuante, mais comunicativo da arte novelística moderna, como se configurou nos séculos XVIII, XIX e começo do XX [...]". Para ele, a personagem, fora de seu contexto, perde seu pleno significado, já que esta não pode existir separada da realidade que encarna, pois não teria vida própria. A construção estrutural é, em sua perspectiva, a força maior de um romance. O autor adverte que "O enredo existe através das personagens; as personagens vivem no enredo. Enredo e personagem exprimem, ligados, os intuitos do romance, a visão da vida que decorre dele, os significados e valores que o animam" (CANDIDO, 2005, p. 54). Deste modo, a força da personagem depende de sua relação com o todo da narrativa. De certo, a personagem nasce dentro de seu enredo e por meio dele se consolida, ainda assim, isso não seria uma regra inquestionável. Sendo o texto de Candido (2005) um ensaio, e logo de cunho acadêmico, tem por objetivo a disseminação e debate de ideias. A personagem estaria sempre presa ao seu enredo, para que assim fosse atuante e com vida?

Podemos trazer como resposta as perspnagens: Capitu em *Dom Casmurro* (1996); Alice em *Aventuras de Alice no País das Maravilhas & Através do Espelho* (2002); Emília em *Emília no país da gramática* (1994) – que fogem dessa determinação, a saber, *Dom Quixote de La Mancha* (2012). As aventuras vividas pelo protagonista, Alonso Quijano, e seu fiel escudeiro, Sancho Pança, são bastante conhecidas até mesmo por aqueles que não realizaram a leitura da obra. Essas duas personagens já foram retratadas e revisitadas em diversas artes, sendo inseridas inclusive em novas e diferentes narrativas. Pode-se arriscar a dizer que certas personagens ganham vida por meio do enredo, mas que, posteriormente, num processo de solidificação de suas características, progressivamente, a personagem vai se definindo como um ser individual, ganha autonomia, e não necessariamente sua esfera de ação limita-se ao seu enredo de origem.

Dizendo de outro modo, como os seres humanos, as personagens também estão numa grande teia de normas, conceitos, culturas e vivências sociais que são passadas e compartilhadas no imaginário coletivo. Elas passam a transitar entre a realidade e a ficção, e, conforme Candido (2005), um ser fictício que brota da narrativa, passando a existir como verdade existencial, que, entretanto, destacamos novamente, nem sempre está limitada ao enredo de origem como fala o ensaísta.

Candido (2005) destaca que a personagem é um ser fictício, definição que para ele traz um paradoxo, pois como pode uma ficção "ser"? Existir o que não existe? Para ele, é sobre esse paradoxo que a criação literária se instala. O romance, sendo uma criação ficcional, traz a impressão de uma autêntica verdade existencial. O autor exemplifica seu pressuposto sobre ser fictício e ser real, trazendo a noção de percepção do outro, das pessoas que nos cercam. A nossa percepção do outro nunca é completa, pois, continuamente, em nosso contato e vivência, detectamos uma variedade de qualidades que chegam a ser contraditórias.

A nossa percepção do semelhante é primeiramente externa, depois passamos a tentar conhecer a sua natureza, entretanto ela é "oculta à exploração e de qualquer sentido e não pode, em consequência, ser apreendida numa integridade que essencialmente não possui" (CANDIDO, 2005, p. 56). Para ele, o conhecimento sobre nossos semelhantes é fragmentário e, por consequência, misterioso, inesperado. Esta constatação, a seu ver, é fundamental para a literatura moderna, que teve contribuições com os estudos da psicologia moderna, mas abre parêntese para esclarecer que "a noção do mistério dos seres, produzindo as condutas inesperadas, sempre esteve presente na criação de forma mais ou menos consciente" (CANDIDO, 2005, p. 57). Contudo, passou a ser conscientemente produzida por certos escritores do século XIX.

A partir dessas investigações, a arte criadora passa a tentar desvendar os mistérios psicológicos dos seres. As investigações metódicas em psicologia, segundo Candido (2005), influenciaram na ânsia dos escritores em descobrir a unidade dos seres e da infinitude do mundo interior. Essa concepção mostra que "o romance, ao abordar as personagens de modo fragmentário, nada mais faz do que retomar, no plano da técnica de caracterização, a maneira fragmentária, insatisfatória, incompleta, com que elaboramos o conhecimento dos nossos semelhantes" (CANDIDO, 2005, p. 58). O ensaísta, todavia, ressalta que, "na vida, a visão fragmentária é imanente à nossa própria experiência, é uma condição que não estabelecemos, mas a que nos submetemos. No romance, ela é criada, é estabelecida e racionalmente dirigida pelo escritor [...]." (CANDIDO, 2005, p. 58). Logo, os traços da personagem são ajustados com os elementos do romance, e o escritor estabelece uma lógica de conduta da personagem, que seja coesa com a narrativa. Para o autor, "a personagem é mais lógica, embora não mais simples, do que o ser vivo" (CANDIDO, 2005, p. 59).

Concordamos com a ideia, afinal a compreensão da existência humana não está à mostra, como no universo do romance, com todos os dados estabelecidos pelo escritor. A propósito, o autor chama a atenção que nem sempre a declaração do escritor sobre sua personagem será segura, mas que não pode ser uma fonte descartada, pois "Uma das grandes fontes para o estudo da gênese das personagens são as declarações do romancista; no entanto, é preciso considerá-las com precauções devidas a essas circunstâncias" (CANDIDO, 2005, p. 69). Para apreendermos o processo do ser fictício, devemos partir da análise do romance e de sua conduta dentro dele, sempre com cautela nas informações colocadas pelo autor, realizando um estudo com base na estética e na recepção que a obra oferece ao leitor dentro de uma determinada época e contexto, por isso os estudos sobre personagens serem profícuos, mesmo que seguindo determinadas ressalvas, para não cair em falsos achismos.

Como exemplo, em *O homem duplicado*, temos, na composição da obra, um mosaico de ambientação que remete às cidades tumultuadas da contemporaneidade, com seus grandes fluxos de pessoas, o enredo cria esse momento específico em que acontece a história. Dificilmente, com o avanço da internet e da tecnologia, iremos a uma locadora de fitas alugar um filme como Tertuliano, entretanto, nos vemos como ele, mesmo que assistindo a um filme na internet, ou realizando buscas frenéticas sobre os atores, os produtores e as curiosidades da produção cinematográfica recentemente vista. Fazemos isso como a personagem, na sua busca em querer conhecer o outro, a celebridade. Este modo de se apresentar os acontecimentos dá coerência à narrativa, pois cria-se o verossímil. Como explicado, a realidade exterior não é o único parâmetro para a ficção, as histórias contadas aproximam-se, mas é resultado exclusivo e original de um processo de criação. Deste modo, José Saramago cria uma trama que possibilita uma reflexão sobre os impulsos e a condição existencial humana a partir de um ser fictício que progressivamente ganha vida pela verossimilhança.

Foi a partir dos séculos XVIII e XIX, como já citado acima por Candido (2005), que ocorreram mudanças no estudo das personagens. O foco dos estudos sobre o aprofundamento psicológico das personagens têm como projeção o autor, interessado em relacionar os aspectos sociais e históricos a que ele está ligado, refletindo alguns aspectos do modo de ver, pensar e sentir no processo de escrita. Nas palavras de Brait (1985, p. 38-39),

> Nesse sentido, os seres fictícios não mais são vistos como imitação do mundo exterior, mas como projeção da maneira de ser do escritor. E é por meio do estudo dessas criaturas produzidas por seres privilegiados que é possível detectar e estudar algumas particularidades do ser humano ainda não sistematizadas pela Psicologia e pela Sociologia nascentes.

Como exposto na citação, a personagem deixa de ser apenas um arquétipo do ideal e adere às nuances sociais. Por meio da criação dos escritores, podemos buscar compreender aspectos do ser humano. Personagens como Tertuliano Máximo Afonso e António Claro nos apresentam a máxima do mal em que o homem pode chegar. O limite da perversidade do mal que provém das ações e percepções do homem. Através da linguagem e conduta das personagens, o romance *O homem duplicado* explora a maldade humana na transgressão de valores morais de uma sociedade. Seria o mal inerente em mim ou estaria fora de mim? O tema do mal continua a provocar, na humanidade, angustiosas indagações, é uma discussão universal e não solucionada. Muitas respostas foram buscadas para definir a origem e essência do mal, entretanto ainda não há uma teoria satisfatória para a compreensão do que é o mal e o porquê de sua existência. Assim sendo, constata-se a impossibilidade de resolver por completo essa problemática pendente. Optamos aqui por trabalhar com a concepção de mal como transgressão do limite de liberdade e ruptura de um paradigma. Cremos na possibilidade de racionalizar e entender o mal através de uma perspectiva ético-política assim como Rosenfield (1988).

Para Rosenfield (1988, p. 33-34), "O conceito de mal, em sua acepção ético- política, visa precisamente dar conta desta transgressão da liberdade pelo ato livre, da perversão particular das regras universais, ou seja, do engendramento da violência política na história". Entende-se que o mal estaria então relacionado com a violação das regras e da negação da liberdade em determinados contextos sócio-históricos.

O autor discute o advento das sociedades totalitárias no século XX e como estas suscitaram questionamentos sobre o que é o homem. Esse homem é apresentado, no decorrer da história, como um ser suscetível de ser modelado revelando múltiplas faces. Com os séculos XVIII e XIX, acreditou-se que o gênero humano seria aperfeiçoado por meio de novas formas de sociedade, que seriam capaz de assegurar o progresso histórico, político e moral. Contudo o que se viu foi o inverso dessa expectativa:

> O reverso desta expectativa foi que a história tomou caminhos imprevistos, que situações desconhecidas se apresentaram e que o homem, ou aquilo que se pensava ser o homem, revelou-se como suscetível de tomar diversas figurações. Algumas destas figurações apareceram como formas monstruosas, formas que nos obrigam a repensar o conceito de homem. (ROSENFIELD, 1988, p. 10)

O homem, ao longo da história, tomou atitudes que fizeram questionar o que se entendia por ser humano, por humanidade. Um animal capaz de razão que muitas vezes é tomado por subjetividades interiores que criam suas próprias regras e leis, vilipendiando a razão e, por conseguinte, a capacidade de viver em harmonia com outros.

Trazer o tema do mal, neste trabalho, tem como relevância apresentar sua presença nas personagens e, através deste tema, caminhar pela misteriosa natureza humana, de maneira a refletir sobre as formas possíveis das ações destas.

Para Kant (*apud* ROSENFIELD, 1988), existiria a dimensão coletiva das ações humanas más. Como exemplo, ele cita o caso das relações belicosas entre nações ou os massacres cometidos por um povo contra outro. Conforme Rosenfield (1988, p. 16), Kant "não conclui a possibilidade de uma enunciação negativa de uma ação má do ponto de vista moral no que concerne às regras de construção das proposições filosóficas". Tal falta ocorre porque Kant recusou reconsiderar o que é o homem perante o limite de sua livre- racionalidade, fato que poderia fazer o homem se voltar contra si próprio.

A "maldade" então não é inerente, ela surge na extrapolação da liberdade, como perversão de uma regra imposta pela sociedade ou criada pela própria pessoa. As figurações monstruosas com seus assombrosos feitos, sejam históricos ou ficcionais, denunciam a sedução que o mal produz na humanidade. O mal se alastra nas dimensões humanas e rompe elos sociais e morais. Seria possível denominar uma ação inteiramente boa ou má? Acreditamos que não, pois consideramos que existe a relatividade do contexto, dos componentes grupais e da cultura em que ocorre tal ação. Contudo, podemos delimitar a dimensão da ação dita má perante os agravantes de seus resultados dentro também de um grupo, um contexto e uma cultura. O mal é, pois, uma questão de perspectiva, com muitas ressalvas que são oriundas das tradições culturais e religiosas. Logo, surge daí a necessidade de regras que criem limites na liberdade humana, afinal, não se deve viver ao bel-prazer das vontades. O que quase sempre limita a manifestação das vontades transgressoras, além das leis, é o caráter temível da punição. A prática do mal leva sempre com ela o culpado e a vítima, que pode ser o próprio transgressor.

Nas reflexões de Ricoeur (2013) sobre a temática do mal abordada em *A Simbólica do Mal*[31], temos uma fenomenologia do mal. O mal, conforme o filósofo francês, acontece na experiência viva das ações humanas e pode ser atestado por meio das narrativas míticas. A natureza do mal não é da constituição ontológica do homem, e sim um acontecimento que se instala num tempo e numa ação. A relação do mal com o sentimento de falta é muito significativa para Ricoeur

---

31 Traduzido para o português por Hugo Barros e Gonçalo Marcelo, sendo lançado pela Edições 70, de Lisboa, em 2013. A obra é composta por ensaios que foram retirados do segundo volume de Finitude e Culpabilidade, de 1960, e pretende mostrar, ao sujeito moderno, que este já não é o centro de onde parte a reflexão filosófica.

(2013). Para ele, a falta surge da vontade, então ela impede a liberdade porque o homem está preso à vontade. Quando o homem está preso a uma vontade, é levado à prática do mal, uma vez que esta vontade gera a falta, a ausência que o ser deseja preencher. Justamente como Rosenfield (1988), Ricoeur (2013) pensa a relação da existência de liberdade e do mal no homem, com o diferencial de que traz a questão da falta, fator que impulsiona as vontades.

Sendo o mal possível de ser atestado por narrativas míticas, Ricoeur (2013) atenta para a importância dos símbolos. Para ele, os símbolos dão o que pensar. Ou seja, além dos significados que estão ocultos, também podemos usá-los para realizar uma reflexão mais profunda. Através de uma teorização do símbolo, mostra-se que ele é um fator de estímulo para o pensamento. Junto a eles, temos os mitos, que, antes das construções do conhecimento, das especulações, já se faziam presentes. O mito, para o homem moderno, não passa de mito. Logo, o mito já não pode ser uma explicação. De acordo com Ricoeur (2013, p. 22), "ao perder as suas pretensões de explicação, o mito revela a sua capacidade de exploração e de compreensão, aquilo a que chamaremos a sua função simbólica, ou seja, o seu poder de descobrir, de desvelar o elo entre o homem e o seu sagrado". Segundo o mesmo autor, o mito é um símbolo mais desenvolvido em forma de narrativa[32].

Ricoeur (2013, p. 43) fala também sobre a associação inquestionável no imaginário coletivo da relação entre mal e infelicidade: "[...] a ordem ética do fazer mal não se discerne da ordem cósmica e biológica do mal-estar (sofrimento), doença, morte, insucesso". E são esses símbolos, por exemplo, a mancha, que nos levam à compreensão do mal e como ele é o interdito da felicidade. Contudo, o que classificamos como mal (a mancha), torna-se neutro ou não impuro num outro sistema cultural e religioso. O mal e o bem são circunstanciais, e dependem dos sistemas de ideias de um grupo social. Para Valmor da Silva (2011, p. 123),

> Do ponto de vista antropológico, o mal é representado de acordo com o imaginário de cada cultura. Essa representação é simbólica, mas se apresenta como real, porque interpreta a realidade. Tal interpretação é feita por meio de símbolos, ritos, crenças, discursos e representações alegóricas figurativas. A isso se chama imaginário.

---

[32] Nas páginas 34 e 35 de *A simbólica do mal* (2013), encontra-se a seguinte exemplificação sobre a diferença entre o mito e o símbolo: "O exílio é um símbolo primário da alienação humana. A história da expulsão de Adão e Eva do Paraíso é uma narrativa mítica."

A temática do mal assume diferentes representações a depender do imaginário coletivo, e tais representações são disseminadas em artes e acabam por manter as imagens e os discursos culturais vivos ao longo de gerações. Entre os disseminadores, temos a literatura, onde "O imaginário coletivo, dessa forma, é fixado em relatos literários, que refletem, de maneira simbólica, as concepções diversas de cada cultura" (SILVA, V., 2011, p. 123).

Podemos entender, então, que a temática do mal dá materialidade às personagens, ou seja, coerência na história, pois os aspectos humanos retratados por eles saltam à consciência dos leitores tudo de forma coesa e satisfatória ao que foi apresentado.

A personagem é como porta-voz do autor, porém essa voz gira em torno das possibilidades e não do que evidentemente o autor acredita. É nesse ponto que reside o perigo, pois nem sempre a personagem age como o seu criador deseja; alguns são antagonistas da conduta que o escritor assume. Logo, o ideal é esclarecer os múltiplos aspectos de cada personagem da obra para não efetuar uma leitura superficial desta. A ênfase no processo da obra e o entendimento dela como um produto estético – percepção formalista – são de fundamental contribuição para o estudo de caracterização da personagem. Porém, vale destacar que a materialidade do texto terá seu estudo incompleto se não se considerar o tema que move sua criação. O material linguístico não está desconectado da realidade dita concreta. Neste sentido, uma abordagem do texto não pode deixar de lado contribuições de outras áreas, como a Sociologia e a Psicologia. Não é fazer da obra literária justificativa para um estudo sociológico ou psicológico, mas sim fazer uso de outras áreas para maior imersão no texto ficcional, afinal o escopo no estudo literário deve ser sempre a obra. O estudo da personagem exige uma abordagem plural, interna e externa.

Portanto, para uma compreensão mais aprofundada sobre a temática do mal e da sua relação com o mito do duplo e com a estética do fantástico abordado na obra *O homem duplicado*, não somente é preciso adentrar nas produções de José Saramago, para poder compreender o trabalho de linguagem desenvolvido pelo autor para a feitura de suas personagens, mais especificamente as que são figurativas do mal, como também utilizar como aporte teórico outras áreas dos saberes para fundamentar nosso estudo e realizá-lo sem jamais limitar o leque de possibilidades interpretativas.

Boa parte das obras escritas por José Saramago trata de um espaço em que existe uma forte relação com o espaço real da sociedade, e, em alguns casos, uma realidade histórica. Compreendendo a realidade e a ficção como algo que se entrelaça, o escritor português vê suas personagens não apenas como seres que ele criou, e sim como modificadores do processo artístico dele, pois são seres que lhe influenciaram, assim como as pessoas que fizeram parte de sua vida. As personagens não estão presas ao seu criador, e muito menos falam tudo sobre ele. Saramago alegou, em seu discurso proferido na solenidade de recebimento do prêmio Nobel de Literatura[33] que é

> criador dessas personagens, mas, ao mesmo tempo, criatura delas. Em certo sentido poder-se-á mesmo dizer que, letra a letra, palavra a palavra, página a página, livro a livro, tenho vindo, sucessivamente, a implantar no homem que fui as personagens que criei. (SARAMAGO, 1998, p. 4)

A maioria das personagens criadas por José Saramago não recebe nomes próprios, e, quando ocorre de serem nomeadas, têm consigo uma fundamental justificativa. No geral, elas recebem uma caracterização física e psicológica que se manifesta essencialmente nas ações praticadas. É possível afirmar que, em quase todos os escritos de José Saramago, a figuração do mal é um fator essencial para o desenrolar das histórias, que nascem de um incômodo do escritor, que reverbera no leitor. Saramago utilizou-se da seguinte argumentação sobre suas obras buscarem a ruptura com a ordem estabelecida:

> Mas eu necessito que se me apresente uma ideia, a que eu não chamo provocadora – porque penso que é uma palavra pouco infeliz –, mas uma ideia que ponha cá fora alguma preocupação minha, mesmo que eu não esteja muito consciente dela. De repente proponho ao leitor um pacto: você aceita o que lhe proponho... (SARAMAGO, 2009 *apud* SANTOS, J., 2010, p. 41)[34]

A compreensão do texto literário configura-se na relação autor e leitor. O autor não é o único criador da obra, de modo que a função do autor é colocar em pauta a disseminação de discursos em dado momento da sociedade. O texto não é o autor, mas a função dele (FOUCAULT, 1999). No caso do autor português, seu texto age ques-

---

33 Saramago, José. De como a personagem foi mestre e o autor seu aprendiz, Nobel Prize, 1998.

34 José Rodrigues dos Santos entrevistou pela última vez José Saramago em outubro de 2009. Oito meses depois, morre o português vencedor do prêmio Nobel de Literatura. Posteriormente, a conversa foi registrada em livro.

tionando os comportamentos contraditórios e bestiais do homem. A escrita de Saramago vem de uma ideia que se relaciona com o mal fruto de uma transgressão do limite de liberdade. Como falamos, temos a ideia de mal aqui como algo que ocasiona a ruptura de um paradigma, sendo da ordem do mal-estar. Saramago apresenta em suas personagens os aspectos de um mal que pode ser visualizado pelas ações. As temáticas abordadas nos escritos de Saramago levantam a problematização de certas temáticas, como a questão da violência, do medo, da alienação e da religião. Sempre há uma irrupção que leva ao embate de duas forças opostas na narrativa.

É claro que um enredo convencionalmente apresenta um antagonista, que pode ser até mesmo o tempo, o espaço e o narrador da história, porém, não se trata apenas de um contraventor que existe para ressaltar a bondade do protagonista. Nos textos saramaguianos, o mal é o estado-base em que partem suas ficções. O assunto sobre o mal gera fascinação e curiosidade, a presença desta temática faz com que a obra adquira contornos misteriosos. O problema do mal na produção saramaguiana contribui na análise da narrativa e das personagens:

> O princípio do Mal não é moral; é um princípio de desequilíbrio e de vertigem, princípio de complexidade e de estranheza, princípio de sedução, princípio de incompatibilidade, de antagonismo e de irredutibilidade. Não é um princípio de morte; bem ao contrário, é um princípio vital de desligação. (BAUDRILLARD, 2010, p. 114)

O mal tem como princípio o desequilíbrio, que parte dos propósitos individuais que se colocam acima da ética, da empatia e da convivência social. Na compilação de romances escritos pelo português, destacamos alguns cujo tema do mal é significativo para os conflitos da trama:

O evangelho segundo Jesus Cristo (1991)

O romance *O evangelho segundo Jesus Cristo* narra de forma humanizada a história da vida de Jesus Cristo, da infância à fase adulta, aproximando-o do terreno e afastando-o das representações tradicionais amparadas pelo cristianismo. O livro coloca que tanto Jesus Cristo como os seres humanos são apenas um joguete entre Deus e o Diabo, duas entidades soberanas que mantêm viva a dialética do bem e do mal. Neste evangelho, tudo é relido e visto por um viés crítico, apresentando o lado perverso de Deus de maneira a subverter a ideologia cristã.

Deus cria Jesus Cristo para uma finalidade egoísta, que é usar a morte do seu único filho para ampliar o número de devotos e consequentemente seus domínios na terra. De todas as maneiras, Jesus Cristo tenta convencer Deus a mudar sua sentença, uma vez que toda a humanidade estará em constante pranto e dor se a vontade dele for consumada. Contudo, fica claro que há um acordo definido entre Deus e o Diabo; o destino de Jesus foi selado e a este só resta aceitar:

> Cristo, a quem só restaria uma glória incerta e futura, compreende as estreitas relações existentes entre Deus e o Diabo: "Percebo agora por que está aqui o Diabo, se a tua autoridade vier a alargar-se a mais gente e mais países, também o poder dele sobre os homens se alargará, pois os teus limites são os limites dele". (SARAMAGO, 1991, p. 371)

Entre as duas entidades e encurralado, "[...] como se as mãos de Deus e as mãos do Diabo, divina e diabolicamente, se entretivessem, jogando o jogo dos quatro-cantinhos, com o que ainda dele restava" (SARAMAGO, 1991, p. 430), Jesus Cristo, aos poucos, percebe que bem e mal são faces de uma mesma moeda, assim como Deus e o Diabo.

A tese de Jesus, no decorrer da narrativa, confirma-se com as pistas que surgem: Deus e Diabo são caracterizados de maneira semelhante e possuem os mesmos interesses. Também há os diálogos que reforçam a ideia, a exemplo do diálogo entre Tiago e João: "Disse Tiago, Messias ou filho de Deus, o que eu não compreendo é como soube o Diabo, se o Senhor nem a ti declarou. Disse João, pensativo, Que coisas que nós não sabemos haveria entre o Diabo e Deus" (SARAMAGO, 1991, p. 359). A hipótese de Deus e o Diabo serem as mesmas criaturas na narrativa é definitivamente aceita quando a própria divindade recusa o pedido de paz do seu inimigo na defesa de que sem seu opositor ele não existiria:

> Não te aceito, não te perdoo, quero-te como és, e, se possível, ainda pior do que és agora, Porquê, Porque este Bem que eu sou não existiria sem esse Mal que tu és [...] enfim, se tu acabas, eu acabo, para que eu seja o Bem, é necessário que tu continues a ser o Mal, se o Diabo não vive como o Diabo, Deus não vive como Deus, a morte de um seria a morte do outro. (SARAMAGO, 1991, p. 392)

A relação existente entre ambos é como a do duplo; são dependentes um do outro, são similares e, ao mesmo tempo, opostos, pois a anulação de um é o término do outro. Percebemos que, "com todas essas pistas, o que o narrador quer frisar para o leitor é que o Diabo é simplesmente um heterônimo de Deus, ou seja, seu *alter ego*" (OLIVEIRA, S., 2002, p. 235). Dentre os temas abordados pelo autor, o mal funciona para ele como um desencadeador de outros temas, principalmente para explorar as dualidades.

O mal em *O Evangelho Segundo Jesus Cristo* é tão essencial quanto a presença do bem, pois é o combate dessas forças antagônicas que sustentam o mistério da história, e, assim, podemos compreender o embate entre Deus e Diabo como uma alegoria para o projeto de texto que se desenvolve nas páginas do romance. Como projeto de texto, Saramago apresenta a discussão cristã sobre os dogmas. A fé e a razão, a imagem de um Deus cego de sua supremacia, e um de Diabo questionador. Em sua escrita, as duas faces dos canônicos evangelhos do cristianismo, uma autêntica e irrefutável, e a outra sonegada e vil, de modo a permitir que a literatura faça o que é de seu direito: criar.

As intermitências da morte (2005)

A dualidade se faz presente nesta obra através dos termos vida e morte. Por meio do insólito, José Saramago levanta a reflexão sobre a finitude da existência humana, este mal está além de toda e qualquer compreensão, todavia, se torna palpável quando o escritor personifica a entidade da morte. O mal aqui não é necessariamente algo que vai contra um código ético, moral ou religioso, mas algo que não é bom para o homem porque encerra a vida deste. O medo do desconhecido é o mais temível sentimento que a sociedade carrega consigo, entretanto, ao trazer a ceifeira ao meio dos humanos, atenua-se o medo deste desconhecido chamado finitude.

Em *As intermitências da morte*, no primeiro dia do ano novo, em uma localidade não revelada, as pessoas passam a não morrer. Por horas não se escuta uma notícia sobre um único falecimento. Isso provoca um caos: as colisões, as doenças e quedas fatais não geram óbitos, os doentes terminais são impedidos de morrer e assim seguem agonizando até a hora da morte, que já não chega mais. Para muitos, a confirmação de que seja verdade que já não se morre mais é uma festa; para outros, se trata de um apocalipse, uma vez que não morrer implica quebra em toda uma história cultural-religiosa em que muitos se amparavam. O não morrer cria um desarranjo social típico das histórias saramaguinas, estando no caos a ordem por decifrar. Tal fenômeno sobrenatural é posto em prática pela morte personificada em forma de uma figura feminina: "A morte em todos os seus traços, atributos e características, era, inconfundivelmente, uma mulher" (SARAMAGO, 2005, p. 128).

Depois de presenciar todo o caos que foi sua decisão inicial de não matar mais ninguém, cujo intuito era mostrar aos seres humanos o que seria viver para sempre, a morte percebe que é melhor voltar ao seu estado natural de ação. As pessoas voltam a morrer, contudo, um caso específico chama a sua atenção, um violoncelista permanece vivo para além da data estipulada para a sua morte. Ao acompanhar de perto a vida do violoncelista, a morte apaixona-se pelo artista, e a consumação desse amor faz com que inicie a terceira intermitência da morte, pois, nos braços de seu amante, ela repousa e, no dia seguinte, ninguém morre.

Ao longo do livro, Saramago inverte os papéis entre os vivos e a morte. O caos que se instala quando se descobre a inexistência da morte humana faz com que as pessoas se tornem menos humanas, chegando a assumir o papel do carrasco, da morte, através das "Máphias" dedicadas exclusivamente a levar os moribundos para atravessar a fronteira do país e poderem dar seu último suspiro em terras onde ainda é possível morrer.

Por outro lado, a personagem que seria o emblema do mal, no caso a morte, pois é a anunciadora da finitude humana, e paulatinamente humaniza-se, cria compaixão ao próximo. Levanta-se a indagação sobre o que é ser humano, ponto-chave da obra apresentado na própria epígrafe do livro: "Saberemos cada vez menos o que é um ser humano". O mal do homem corrompido é abordado na obra através da luta pelo poder de decisão perante o caos que se instaura na sociedade pela greve da morte:

> Ao longo do texto, podem-se identificar diferentes discursos, entre os quais se destacam o do Primeiro Ministro, do Cardeal e da "Máphia". A luta entre o bem e o mal é ironicamente abordada pelo narrador, já que, mesmo que cada um insista em defender que sua situação é a mais séria e urgente, a greve da morte afeta todas as classes e esferas sociais, colocando-as num mesmo patamar. (OLIVEIRA, J., 2012, p. 47)

Cada personagem mostra a condição individualista de uma humanidade que não só faz parte da narrativa como também do mundo real. O homem é o agente do mal em determinadas situações, e, no romance, a individualidade de cada um faz com que eles pensem apenas em si próprios e pouco importa a situação dos demais perante o estado em que se encontra o país. Existe uma relação de causa e consequência nessa conduta do homem, pois seu egoísmo traz consequências como sofrimento, dor e morte. Mesmo nos mitos gregos, essa questão aparece: no mito de Édipo, Tebas vive a seca e a miséria porque um mal foi cometido, e os deuses mandaram o castigo. Para acabar com o mal, foi preciso purificar – Édipo arranca os olhos e peregrina em expiação.

Caim (2009)

Nesse romance, Saramago reescreve a mais conhecida história de assassinato entre irmãos, inserindo passagens em que realiza críticas ao Deus sanguinário e vingativo do Primeiro Testamento. O início da narrativa já apresenta essa sua intenção, quando abre suas primeiras páginas contando o pecado original e as consequências que Adão e Eva sofreram por romperem a advertência de seu severo criador, ao comerem o fruto proibido "da árvore do conhecimento do bem e do mal" (SARAMAGO, 2009, p. 12). Temos aprimeira manifestação da dualidade bem e mal, sendo justamente a ação maléfica de desobedecer ao criador o fator que gera o início do enredo bíblico. É como se o mal tivesse entrado na terra através do homem. E de fato, como já discutido, o mal não se vê, atesta-se nas ações das pessoas. A tentação criou o culpado e a vítima. A culpabilidade é uma das preocupações do ocidente cristão. A culpa recai sobre a serpente e o homem, que foi fraco. Essa questão de considerar que o homem foi enganado pela serpente acaba por minimizar a responsabilidade deste perante seus erros.

Posteriormente é que se conta como ocorre o assassinato de Abel e o eterno vagar de Caim; este, marcado pelo Senhor, torna-se imortal para viver sempre em julgamento. O protagonista viaja transgredindo o espaço-tempo, mostrando, entre encontros com Abraão e Isaac, e fatos como a destruição das cidades de Sodoma e Gomorra, que as crueldades dos homens nada mais são do que o reflexo do seu criador.

Deus, como personagem nesse romance, assim como n'*O Evangelho Segundo Jesus Cristo*, é caracterizado como um ser injusto, colérico e disseminador do mal. Foquemos, todavia, em outras circunstâncias para salientar a significância da temática do mal para o construto dos textos em análise. Aqui novamente Saramago dá voz às personagens eleitas pela tradição cristã como exemplos de má conduta, por exemplo, Lilith[35]. Caim conhecera Lilith[36] na terra de Nod (terra da fuga

---

35 "[...] Deus teria criado um casal: Adão e uma mulher que antecedeu a Eva. Esta mulher primordial teria sido Lilith, figura bastante conhecida da antiga tradição judaica. Lilith não se submeteu à dominação masculina. A sua forma de reivindicar igualdade foi a de recusar a forma de relação sexual com o homem por cima. [...] Existe também a crença de que Lilith teria se transformado em serpente para tentar Eva e se vingar de Adão." (LARAIA, 1997, p.153).

36 "Senhora de nod, esposa de noah. Belíssima e dominada pela luxúria. Costuma retirar operários da construção de seu palácio e promovê-los a porteiros da antecâmara de seu quarto (um eufemismo para amante). [...] Em um de seus passeios, a atenção de lilith é despertada pela marca que caim tem na testa. Pouco temou terra dos errantes). Ao chegar ao local, ele recebe, de um velho enigmático, informações sobre como é o local e como deve proceder:

> Chega à primitiva cidade Nod e se identifica pelo nome do irmão – Abel. Trabalha como pisador de barro e fica sabendo que o senhor daquelas terras é uma Senhora: Lilith, mulher de Noah, linda, rica, enferma de desejo, dona do palácio e da cidade: "Diz-se que é bruxa, capaz de endoidecer um homem com seus feitiços.". (SARAMAGO, 2009, p. 51)

O encontro entre Caim (agora Abel) e Lilith desencadeia uma paixão que fecunda infortúnios e traições: "[...] esta mulher que se apresenta como uma força contrária à bondade e masculinidade de Deus, mesmo sendo igual em grandeza, que

Saramago foi buscar para ser, não a mulher de Adão, mas a mulher de Caim." (FERRAZ, 2009, p. 119).

Lilith é a escolhida para ser mulher de Caim, e, símbolo da manifestação do mal, é ela quem movimenta as reflexões do protagonista como num de seus diálogos em que novamente a dualidade se faz presente: "Ninguém é uma só pessoa, tu, Caim, és também Abel" (SARAMAGO, 2009, p. 126). O romancista se utiliza da personagem para desconstruir o discurso de univocidade do ser humano, ser ora bom e ora mau a depender de suas ações. Caim, que é visto nas leituras como aquele que é mal, na narrativa de Saramago, se mostra mais humano e, como tal, dualista. Caim teme, sofre, deseja e ajuda. Se Caim em alguns momentos foi mal, este também foi Abel (bom), pois, em sua trajetória, teve mais compaixão que o Deus construído na obra:

> Não bastavam sodoma e gomorra arrasadas pelo fogo, aqui, no sopé do monte sinai, ficara patente a prova irrefutável da profunda maldade do senhor, três mil homens mortos só porque ele tinha ficado irritado com a invenção de um suposto rival em figura de bezerro, Eu não fiz mais que matar um irmão e o senhor castigou-me, quero ver agora quem vai castigar o senhor por estas mortes, pensou caim, e logo continuou, Lúcifer sabia bem o que fazia quando se rebelou contra deus [...]. (SARAMAGO, 2009, p. 101).

Saramago propõe reflexões através dos romances supracitados, nos quais o autor pretende levantar debates sobre a sociedade e suas condutas corruptivas, sem o interesse de aplicar moralismos. A estética do fantástico utilizado nas quatro obras, incluindo *O homem duplicado*, utiliza um código realista que passa por uma transformação e realiza

---

po depois, ele passa de amassador de barro a porteiro de antecâmara" (FERRAZ, 2012, p. 204).

uma transgressão dos elementos que povoam a narrativa. Os textos religiosos não são vistos como fantásticos, e, no caso d'*O Evangelho Segundo Jesus Cristo*, Saramago recria a narrativa utilizando personagens solidificados, que nada de fantasia carregam em nossa sociedade ocidental. Contudo, trata-se de um novo fazer escrito, de indagação de antigas perguntas não respondidas, em que o escritor, não sendo católico, traz consigo. Há uma inversão dos evangelhos, do que é verdadeiro e verossimilhante nos textos originais.

O impossível torna-se possível, o narrador impõe sua realidade à nossa, o universo da obra se justifica, tem-se a existência entre Deus e o Diabo, não se teme mais a morte e vive-se para sempre a ponto de se tornar o outro. Tais processos fazem irromper, na ficcionalidade, a anormalidade do mundo real, as regras e as leis que regem o mundo e o homem são mutáveis, assim como o fazer literário.

Os textos de Saramago projetam homens e mulheres ficcionais com dramas do mundo real. Todos os nomes estão lá, podemos nos ver em seus escritos, as personagens escapam do projeto literário de seu criador, porque elas passam a fazer parte de nossas vidas. Quando o livro fecha, ainda podemos falar delas.

3.1 O MAL-ESTAR DE TERTULIANO MÁXIMO AFONSO

Em *O homem duplicado,* conhecemos o professor de história do ensino secundário chamado Tertuliano Máximo Afonso, divorciado há seis anos e que mantém um relacionamento instável com a personagem Maria da Paz. Essas informações funcionam para uma primeira caracterização do ambiente e como pretexto para a apresentação da personagem; não obstante, elas dizem pouco de Tertuliano Máximo Afonso. Ciente disso, o narrador de imediato pega em nossa mão e antecipa a situação real do protagonista:

> Na verdade, Tertuliano Máximo Afonso anda muito necessitado de estímulos que o distraiam, vive só e aborrece-se, ou, para falar com exatidão clínica que a atualidade requer, rendeu-se à temporal fraqueza de ânimo ordinariamente conhecida por depressão. (SARAMAGO, 2002, p. 9)

A informação é inserida não somente para caracterizar o protagonista, como também instaurar dúvidas sobre as veracidades dos acontecimentos que surgirão no enredo. O que aflige Tertuliano Máximo Afonso é a depressão, uma de tantas doenças da mente que progressivamente adoece silenciosamente a sociedade. Em seu livro *A sociedade individualizada:* vidas contadas e histórias vividas, Zygmunt Bauman

(2008) define a depressão como um sentimento emblemático de nossos tempos modernos tardios ou pós- modernos:

> A depressão – o sentimento da própria impotência, da incapacidade de atuar e particularmente da incapacidade de atuar de maneira racional, para ser adequado às tarefas da vida – torna-se a mais emblemática de nossos tempos modernos tardios ou pós-modernos. Impotência, inadequação: esses são os nomes da doença da modernidade tardia, da pós-modernidade – o mal-estar da pós-modernidade. Não o temor da não-conformidade, mas a impossibilidade de se conformar. Não o horror da transgressão, mas o terror do infinito. Não demandas que transcendem nosso poder de atuar, mas atos esporádicos numa busca vã por um itinerário estável e contínuo. (BAUMAN, 2008, p. 60)

Para compreendermos melhor o protagonista e entendermos suas ações futuras, o debate sobre esse mal do século torna-se essencial. *Mal* aqui, em primeiro momento, está em outro contexto, é sinônimo de doença, motivo que fragiliza a personagem e o deixa mais suscetível à situação do duplo.

Afinal, o que levaria Tertuliano Máximo Afonso ao encontro de seu duplo/cópia? Esse duplo/cópia é real? Ou seria fruto de sua imaginação? A obra permite as duas interpretações? Comecemos por compreender a conduta da personagem. Como colocado por Bauman (2008), a depressão gera impotência e inadequação do ser, e as primeiras linhas do romance descrevem um ser que busca fugir do seu estado atual, que não sabe o que o atormenta e o que o inquieta, ele deseja manter-se satisfeito com a vida que leva, contudo a impossibilidade de se conformar é maior. Uma mente que não se reconhece no corpo e que está angustiada com tudo e com todos é um ambiente propício para o surgimento de uma segunda personalidade, corroborando com a tese de que o duplo apresentado a Tertuliano Máximo Afonso seria um distúrbio psicológico. De acordo com Terêncio (2013, p. 50), "Freud mencionava que a angústia, idealmente, deveria ser apenas um sinal perante o perigo, com o fito de preparar o sujeito para a fuga ou o enfrentamento". Deste modo, o mal estar de Tertuliano surge como um aviso prévio do que ele iria enfrentar, ou até mesmo fugir, no caso, a si mesmo.

Aceitar o duplo como uma patologia de Tertuliano não o coloca como cúmplice de si mesmo, uma vez que as condutas realizadas pelo protagonista no enredo são executadas inconscientemente pelo seu outro "Eu". Para Freud, a inconsciência não seria um estado permanente, mas que flui entre momentos de consciência e outros não. A inconsciência seria resultado do que foi reprimido em si próprio. O duplo age como um representante do superego. Tertuliano se depara com um duplo que é o seu superego personificado, e, aos poucos, o protagonista perde sua personalidade; a semelhança entre ele e o outro é como a perda de si. É interessante destacar que o protagonista é identificado em todo o romance por seu nome completo, sempre mencionado por Tertuliano Máximo Afonso, nunca por abreviações ou apenas por um dos nomes. A recorrência do nome completo demarca a insistência em mostrar-se ou ser mostrado pela narrativa, é a individualidade da personagem. É completamente o contrário do que ocorre em alguns romances do escritor.

José Saramago dedica sua escrita à construção de personagens atemporais, mas que são carregados de conceitos coerentes com o seu tempo, bem como ilustram muitas reflexões intemporais que ainda são enigmas para os homens, como, o destino de si mesmo. A personalidade de Tertuliano é posta como confusa e duvidosa no intuito de apresentar um "humano, demasiado humano", ele vive de acordo com suas próprias condutas morais e perspectivas, ficando quase sempre à margem da sociedade. A solidão é o seu refúgio.

Mesmo vivendo na multidão da urbanidade, Tertuliano é um solitário que, antes mesmo da aparição de seu duplo, havia criado uma companhia bastante peculiar, o seu Senso- comum. Personagem que aparece a Tertuliano de tempos em tempos para lhe dar conselhos, "raramente nos encontramos para conversar, lá muito de tarde em tarde, e, se quisermos ser sinceros, só poucas vezes valeu a pena, Por minha culpa, Também por culpa minha" (SARAMAGO, 2002, p. 32).

O Senso-comum na obra pode ser entendido como um alter ego (o outro eu), identidade oculta de Tertuliano na qual ele deposita total confiança. A presença do Senso- comum corrobora com a perspectiva de que o protagonista sofre de transtorno de identidade e precisa criar diferentes "Eus" para assumir suas ações. Na maioria das vezes,

o Senso-comum age como superego, condenando suas atitudes e insistindo que Tertuliano se esqueça da existência do duplo, pois sabe que o encontro com seus múltiplos quebra a harmonia, uma vez que haverá conflitos entre muitos desejos e vontades. Dificilmente Tertuliano dá ouvidos ao Senso-comum, e este agirá como uma consciência que pune o mau comportamento com o sentimento de culpa:

> Percebendo que a vigilância consciente tinha esmorecido numa espécie de delíquio, o senso comum, que depois da sua enérgica primeira intervenção

> havia andado não se sabe por onde, insinuou-se entre dois fragmentos inconclusos daquele vago discorrer e **perguntou a Tertuliano Máximo Afonso se ele se sentia feliz com a situação que tinha criado**. Devolvido ao sabor amargo de uma cerveja que perdera rapidamente a frescura e à mole e húmida consistência de um fiambre de baixa qualidade espremido entre duas fatias de falso pão, o professor de História respondeu que a felicidade não tinha nada que ver com o que se estava a passar ali, e, quanto à situação, pedia licença para recordar que não fora ele quem a criara. De acordo, não a criaste tu, respondeu o senso comum, **mas a maior parte das situações em que nos metemos nunca teriam chegado tão longe se não as tivéssemos ajudado, e tu não me vais negar que ajudaste esta**. (SARAMAGO, 2002, p. 57-58, grifo nosso)

Aqui temos um exemplo do conceito de mal que abordamos na *obra O Homem duplicado (2002)*, há transgressão do limite de liberdade e ruptura de um paradigma. Tertuliano rompe sua rotina ao se deparar com a presença de um sósia no filme a que assiste. Ele não deixa a história passar em branco, não ignora o fato como se fosse uma causalidade, começa a procurar seu duplo em outros filmes, descobre o nome dele e começa a persegui-lo. Ao abrir a caixa de Pandora, Tertuliano teve que assumir as consequências de seu ato. O protagonista invade o espaço e angustia a esposa de um outro, bem como envolve pessoas próximas, a exemplo, sua namorada, Maria da Paz. A atitude de Tertuliano desencadeará para a personagem Maria a tragédia e tudo isso ocorre porque a individualidade se sobressai ao coletivo.

Para além da função narrativa, o Senso-comum, dentro da obra, age metalinguisticamente, e, por meio dele, José Saramago levanta discussões "disfarçadas", uma vez que aquele que fala não é o narrador e sim as digressões internas da personagem. Deste modo, o Senso-comum expõe um dos muitos desdobramentos que a própria narrativa possui, dentre elas, as suas variedades de vozes que se confundem e constroem o enredo.

A personagem aparenta ser previsível, todavia uma análise mais atenta de Tertuliano Máximo Afonso desvenda uma personagem complexa, cuja obra, por meio dos recursos fantásticos, cria uma história labiríntica que requer muita atenção, uma vez que são esses recursos que estabelecem a presença temática do duplo. Um homem ambivalente, nem mal e nem bom, que vive na fronteira e pende para um dos lados de acordo com o julgamento de suas ações. Tertuliano é o núcleo em torno do qual a ação gravita, ele é o início e o fim da narrativa. Podemos compreender o duplo como distúrbios de personalidade de

Tertuliano ou como um acontecimento insólito que se constrói pela estética do fantástico. As duas possibilidades se entrelaçam e fazem com que a história prenda o leitor ávido por desvendar o curioso mistério do duplo. Portanto, temos um romance de enigma sobre a personagem que analogamente refere-se à conduta do homem no enredo social.

Foquemos primeiro no protagonista para, posteriormente, atentarmos à sua construção dentro da estética do fantástico. Ao inserir um narrador que julga constantemente o protagonista e utiliza termos que apresentam seus conflitos interiores, José Saramago descredibiliza a personagem perante o leitor. A empatia com o narrador é maior, já que através dele sabemos tudo o que sente o protagonista e visualizamos antecipadamente seus planos por meio do discurso direto que surge quase colado à voz do narrador pela falta da pontuação convencional, contudo, essa é a intenção do escritor: não questionarmos o narrador. Braff (2010, p. 84), em sua dissertação, destaca que "o narrador saramaguiano 'carrega' todo o tempo consigo o leitor, com quem mantém uma espécie de interlocução indireta; o uso da primeira pessoa do plural favorece essa aproximação, e o leitor se sente perto, vizinho do que é narrado, quase cúmplice, tomando parte nas decisões" (BRAFF, 2010, p. 84).

Reiterando o posicionamento de Braff (2010), o narrador convencionalmente utilizado na escrita de José Saramago é o onisciente intruso, "demiurgo que medeia a narrativa, intervindo com comentários e críticas às ações e sentimentos dos personagens" (BRAFF, 2010, p. 84). De maneira bem-humorada, sem deixar de possuir ironia ácida, revela uma das características não apenas deste livro, e sim de quase todos os romances do autor. Com isso, deixamos de perceber as intenções do narrador. Tudo na obra deve ser questionado. Apresentamos um grupo semântico com os termos mais recorrentes ditos pelo narrador para se referir a esta personagem no quadro a seguir.

Quadro 1 – Esquema semântico de termos designativos da personagem central

depressão - fadiga - abatido - maldita rotina - marasmo - indiferença - preguiça - dócil - espírito vagueador - ataque de loucura - obsessão - deprimido - submisso - desnorteado - angústia gerada no seu espírito - melancolia - ensimesmamento

Fonte: elaborado pela autora.

Esses termos são palavras-chave do protagonista, uma vez que são constantemente verbalizadas ao longo do texto de maneira a reforçar a sua personalidade e guiar as ações das personagens secundárias dentro da narrativa. Tertuliano se entedia com sua profissão, seu apartamento, sua rotina, sua namorada e até com ele mesmo. A fuga desse tédio é possibilitada quando ele deseja tornar-se outra pessoa, e, no entanto, depois de um tempo, o mesmo sentimento de incompletude se instala novamente. Bauman (2008, p. 57 -58) comenta em seu livro *A sociedade individualizada:* vidas contadas e histórias vividas que, setenta anos atrás, Sigmund Freud observava o mal-estar na cultura. A felicidade, segundo Freud, vem da satisfação de libertar as necessidades que foram profundamente retidas; logo, felicidade é liberdade. A possibilidade de agir conforme os impulsos e seguir os desejos são o que se poderia compreender como liberdade, e é esse tipo de liberdade que é constantemente restringida na personagem de Tertuliano.

As circunstâncias em que Tertuliano vive são de constante medo da perda da sua aparente estabilidade, ele tem consciência da repressão da sua liberdade, de não assumir sua verdadeira conduta, e, por mais que a situação em que se encontre seja ruim, aceitar o seu "Eu" desconhecido é mais assustador:

> Correu-lhe pela espinha uma rápida sensação de medo e pensou que há coisas que é preferível deixá-las como estão e ser como são, porque caso contrário há o perigo de que os outros percebam, e, o que seria pior, que percebamos também nós pelos olhos deles, esse oculto desvio que nos torceu a todos ao nascer e que espera, mordendo as unhas de impaciência, o dia em que possa mostrar-se e anunciar-se. (SARAMAGO, 2002, p. 28)

De acordo com Tertuliano, a melhor atitude é aquela que não foi tomada, permanecer em estado zero é o melhor, uma vez que nunca sabemos antes os resultados de nossas ações. Segundo Bauman (2007, p. 32), "O medo é reconhecidamente o mais sinistro dos demônios que se aninham nas sociedades abertas de nossa época. Mas é a insegurança do presente e a incerteza do futuro que produzem e alimentam o medo mais apavorante e menos tolerável". A insegurança e a incerteza permitem que Tertuliano aceite o que vive. O sentimento de impotência perante o futuro faz com que ele anule suas vontades de escolha. O trecho acima se refere ao momento em que ele descobre as incríveis semelhanças entre seu sósia que aparece no filme a que assiste. É mais cômodo para ele negar a situação no momento, apesar de suas intenções egoístas falarem mais alto e assim o levarem a um futuro incerto.

Acerca do sentimento egoísta e de outros sentimentos vaidosos, pode-se compreendê-los como necessários para o rebento do estado zero em que se encontrava o protagonista. A moral posta em cheque abre caminho para "distinguir" o que é bom e mau para *O homem duplicado*. Tertuliano se vê como bom, visto que é o outro que lhe tira a estabilidade e rouba sua face, contudo age conforme seus interesses e não liga se prejudica outras pessoas para conseguir seus objetivos. A moral que existe para Tertuliano é a dele própria, portanto o livro apresentado um mundo onde o bem e o mal são conceitos inseridos de acordo com a relação que existe entre os homens.

Tudo se concentra no seu próprio ego; a busca pela completude é uma ambição que só faz crescer seu vazio. Temos um protagonista egoísta, cujas ações irão desencadear o problema da trama. O grupo de palavras apresenta um ser carregado de sentimentos negativos, modelo de um homem deteriorado pela/na sociedade, repleto de desinteresse com sua vida:

> Dir-se-ia que você está cansado do seu trabalho, Talvez, talvez, andamos a pôr o tempero de sempre nos pratos do costume, nada muda, Pensa deixar o ensino, Não sei com precisão, nem mesmo vagamente, o que penso ou o que quero, mas imagino que seria uma boa ideia, Abandonar o ensino, Abandonar qualquer coisa. (SARAMAGO, 2002, p. 83)

Tertuliano vive um grande mal-estar, e esse estado apático com as coisas que o cercam o levará a criar o seu duplo. Apesar de viver segundo as suas condutas, as vontades íntimas dele são cerceadas por temer apresentá-las aos que o cercam; daí a necessidade de dividir-se para assumir quem é de fato. As primeiras coerções acontecem na família, representada por Carolina, mãe do protagonista. Tertuliano é filho único, pois em nenhum momento se apresenta o contrário, o pai falecido há algum tempo é citado apenas uma vez. Tertuliano "como bom filho" (SARAMAGO, 2002, p. 207) sempre comunica à mãe o que lhe incomoda, mesmo não querendo, "assim é que eu quero meu filho" (SARAMAGO, 2002, p. 209), diz Carolina, reforçando a conduta de obediência e manipulação que envolve o filho, querendo ela fazer as escolhas por ele, no intuito de impedir que a verdadeira e trágica personalidade do filho se revele:

> A solução melhor, portanto, é a mais simples, acabar com a relação que temos mantido, És tu quem o diz, não eu, Há que ser lógicos, minha mãe, se ela me convém, mas eu a ela não, que sentido tem desejar tanto que nos casemos, **Para que ela ainda lá estivesse quando tu despertasses**, Não ando a dormir, não sou sonâmbulo, tenho a minha vida, o meu tra-

balho, **Há uma parte de ti que dorme desde que nasceste, e o meu medo** é **que um dia destes sejas obrigado a acordar violentamente**. (SARAMAGO, 2002, p. 260, grifo nosso)

Para Tertuliano, a presença de sua mãe é como "cair na boca do lobo como um pardal desprecavido que tivesse voado em direção à esparrela sem ligar as consequências" (SARAMAGO, 2002, p. 229), pois ela o interroga, cobra e exige no decorrer da obra a presença do filho, sempre está desconfiada, sendo a única para quem Tertuliano revela o caso dos sósias. O professor de história compara sua mãe Carolina a Cassandra, que curiosamente, segundo a mitologia Grega, tinha um irmão gêmeo chamado Páris. Igualmente como Cassandra, filha do rei de Troia, que clamou que o cavalo de madeira dado pelos gregos não fosse trazido para dentro dos muros, porque isso ocasionaria a destruição da cidade, Carolina pede ao filho que não se encontre mais com o duplo, caso contrário, seria reduzido a cinzas como os troianos.

Além da mãe, outras mulheres assumem o local de poder na vida de Tertuliano: primeiro a mãe, depois sua ex-esposa, agora a atual namorada chamada Maria da Paz, posteriormente, Helena, a esposa de seu duplo. Ele se esconde por trás das personagens femininas, colocando sobre elas todo o peso da culpa. A relação que ele leva com a mãe se expande com as outras mulheres que estão na sua vida, deste modo tiraniza o amor delas para justificar suas arbitrariedades.

Tertuliano também se castra na profissão, uma vez que é bloqueada a sua maneira de ensino. O ensino de história, na opinião dele, deveria ser "de trás para diante ou, segundo minha opinião, de diante para trás" (SARAMAGO, 2002, p. 46). Na concepção dele, falar do passado é mais fácil, porque tudo estaria escrito, bastando repetir, papaguear, cabendo aos alunos conferir nos livros as informações e repassar exercícios. Todavia, quando se trata do presente, o ensino requer esforço:

> ao passo que falar de um presente que a cada minuto nos rebenta na cara, falar dele todos os dias do ano ao mesmo tempo que se vai navegando pelo rio da História acima até às origens, ou lá perto, esforçar-nos por entender cada vez melhor a cadeia de acontecimentos que nos trouxe aonde estamos agora, isso é outro cantar, dá muito trabalho, exige constância na aplicação, há que manter sempre a corda tensa, sem quebra, Acho admirável o que acaba de dizer, creio que até o ministro se deixaria convencer pela sua eloquência, Duvido, senhor director, os ministros são lá postos para nos convencerem a nós. (SARAMAGO, 2002, p. 80)

Apesar de convencer o diretor, Tertuliano não consegue aplicar suas metodologias ao ensino de História. Convém destacar que a postura do protagonista em defender a tese do ensino de História a partir do presente, remete à própria estrutura da obra, sendo uma metalinguagem, uma vez que a narrativa não é linear e sim circular, terminando onde havia começado.

O protagonista anula todas as vontades e desejos, revelando o sofrimento de não seguir sua vida na totalidade. Com isso, Tertuliano assume o sentimento de culpa que o enfraquece e o diminui. A perda de identidade é o problema central da obra e está intrinsecamente ligada com a temática do mal e do duplo, uma vez que as ações empreendidas pela duplicata são repreendidas e vistas como vis; a busca por outra personalidade é o meio encontrado para assumir seus verdadeiros atos, fugir do vazio e reiniciar sua vida.

Sobre a questão da identidade, para Hall (2015) existem três tipos de identidades de concepções complexas. Trazemos aqui de forma simplificada o entendimento delas. A primeira denominada sujeito do Iluminismo, a segunda o sujeito sociológico e a terceira o sujeito pós-moderno. O sujeito do Iluminismo tem como concepção o individualismo, com o sujeito nascia e se desenvolvia sua identidade. Já o sujeito sociológico vai em direção contrária, sua concepção de identidade é a relação existente entre um 'eu' e um outro. O sujeito não forma sua identidade de forma autônoma, mas na relação com outras pessoas. Conforme Hall (2015, p. 11):

> A identidade, nessa concepção sociológica, preenche o espaço entre o "'interior" e o "exterior"- entre o mundo pessoal e o mundo público. O fato de que projetamos a "nós próprios" nessas identidades culturais, ao mesmo tempo que internalizamos seus significados e valores, tornando-os "parte de nós", contribui para alinhar nossos sentimentos subjetivos com os lugares objetivos que ocupamos no mundo social e cultural. A identidade, então, costura (ou, para usar uma metáfora médica, "sutura") o sujeito à estrutura.

Dessa concepção de identidade criada e mutável a partir da coletividade que advém o terceiro conceito de identidade: o sujeito pós-moderno. A sociedade se tornou fragmentada e instável e, obviamente, que junto com ela está também em colapso os sujeitos que a compõem. O sujeito é "composto não de uma única, mas de várias identidades, algumas vezes contraditórias ou não resolvidas" (HALL, 2015, p. 11). Deste modo, o sujeito da pós- modernidade não tem uma identidade fixa, e sim móvel, transformada continuamente em diferentes momentos e criando um "eu" não coerente. Correspondendo a esse terceiro conceito está Tertuliano, personagem insegura e incoerente consigo, representando que "Dentro de nós há identidades contraditórias, empurrando em diferentes direções, de tal modo que nossas identificações estão sendo continuamente deslocadas" (HALL, 2015, p. 12).

A vida monótona de Tertuliano muda quando ele assiste ao filme *Quem Porfia Mata Caça*, ficção cinematográfica indicada por um amigo de trabalho. Tertuliano assiste ao filme com desdém, ficando irritado por ter dedicado tempo a isso, realiza algumas pendências do trabalho antes de dormir e, na noite em que assistiu ao filme, acordou com um pressentimento de que alguém esteve em seu apartamento. Nesse momento, sente uma vontade estranha de rever *Quem Porfia Mata Caça* e só quando revê o filme observa que há um ator fisicamente igual a ele. É a partir deste fato que a trama se desenvolve e Tertuliano encontra o meio de preencher o vazio; à vista disso, deseja encontrar este rosto que se iguala ao dele, encontrar o seu outro.

Vemos que o sujeito moderno transforma sua identidade através dos grupos sociais que o cercam, pois tem-se uma identidade compartilhada; contudo, essa identidade deseja ser única entre as demais, situação conflituosa, já que o "Eu" só existe porque há o "Tu". Essa relação de dependência e de compartilhamento instaura o medo da identidade falseada. É exatamente isto que ocorre em *O homem duplicado*, Tertuliano forma sua identidade através d'outras identidades que se compartilham, todavia, deseja fazer-se único, não há espaço para dois "Eus" iguais. Esse indivíduo que busca se autoconhecer compõe sua personalidade através de suas crises de identidade. O mundo social não é mais a ancoragem para forma o "eu". A descentralização de padrões sociais abriu caminho para novas formulações sobre o entendimento de nossos próprios sujeitos. A crise identitária questiona as verdades absolutas sobre nós, além de colocar em cheque nossa dependência do outro.

Para Bakhtin (1997), o "Eu" é alicerçado pelo outro, como também o outro é constitutivo do "Eu". Reconhecemo-nos na figura do outro, logo, a identidade só será formada por meio de sua alteridade. Para o teórico russo, "A palavra do outro impõe ao homem a tarefa de compreender esta palavra" (BAKHTIN, 1997, p. 383).

O desdobramento do "Eu" encontra terreno fértil na literatura por ela funcionar também como um desdobramento da realidade, pois o texto literário expõe a nossa necessidade da presença do outro. A estética do texto criado por José Saramago levanta a questão da duplicidade através da perda da identidade, como percebemos na afirmação do protagonista sobre si: "[...] às vezes tenho até a impressão de não saber exatamente o que sou, sei quem sou, mas não o que sou [...]." (SARAMAGO, 2002, p. 65). A construção da personagem Tertuliano gira em torno da sua falta de identidade, ou identidade perdida. Tertuliano teme ser um nada, e mantém-se preso a pessoas e coisas que não lhe dão prazer apenas com o receio de dissolver-se. A conduta de Máximo Afonso vai ao encontro com a teoria de Bauman (2009) sobre a sociedade líquida, tudo que rege a sociedade moderna se dá pela efemeridade das relações e pelo individualismo:

> A vida líquida é uma sucessão de reinícios, e precisamente por isso é que os finais rápidos e indolores, sem os quais reiniciar seria inimaginável, tendem a ser os momentos mais desafiadores e as dores de cabeça mais inquietantes. Entre as artes da vida líquida-moderna e as habilidades necessárias para praticá-las, livrar-se das coisas tem prioridades sobre adquiri-las. (BAUMAN, 2009, p. 8)

O reinício que desafia a personagem é a capacidade de livrar-se de si mesmo; isso se torna a meta de Tertuliano. O caminho tomado por ele é a sua caçada pelo duplo, a obsessão por saber quem é o original guia de suas atitudes, e sua motivação chega ao ápice no momento em que de fato se depara com o seu duplo chamado de António Claro ou Daniel Santa-Clara[37]:

> Ficaram parados a olhar-se. Lentamente, como se lhe fosse penoso arrancar-se desde o mais fundo do impossível, a estupefacção desenhou-se no rosto de António Claro, não no de Tertuliano Máximo Afonso, que já sabia o que vinha encontrar. Sou a pessoa que lhe telefonou, disse, estou aqui para que se certifique, pelos seus próprios olhos, de que não pretendia divertir-me à sua custa quando lhe dizia que éramos iguais, Efectivamente, balbuciou António Claro numa voz que já não parecia a de Daniel Santa-Clara, imaginei, por causa da sua insistência, que houvesse entre nós uma semelhança grande, mas confesso-lhe que não estava preparado para o que tenho diante de mim, o meu próprio retrato, Agora que já tem a prova, poderei retirar-me, disse Tertuliano Máximo Afonso. (SARAMAGO, 2002, p. 213-214)

Ao estar frente a frente com seu duplo, Tertuliano percebe o mal que desencadeou. A semelhança entre ele e António Claro/Daniel

---

[37] "A personagem Daniel Santa-Clara, por seu turno, é permeada pela duplicidade porque utiliza esse pseudônimo – seu nome verdadeiro é António Claro, descoberta feita por Tertuliano quando recebeu a carta da produtora de filmes – a multiplicidade e a simulação de figuras dramáticas vividas por ele conferem um caráter dúplice ou até mesmo múltiplo ao oponente de Tertuliano" (DAMASCENO, 2010, p. 73).

Santa-Clara vista presencialmente o assusta, mesmo já o tendo visto em filmes. O encontro com seu sósia lhe afeta, porém, a obsessão pelo outro agora estará com António/Daniel, que capta o potencial de toda a situação. Na visão concreta do outro, a percepção de mim (Tertuliano) é exteriorizada, e a tomada de consciência do outro da minha existência tende a tornar-me um reflexo, "o que sou para o outro, transforma-se em meu duplo, um duplo que força a entrada na minha consciência, turva-lhe a limpidez, e me desvia de uma relação direta comigo mesmo" (BAKHTIN, 1997, p. 77). É então que o medo do duplo surge, os desejos internos de Tertuliano se externalizam, não está mais no controle das suas doentias condutas, ficando assim desconsertado, pois já não tem controle de seu corpo interno, o outro prontamente se infiltrou em seus gestos, sua rotina, sua vida.

Tertuliano então evita a aproximação e se arrepende de ter buscado a sua outra face, pois ele tornar-se-á seu próprio antagonista. De acordo com Terêncio (2013, p. 149): "[...] muitas histórias sobre o duplo, a exemplo do mito de Narciso, terminam em suicídio. Mas não seria a si mesmo que o protagonista deseja eliminar, senão somente aquela parte assustadora que recusa em sua personalidade".

Quando o duplo descobre a existência de Tertuliano, quebra-se a harmonia, a tragédia está instaurada. Para eles, a anulação de um dos dois será a única forma de trazer a estabilidade. Uma vez que ocorreu o encontro dos dois, perdeu-se a identidade de ambos: "[...] sentimento confuso de humilhação e perda que arredava o assombro que seria a manifestação natural, como se a chocante conformidade de um tivesse roubado alguma coisa à identidade própria do outro" (SARAMAGO, 2002, p. 217).

Tertuliano não se aceita e devora a personalidade de António Claro/Daniel Santa- Clara. Isso ocorre quando António Claro/Daniel Santa-Clara decide trocar de lugar com Tertuliano por um dia, assume não só suas roupas, mas também Maria da Paz, com a intenção de se provar melhor e superior em relação ao outro. É em um acidente de carro que António Claro/Daniel Santa-Clara e Maria da Paz morrem.

António Claro/Daniel Santa-Clara morre como Tertuliano. O professor de história rapidamente assume a vida do outro como se fosse sua própria vida. Quem morre de fato é Tertuliano, aquele que estava a "despedaçar-se no seu interior por efeito da solidão, do desamparo, da timidez, daquilo que os dicionários descrevem como um estado afetivo desencadeadoras de relações sociais e com manifestações volitivas, posturais e neurovegetativas" (SARAMAGO, 2002, p. 44). Tertuliano assume outro "Eu", ao se tornar António Claro/Daniel Santa-Clara, esse também é incompleto, uma vez que, em sua essência, permanece a ausência do outro, que também é um "Eu".

Bakhtin (1997), em *Estética da criação verbal*, discute a necessidade absoluta que o homem tem do outro, da visão e memória além da sua, através do discurso literário entre autor e personagem, a percepção distinta de ambos, bem como a compreensão unificada do todo seria a única capaz de proporcionar um entendimento completo. Nesse sentido, a "individualidade não teria existência se o outro não a criasse. A memória estética é produtiva: ela gera o homem exterior pela primeira vez num novo plano da existência" (BAKHTIN, 1997, p. 55). Logo, a sua busca pela identidade é um eterno vir a ser, assim como Nietzsche (2006) afirmava que "viver é um eterno 'vir a ser'", pois a busca pela individualidade se constrói neste processo de ir sempre além. É na incapacidade de lidar com a realidade que ele encontra um caminho.

Observamos, portanto, que o processo para a formação de sua identidade se dará apenas pela alteridade. Processo que não ocorre, porque Tertuliano nega o seu outro, contudo ele não pode fugir de si mesmo e, então, ao final do romance, ele depara-se com um segundo duplo, ou seja, com a sua própria negação:

> O telefone tocou. [...] Do outro lado uma voz igual à sua exclamou, Até que enfim. Tertuliano Máximo Afonso estremeceu, nesta mesma cadeira deveria ter estado sentado António Claro na noite em que lhe telefonou. Agora a conversação vai repetir-se, o tempo arrependeu-se e voltou para trás. É o senhor Daniel Santa-Clara, perguntou a voz, Sim, sou eu, Andava há semanas à sua procura, mas finalmente encontrei-o, Que deseja, Gostaria de me encontrar pessoalmente consigo, Para quê, Deve ter reparado que as nossas vozes são iguais, Parece-me notar uma certa semelhança, Semelhança, não, igualdade, Como queira, Não é só nas vozes que somos parecidos, Não entendo, Qualquer pessoa que nos visse juntos seria capaz de jurar que somos gémeos, Gémeos, Mais que gémeos, iguais, Iguais, como, Iguais, simplesmente iguais, Acabemos com esta conversa, tenho que fazer, Quer dizer que não acredita em mim, Não acredito em impossíveis. (SARAMAGO, 2002, p. 315)

A obra tem como página final o mesmo discurso proferido por Tertuliano ao seu duplo António Claro/Daniel Santa-Clara, todavia agora quem recebe a ligação é Tertuliano, e vale destacar que Tertuliano vive neste momento no lugar de seu falecido duplo. Um segundo duplo aparece na obra e insiste no encontro entre os dois, e Tertuliano Máximo Afonso aceita o desafio, mas, ao contrário da última vez, encontra-se decidido a dar um final na história, aceitar quem de fato ele é. Ao marcar o encontro no mesmo sítio em que António Claro o havia convidado, a personagem assume a conduta do outro: "[...] abriu a gaveta onde estava a pistola. Introduziu o carregador na coronha e transferiu um cartucho para a câmara. Mudou de roupa, camisa lavada, gravata, calças, casaco, os sapatos melhores. Entalou a pistola no cinto e saiu" (SARAMAGO, 2002, p. 316).

O desfecho final lança a dúvida se Tertuliano realmente deu fim à história do duplo ou agiu como António Claro que também decidiu não matar seu sósia. Contudo, tudo leva a crer que a personagem central assumiu sua duplicata, e por assumir entende-se permitir que o ciclo se repetisse; por conseguinte, a não aceitação leva à anulação de ambos. O outro é visto como ameaça, e a negação deste desdobramento de identidade tem como único desfecho a tragicidade, assim como a tragicomédia *O Anfitrião*, trama que se desenvolve na cidade grega de Tebas e que conta a paixão do deus Júpiter por Alcmena. O deus Júpiter assume a aparência do Anfitrião, marido de Alcmena, dessa forma desfrutaria dos encantos da amada, uma vez que ela era extremante fiel ao marido. Quando o verdadeiro Anfitrião retorna da guerra, se defronta com sua réplica e acusa a esposa de adultério. José Saramago revisita os textos clássicos para criar sua própria perspectiva do tema do duplo: em *O homem duplicado*, a cópia António Claro, assim como o deus Júpiter, se transforma no outro para seduzir a inocente amada, sendo Maria da Paz a vítima de António Claro. Diferente da tragicomédia escrita por Plauto (1993), em que tudo acaba bem: marido e esposa se reconciliam, e se restabelece a harmonia. Na releitura que faz do texto plautino, José Saramago faz predominar a tragédia. Com a morte acidental de Maria da Paz e António Claro, Tertuliano perde uma de suas faces e assume com Helena, esposa do falecido António Claro, a condenação por seus atos.

O duplo de Tertuliano, segundo Roseli Deienno Braff (2010), é uma constituição extrínseca a ele, que não advém de sua interioridade, e que apesar de estampar sua imagem exterior, tem autonomia, assume-se como "o outro". Trata-se de um duplo exógeno, cujo processo de identificação se dá pela oposição (duplo negativo); "em outras palavras, Tertuliano Máximo Afonso/António Claro constituem duas essências que gozam de autonomia, coincidentes apenas na aparência, contrários na interioridade" (BRAFF, 2010, p. 68).

Mesmo parecendo de fácil interpretação, a narrativa saramaguiana não se esgota em uma única leitura, como já colocado, pois o insólito também pode justificar a presença do duplo, sendo que, deste modo, o tema da duplicidade, construído no romance de José Saramago, proporciona ao leitor a dúvida e a angústia do não saber no que confiar na obra e, dessa forma, inserir o receptor no limiar, um ser fronteiriço que interpreta a história por meio do "Eu" e do outro.

3.2 O PRINCÍPIO REBELDE DE ANTÓNIO CLARO/DANIEL SANTA-CLARA

É importante relembrar que estamos analisando a temática do duplo sob duas vertentes. Para isso, será esclarecedor dizer que o capítulo 2 enxerga o duplo por uma interpretação psicanalítica, e as alucinações implicariam a externalização de forças psicológicas interiores, em que o mal seria um fato empírico. No capítulo 3, segue-se por uma vertente fantástica, analisando o duplo como fenômeno que transgride o real, que desestabiliza a percepção da realidade, introduzindo o elemento do sobrenatural em um mundo parecido com o nosso. Dito isso, passemos em primeiro plano para a compreensão do duplo como patologia psíquica do protagonista.

O duplo que aparece para Tertuliano Máximo Afonso é apresentado como o original, uma vez que ele foi o primeiro a nascer, e a diferença de trinta minutos abala Tertuliano, que mesmo assim não aceita ser considerado a cópia, defendendo que "Contrariado não será a palavra justa, simplesmente preferia que não tivesse acontecido assim, mas não me pergunte porquê, seja como for **não perdi tudo**" (SARAMAGO, 2002, p. 220, grifo nosso). Em sua fala, percebemos que ele se coloca seguro no começo sobre ser o outro, situação que mudará gradativamente. O duplo passa então a ser Tertuliano Máximo Afonso pela perspectiva de António Claro, personagem que é entendido em um primeiro momento como alucinação de Tertuliano, e que, aos poucos, ganha autonomia e vida própria, deixando de ser uma simples ideia, passando a ser a ideia física de todas as repressões de Tertuliano. Segundo Terêncio (2013, p. 142), "Freud associa o duplo às alternativas de vida que fantasiamos a partir de atos de vontade suprimidos ou de escolhas não realizadas", ou seja, o protagonista personifica as suas fantasias segundo o que ele poderia haver vivido de outro modo "A liberdade é sempre uma abertura à revolta, e o Bem está ligado ao caráter fechado da regra" (BATAILLE, 1989, p. 176). Isso se deve porque reprimimos o que a sociedade considera mal, ética ou moralmente errado.

A busca pela identidade é o tema núcleo do romance, e o escritor compreende que a busca de si passa pelo outro, daí a necessidade de colocar Tertuliano e António em um processo de revelação. Saramago sempre abordou em suas obras a identidade do sujeito, pois, em sua vasta produção literária, podemos citar *Memorial do Convento* (2013), *Todos os nomes* (1997), *O Conto da Ilha Desconhecida* (1997) e *Ensaio sobre a Cegueira* (1995), cujas narrativas carregam personagens que estão em busca do "Eu" individualizado, na procura de algo que as complete, para assim encontrarem a si mesmas.

No documentário *Em busca da ilha desconhecida*[38], Saramago fala que "poderíamos cada um de nós levar o nome de Ilha desconhecida, porque é isso que somos, desconhecida dos outros e de alguma maneira desconhecida de nós próprios". O escritor também comenta que não temos um único "Eu" que possamos assumir como nós, pois há muitos "Eus" e estes são terras desconhecidas. O homem é um mistério que as ciências ainda não puderam explorar por completo, a natureza humana está sempre num devir, é um projeto em construção. Deve-se a isso o fato de a personagem António Claro desejar conhecer seus outros "Eus", uma vez que ele é para si uma ilha desconhecida. O processo de embate entre os dois torna-se o momento de descoberta, uma busca de anular o estranho que habita neste homem que foi duplicado por ele mesmo numa passagem de autoconhecimento.

Se nos remetermos ao pensamento existencialista[39], podemos compreender o processo pelo qual António Claro passou. No pensamento existencialista, a existência vem antes da essência. Significa que não é uma essência humana que determina o homem, mas que ele constitui a sua essência na sua existência. A construção da essência de António Claro se deu a partir das escolhas feitas por Tertuliano Máximo Afonso, que não deixa de ser António Claro. Assim, o homem

---

38 Documentário Em busca da ilha desconhecida (2001), dirigido por Davi Khamis.

39 "O Existencialismo, inspirado nas obras de Arthur Schopenhauer (1788-1860), Soren Kierkegaard (1813- 1855), Fiódor Dostoiévski (1821-1881) e nos filósofos Friedrich Nietzsche (1844-1900), Edmund Husserl (1859- 1938), Karl Jaspers (1883-1969), Martin Heidegger (1889-1976), Gabriel Honoré Marcel (1889-1973), foi especialmente generalizado em meados do século XX através das obras de Jean-Paul Sartre (1905-1980), da sua companheira Simone de Beauvoir (1908-1986), de Albert Camus (1913-1960) e de Boris Vian (1920-1959)." (MONTEIRO, 2017, p. 35).

existe em sua vida como um projeto, ele terá de escolher o que quer ser e efetivar sua vontade agindo, isto é, escolhendo.

A escolha de Tertuliano Máximo Afonso é livrar-se de seu duplo. A liberdade desta escolha faz com que o outro também tenha o direito de defesa, toda escolha leva a uma angústia e, com ela, às suas consequências. Não obstante, é nisso que reside a autenticidade de cada ser humano, pois "Não há, por conseguinte, nada *a priori* a definir o homem, nenhum caráter essencial que o defina como algo dado para sempre. Sua essência surge como algo resultante de seus atos, daquilo que ele faz de si mesmo, algo a se realizar" (PENHA, 2001, p. 45). Essa afirmação, que vai ao encontro à conduta de Tertuliano, encontra-se no livro *O que é existencialismo* (2001), de João da Penha. Segundo Penha (2001, p. 45), o princípio do existencialismo, segundo Sartre, é de que o homem será aquilo que fizer de sua vida; logo, podemos inferir que, como consequência, suas ações serão julgadas como boas ou más segundo o grupo social a que pertencente.

Pelo pensamento sartreano, pode-se entender que o homem não é mais do que aquilo que pretende ser. Tertuliano é um indivíduo que se "angustia porque se vê na situação de escolher sua via, seu destino, sem buscar orientação ou apoio em ninguém. Sente-se desamparado" (PENHA, 2001, p. 49). Seu proceder permite a António Claro, que era o "nada", tomar o controle da situação. Os pensamentos existencialistas encontrados na obra são comprovados pelas condutas dos protagonistas (duplo e duplicata) e pelo próprio escritor em entrevista a Luis Rocha, para a *Revista Diário*[40], em que afirma inserir essa filosofia em sua escrita: "Digamos que há muito de existencialismo no meu trabalho. Não do existencialismo como filosofia organizada, mas como atitude da vida". O engajamento intelectual de Saramago se coloca para além de uma experiência estética: ele oferece ao leitor um espaço para reflexões críticas. Nesse espaço (obra), os personagens fictícios de Saramago refletem as características humanas e funcionam como elos entre a existência ficcional e a existência humana. O papel da escrita saramaguiana é ser guiada por questionamentos referentes à condição humana. Conforme Coutinho (1978, p. 9),

> O artista literário cria ou recria um mundo de verdades factuais. Os fatos que manipulam não tem comparação com os da realidade concreta. Assim,

---

[40] "A existência segundo Saramago", entrevista concedida a Luis Rocha e publicada na Revista Diário, Madeira, 19 jun. 1994, contida no livro organizado por Aguilera As palavras de Saramago: catálogo de reflexões pessoais, literárias e políticas (2010).

a literatura é parte da vida. Através das obras literárias, tomamos contato com a vida, nas suas verdades eternas, comuns a todos os homens e lugares, porque são as verdades da mesma condição humana.

Com sua literatura voltada para as reflexões sociais, as personagens saramaguianas assumem o engajamento existencial do autor e permitem ao leitor se posicionar frente ao texto de maneira a elucidá-lo e formar suas próprias opiniões, traduzindo a realidade por meio da literatura com suas reflexões sociais. Por isso, José Saramago revisita as aparições do mito do duplo e constrói a sua visão de um duplo que é fruto de conflitos interiores. O que esse duplo deseja é assumir o controle, mas por não haver harmonia entre os "Eus" que habitam a protagonista, a única saída encontrada passa a ser a divisão e materialização destes. Logo, o conflito deixa de ser psíquico e entra em um plano concreto.

A princípio, as representações do duplo eram corpóreas, desencadeando conflitos cômicos, como no caso de *O Anfitrião* (1993), de Plauto. Depois, passa a uma imagem desprendida do "Eu", com formas independentes que se modificaram em sombras, reflexos ou retratos. Com os estudos psicanalíticos, o duplo torna-se uma expressão da mesma pessoa, porém, separada por uma consciência dupla, configura-se então com as novas condutas da contemporaneidade.

António Claro ganha vida e deixa de ser o duplo psíquico de Tertuliano. Claro é um ator de cinema secundário, utiliza o nome artístico Daniel Santa-Clara e, de todas as personagens na obra, ele é o que mais representa a busca pela identidade; sua personalidade é a mais enérgica, mostra-se mais determinado em suas atitudes, diferente de Tertuliano. Como ator, vive outras personalidades no cinema, e, dentro de casa, também não assume seu verdadeiro lado cruel e ardiloso. António Claro é casado com Helena, que não desconfia da verdadeira personalidade do esposo. O primeiro impulso do ator quando descobre que tem um duplo é tirar proveito de todo o caso: "este Tertuliano poderá servir- me de duplo, mando-o a ele fazer as cenas perigosas e enfadonhas, e fico em casa, ninguém se aperceberia da troca" (SARAMAGO, 2002, p. 182).

Como uma ideia personificada, António Claro pode exercer sua capacidade de malvadeza e abjeção. O princípio que controla suas ações é o de rebeldia, pois desprende- se de Tertuliano Máximo Afonso fisicamente e busca a anulação do outro. O desejo de anulação é fator constante nas narrativas que abordam a duplicação. A exemplo, temos *Horla*

(2009), de Guy de Maupassant. O protagonista da história, cujas anotações de diário o escritor nos apresenta, é acometido de acessos de angústia que o atormentam, sobretudo, à noite, perseguem-no até em seus sonhos e não encontram nenhuma solução duradoura. Daí em diante, todo o seu interesse se concentra num espírito invisível – o Horla – que vive nele ou perto dele. Em vão, ele faz experiências e tenta livrar-se de qualquer jeito, contudo fica cada vez mais convencido da existência independente do ser misterioso. Também podemos citar o conto "William Wilson", de Edgar Allan Poe (2017), em que o protagonista da história narrada em primeira pessoa, que se chama William Wilson, já na infância encontra na escola um duplo, que compartilha com ele não só o nome e aniversário, como também a aparência, e logo ele percebe que isso é o pior fato que poderia haver lhe acometido. Por fim, também há a obra *O duplo* (2003), de Dostoiévski. Na narrativa, temos um duplo perseguidor e sádico do tímido funcionário público Goliádkin.

Em todas as narrativas citadas, temos a representação do homem que precisa sempre fazer escolhas que o colocarão como bom ou mau. A angústia nasce da certeza de que o conhecimento de si precisa passar pelo outro, e isso não é bem aceito. Assim, as narrativas mostram que "O impulso de se livrar do sinistro adversário de forma violenta faz arte, conforme vimos, dos traços essenciais do motivo, e quando se cede a esse impulso, [...] fica patente que a vida do duplo está intimamente ligada à da própria pessoa" (RANK, 2013, p. 17). A aniquilação de um sempre leva a anulação do outro: tanto em "William Wilson" como em *O duplo*, a tragédia é o resultado final do embate com a cópia. O mesmo ocorre em *O homem duplicado*, pois, ao tomar o lugar de Tertuliano, António Claro paradoxalmente assina sua destruição no seu ato de maldade e desprezo pelo duplicado.

O perfil do grande inquisidor (o adversário, o demônio) está nas narrativas abordadas, ele é o que desestabiliza o enredo e faz progredir a história. Para isso ele deve assumir o papel de adversário na discussão, ocasionando a luta entre o bem e o mal em si e nos que o cercam. Em quase todos os escritos de José Saramago, a figuração do mal é um fator essencial para o desenrolar das histórias, que brotam do sentimento de incômodo. Nos textos saramaguianos, o mal é o estado base de onde partem suas ficções. Para uma compreensão mais aprofundada sobre a temática do mal e sua relação com o mito do duplo e a estética do fantástico abordado na obra *O homem duplicado*, precisamos adentrar o cerne da personagem que é figurativa do mal, no caso António Claro.

António Claro é vingativo e, ao perceber que Tertuliano Máximo Afonso pretende reprimi-lo, toma logo uma atitude: armar uma vingança contra o seu sósia. A vingança consiste em obrigar Tertuliano a trocar de lugar com ele, incluindo a identidade, as roupas, o carro e até a namorada. Conforme Ricoeur (2013, p. 8), quando o homem está preso a uma vontade, é levado à prática do mal, uma vez que esta vontade gera a falta, a ausência que o ser deseja preencher. É necessário, então, pensar a relação da existência de liberdade e de falta no personagem. O protagonista é um ser que tem suas vontades anuladas, e que busca preencher essa falta através de uma segunda realidade que lhe permita a libertação.

A obsessão por possuir a vida de Tertuliano cresce a cada página do livro, a existência de sua liberdade encontra-se na anulação da felicidade do outro, "ele quer, e o mais depressa possível, conhecer Maria da Paz, por más razões meteu-se-lhe a obsessiva vindicação na cabeça, e, como decerto já se terá percebido, não há nem no céu nem na terra forças que daí o consigam arredar" (SARAMAGO, 2002, p. 249). António Claro ameaça o duplicado de contar toda a verdade à namorada de Tertuliano Máximo Afonso, caso seu plano seja impedido de ser executado. Sua ação é impulsionada por sua personalidade dividida, fator inerente ao homem.

A personalidade humana divide-se em três regiões, pela visão psicanalista (FREUD, 2011), sendo elas: o Ego, compreendido como o "Eu", estágio em que o indivíduo possui sua personalidade plena; o Id, onde estão os instintos e ações não controladas pela vontade; e o Superego, correspondendo às imposições e repressões impostas pela moralidade. O que António Claro deseja é mostrar a Tertuliano que ele também faz parte do seu verdadeiro "Eu", o original, que não pode negar a personalidade fria e má que existe nele, rompendo deste modo as repressões impostas e assumindo suas vontades. Conforme Hall (2015, p. 24):

> [...] embora o sujeito esteja sempre partido ou dividido, ele vivencia sua própria identidade como se ela estivesse reunida e "resolvida", ou unificada, como resultado da fantasia de si mesmo como uma "pessoa" unificada que ele formou na fase do espelho. Essa, de acordo com esse tipo de pensamento psicanalítico, é a origem contraditória da "identidade".

A fase do espelho é como Lacan[41] denominou o momento em que a criança ainda não tem uma autoimagem completa de si, vendo "refle-

---

[41] Lacan, J. (1998). O estádio do espelho como formador da função do eu. In: J. Lacan. *Escritos*. (V. Ribeiro, trad.; pp. 96-103). Rio de Janeiro: Zahar. (Original publicado em 1966).

tida" figurativamente na imagem do olhar no outro. Os sentimentos contraditórios e não resolvidos que surgem nesse momento acompanham o indivíduo por toda a vida. Ressalta-se que a temática do duplo em produções fantásticas "[...] se torna mais complexo e se enriquece, por meio de uma profunda aplicação dos motivos do retrato, do espelho, das muitas refrações da imagem humana, da duplicação obscura que cada indivíduo joga para trás de si, na sua sombra" (CESERANI, 2006, p. 83). Pode se observar que o protagonista inconsciente das ações que suas personalidades praticam, fruto elas de repressões passadas, é guiado por forças cegas e assim não toma responsabilidade por seus atos. Segundo Pareyson (2012), a personalidade não seria unitária, e sim dividida:

> de um lado está a pessoa honesta, reta e boa, na qual o eu se reconhece ou quereria reconhecer-se; do outro, estão os aspectos piores do próprio eu, que cada um tende a não reconhecer em si e a atribuir a um *alter ego*, que ele recusa aceitar e ser. (PAREYSON, 2012, p. 68)

Tertuliano recusa-se a aceitar António Claro e é tomado pela ação dissolvente do mal que se inicia pela cisão interior entre os dois. Conforme Pareyson (2012), a convivência entre a pessoa e o seu sósia é impossível, eles são o anverso do outro; ao se deparar com seu lado maléfico, a pessoa procura tratá-lo como irreal, entretanto, tal ação nunca é bem sucedida: "A fuga de si mesmo é impossível e ninguém pode fechar os olhos à presença do mal em si e no próprio coração" (PAREYSON, 2012, p. 68).

Quando questionado por Tertuliano Máximo Afonso sobre os motivos que o levam a fazer tal ação, António traz à tona o surgimento do duplo. "Não é fácil explicar, mas vou tentar, respondeu António Claro, [...] talvez seja por capricho don-juanesco de obsessivo derrubador de fêmeas, talvez seja, e isso é de certeza o mais provável, por puro e simples rancor" (SARAMAGO, 2002, p. 278).

Esse rancor advém das repressões impostas primeiro em sua fase de infância, e agora pelos grupos sociais que o cercam, em especial as mulheres. Sabemos que as mulheres ocupam função de poder dentro da vida de Tertuliano, a primeira delas é a mãe. Compreendendo Tertuliano e António como sendo as mesmas pessoas, podemos inferir que Helena é a segunda mulher que domina e castra o esposo, no caso, Tertuliano. Maria da Paz seria a amante com quem ele deseja ficar, porém, como é casado, cria uma segunda vida para estar com ela. A escolha é guiada pela pulsão sexual, "Maria da Paz é uma mulher jovem, bonita, elegante, bem torneada no corpo e bem feita no carácter, atributo este, em todo o caso, não determinante na matéria em exame" (SARAMAGO, 2002, p. 250). Ao final, ele rompe todas as suas estratégias de manter os dois relacionamentos; é como António Claro que deseja estar com Maria da Paz.

No início do romance, Tertuliano é apresentado como divorciado, "basta dizer que esteve casado e não se lembra do que o levou ao matrimónio, divorciou-se e agora não quer nem lembrar-se dos motivos por que se separou" (SARAMAGO, 2002, p. 9). Comenta-se em divórcio, mas nunca sobre essa suposta ex-mulher e, ao criar seu duplo, Tertuliano-António cria outra vida, uma vida em que teve coragem de arrematar o fim do relacionamento conjugal, uma vez que este estava em definhamento contínuo. Entretanto tudo está no plano das ideias, porque António continua casado com Helena e, por capricho, mantém o relacionamento com Maria da Paz.

Com o seu plano de passar uma noite com Maria da Paz, traindo também a sua esposa Helena, mostra-se o quanto ele deseja sair dessa vida labiríntica, pois não é Tertuliano que se encontrará com Maria, e sim António. A decisão não é fácil, e duplo e duplicata não aceitam a unificação:

> Deixe-se de merdas, responda-me, Guarde o seu apetite de violência para mais tarde, contudo, para seu governo, aviso-o de que tenho suficientes conhecimentos de karaté para o derrubar em cinco segundos, é certo que nos últimos tempos tenho descuidado o treino, mas para uma pessoa como você ainda chego e sobejo, o facto de sermos iguais no tamanho do pénis não quer dizer que o sejamos também na força. (SARAMAGO, 2002, p. 276)

Por fim, o plano de inversão de papéis é posto em prática. Todavia, dura pouco tempo, pois é descoberto na manhã seguinte à noite de amor entre António e Maria da Paz. Ela descobre, pela marca da aliança no dedo anelar da mão esquerda de António Claro, que ele não é Tertuliano, ambos discutem na volta para casa e acabam sofrendo um acidente de carro em que os dois morrem.

Após todo o percurso de António Claro ter sido apresentado, descobrimos que, na realidade, ele é o original, sendo a face rebelde de Tertuliano, o duplicado. O duplo age como uma máscara do ideal, António Claro e Tertuliano revezam para criarem a melhor imagem de si. Entendemos que "A identidade surge não tanto da plenitude da identidade que já está dentro de nós como indivíduos, mas de uma *falta* de inteireza que é "preenchida" a partir de nosso *exterior*, pelas formas através das quais nós imaginamos ser vistos por *outros*" (HALL, 2015, p. 24, grifo do autor).

António assume o aspecto de uma consciência transgressora que busca a afirmação da própria liberdade. Ele age de acordo com sua ordem moral, sua ideia de liberdade, e está contra a tirania social que lhe é imposta, como as relações familiares e o trabalho. Sua "liberdade, entretanto, não é absoluta, já que o homem vive uma existência concreta, situada no tempo e no espaço, portanto, condicionada, limitada pela sociedade com suas regras e convenções, às quais seus integrantes têm de se submeter" (PENHA, 2001, p. 47). Devido a isso, Penha (2001) explica que, em determinados momentos, o homem entrará em conflito com o meio social ao qual pertence: "Mais ainda: vê-se diante do que Sartre, adotando uma expressão cunhada por Karl Jaspers, classifica de situações- limite: a guerra, o sofrimento, a morte" (PENHA, 2001, p. 47).

Apesar de ser uma personagem figurativa do mal dentro da narrativa, António não é ontologicamente mal. Ele sofre e não suporta mais as repressões impostas, não aceita mais a sua condição humana. Permite o surgimento do duplo daninho e parasita para atingir sua liberdade mesmo que limitada. José Saramago constrói uma personagem que aborda os mistérios humanos, através de aspectos que, em certa medida, a torna real. O autor direciona o nosso "olhar" para a intimidade das personagens, e os recursos utilizados fazem com que a personagem, mesmo tratando da temática do duplo, se torne inesgotável e insondável.

António Claro é Tertuliano, a ação dissolvente do mal por meio do duplo torna a personalidade dele cindida. Estando separado do seu outro "Eu", António Claro representa a parte pior de Tertuliano, entretanto ambos são cúmplices nas suas contrariedades. O duplo funciona como a personificação do mal, é uma ferramenta discursiva dentro do romance proferida pelo escritor.

A realidade do mal presente na obra confere à condição humana um caráter eminentemente trágico. Saramago investiga os comportamentos em que o homem se apresenta mal, cruel e irracional. Visualizamos esse argumento na fala do narrador ao expor os sentimentos de António Claro:

> O que neste momento acaba de passar pela cabeça de António Claro vai mostrar até que ponto, contra o mais elementar bom senso, uma mente dominada por sentimentos inferiores é capaz de obrigar a própria consciência a pactuar com eles, forçando-a, ardilosamente, a por as piores

>acções em harmonia com as melhores razões e a justificá-las umas pelas outras, numa espécie de jogo cruzado em que sempre o mesmo terá de ganhar ou de perder. (SARAMAGO, 2002, p. 251)

O que António Claro acabou de pensar coloca suas ações como fruto de uma vontade diabólica da qual ele tem consciência, porém está além da sua capacidade de julgamento e racionalidade. O que lhe resta é justificar a sua conduta. Conforme Pareyson (2012), o mundo humano é guiado pela vontade do mal, uma vez que o mal, o pecado e a culpa são a comprovação positiva da realidade negativa da qual o homem faz parte. O mal não é ontológico, só existe apoiando-se na existência da criatura humana. "Isso quer dizer que o mal não tem uma existência própria, e sim uma existência necessariamente parasitária, porque não pode subsistir, a não ser apoiando-se na realidade existente, isto é, na realidade do homem" (PAREYSON, 2012, p. 72). Daí então a relação do duplo com a presença do mal: é por meio dele que a potência negativa do mal aplica sua destruição no homem e naquilo que o cerca. No mal está o desejo de aniquilamento e a vontade de destruição.

Paul Ricoeur (2013) investigou o assunto do mal e percebeu que, por se tratar de um problema que se liga à natureza humana, precisaria da hermenêutica, isto é, a interpretação de um texto para compreender o tema, uma vez que o ser se manifesta "na" e "pela" linguagem, e, assim, a interpretação da linguagem do ser permite se chegar a algo do ser. Na linguagem de cada personagem no romance, podemos construir uma interpretação sobre o comportamento de cada um dos actantes da obra. Nas personagens de Saramago, apresenta-se a essência humana, e essa revela o quanto os homens podem ser maus. O mal acontece na experiência viva das ações humanas e pode ser atestado por meio das narrativas e seus símbolos. O duplo é um símbolo que, em suas narrativas, revela a sua capacidade de explorar e desvelar o homem.

O filósofo francês afirma que o símbolo teria uma segunda dimensão, a dimensão onírica: "é no sonho que podemos descobrir a passagem da função 'cósmica' à função 'psíquica' dos símbolos mais fundamentais e mais estáveis da humanidade [...]" (RICOEUR, 2013, p. 28-29). Portanto, "É essa função do símbolo como indicação e como guia do *'tornar- se si mesmo'* que deverá ser ligada e nunca oposta à função 'cósmica' dos símbolos [...]" (RICOEUR, 2013, p. 29, grifo do autor). Para ele, "[...] confissão desenvolve-se sempre no elemento da linguagem; ora, essa linguagem é essencialmente simbólica" (RICOEUR, 2013, p. 26). A criação do duplo por António Claro é uma confissão simbólica dos desejos instáveis que se manifestam em sua psique.

Ainda segundo Ricoeur (2013), dependendo do símbolo, esse pode remeter ao sofrimento. Sentimento que é cobrado pelo homem e que é ocasionado pela certeza de que ele levará a um fim, a um renascer. A relação entre o duplo e o duplicado explicita a circularidade da vida destas personagens, pois, em um diálogo, Tertuliano lembra a António Claro que ele, por ser o original, irá morrer primeiro, já que nasceu antes. Dessa ideia, ele se coloca como uma continuidade do outro, já que sem a existência de António Claro, Tertuliano passa a ser o único, o original, mesmo que seja por um curto período de tempo:

> Talvez o passe a incomodar se lhe der conta de uma ideia que acabou de me ocorrer, Que ideia foi essa, A de que, se somos tão iguais quanto hoje nos foi dado verificar, a lógica indenitária que parece unirmos determinará que você terá de morrer antes de mim, precisamente trinta e um minutos antes de mim, durante trinta e um minutos o duplicado ocupará o espaço do original, será original ele próprio, Desejo-lhe que viva bem esses trinta e um minutos de identidade pessoal, absoluta e exclusiva, porque a partir de agora não vai ter outros, É simpático da sua parte, agradeceu Tertuliano Máximo Afonso. (SARAMAGO, 2002, p. 212)

O renascer de António Claro acontece com a morte dele, seu duplo assume o seu lugar, e isso funciona como a punição aos atos praticados que prejudicaram as pessoas que o cercavam. A mancha é removida, tem-se o reafirmamento da ordem, até a aparição do segundo duplo no final da obra, "o morto torna-se inimigo do seu sobrevivente e procura levá-lo para partilhar com ele a sua nova existência" (FREUD, 1996, p. 259). O texto, de forma circular, reinicia o processo de regulação da narrativa, e não há fim, apenas a duplicação.

4 O CAOS É UMA ORDEM POR DECIFRAR

"Ocorreu-me de repente que não é preciso ter ordem para viver. Não há padrão a seguir e nem há o próprio padrão: nasço". (LISPECTOR, 1998, p. 17)[42]

"O caos é uma ordem por decifrar" (SARAMAGO, 2002, p. 7). Essa é uma das epígrafes que abre o romance *O homem duplicado*. A citação foi retirada de um livro fictício criado por José Saramago, *Livro dos Contrários,* que já prenuncia os interesses a serem abordados na história. O recurso empregado pelo autor apareceu também em outras obras, fazendo parte, pois, de um processo criativo e premeditado.

Seria essa uma citação declarativa, imperativa ou interrogativa? Então, deveríamos ler: "O caos é uma ordem por decifrar?!". Bem, o escritor, que inicia a obra com essa frase, manifesta e insiste nas páginas seguintes a sua intencionalidade de desafiar o leitor. Dessa forma, a epígrafe pode ser entendida como afirmação, ou também como uma constatação de um fato, ao leitor cabe dar o benefício da dúvida ao escritor, ou provar o contrário, o que será uma tarefa de Sísifo.

Eula Pinheiro (2015), ao analisar a obra *O homem duplicado* no artigo intitulado *Todos os nomes d'O homem duplicado ou o caos é uma ordem por decifrar,* abordou a questão da intratextualidade presente no romance e o tema do duplo, que também se apresenta na escrita saramaguiana. Nas palavras dela, "[...] a questão do DUPLO (tanto o "duplo" inserido no romance: Tertuliano Máximo Afonso e Daniel Santa Clara – Daniel Claro, como os vários "duplos" na escrita saramaguiana)" (PINHEIRO, 2015, p. 64). A intratextualidade presente no romance, denominada "Saramago conversa com Saramago", tratadas reflexões que o autor estabelece entre suas obras, uma dialogando com a outra, mesmo que não seja apresentada de forma explícita a relação entre elas. Saramago fez um grande projeto de texto, suas obras são um extenso e complexo enredo em que personagens compartilham histórias, segundo Eula Pinheiro (2015):

---

42 Trecho extraído da obra Água viva, de Clarice Lispector (1998, p. 17).

> [...] Tertuliano Máximo Afonso (de O homem duplicado) é também o Sr. José (de Todos os nomes). Essa afirmação de que o professor de História e o auxiliar de escrita da Conservatória Geral do Registo Civil são a mesma pessoa ou personagens que migram de uma obra para outra, evidenciando a intratextualidade, é percebida pelo leitor atento que leu, claro está, ambos os romances; pois sem o conhecimento de que o Sr. José esteve durante uma noite no gabinete de um diretor de escola não se tem a devida constatação de que se trata do mesmo gabinete. Por outro lado, um leitor com aguçada percepção mostrar-se-á intrigado ao ler: "Já estive aqui" (SARAMAGO, 2002, p. 84). (PINHEIRO, 2015, p. 66).

De acordo com a citação, Saramago realiza o diálogo entre suas obras. Se Tertuliano é o Sr. José, não podemos aqui evidenciar certeza, o que nos interessa é a ação do autor de provocar com êxito essas intrincadas reflexões. A própria escrita saramaguiana é um caos por decifrar. Partindo dessas ideias, devemos nos atentar a cada detalhe de sua escrita.

A reflexão provocada no decorrer da leitura faz caminhar lado a lado narrador e leitor, ambos trabalhando no desvelamento de respostas ao mistério que se apresenta. Questionar o porquê dos nomes e de certas atitudes das personagens, as escolhas vocabulares, os ditados pronunciados que aparecem do início ao fim do texto são ações que mesmo o leitor não especializado realiza na curiosidade de compreender mais o enredo, o diálogo narrador- leitor é um fator determinante e indispensável nos textos do romancista português. A relação narrador-leitor está ligada ao foco narrativo; o modo como se coloca o narrador para contar a história. Conforme a reflexão de Bourneuf e Ouellet (1976, p. 106, grifos do autor):

> Quer o autor camufle a sua presença por detrás de um <<ele>> impessoal, de um <<eu>> que monologa, de um <<vós>> misterioso, quer dela faça um intermediário visível entre ele e sua criação, essa escolha corresponde a um <<projecto>> preciso: o pacto narrativo que funda, explicitamente ou não, o tipo de relações desejadas e estabelecidas entre, de uma banda, o autor e o leitor virtual, de outra, entre o narrador e o narratário.

Ao escolher um narrador que chama seu leitor-interlocutor e para ele suscita perguntas e respostas, Saramago tem como pacto narrativo, do qual falam os autores acima, um narrador que exerce outras funções além da organização interna do texto, ele também exerce a função ideológica, confirmada através de suas intervenções filosóficas, explicativas e até afetivas com os personagens e o leitor. O posicionamento do escritor não é camuflado, contudo não o é colocado como autoridade[43]. O escritor esforça-se para que os juízos sobre a obra sejam múltiplos e dessa forma possa dar autonomia ao romance. Dessas múltiplas possibilidades de leituras e análises, há de se seguir então no processo de descobrir os desafios lançados em *O homem duplicado*.

Partamos então das seguintes indagações: existiria de fato uma ordem, uma explicação ou um entendimento dentro do caos? Ao decifrarmos o caos apresentado dentro da narrativa, eliminaríamos o seu teor fantástico? A tais questões voltaremos mais adiante, primeiro precisamos revisitar as narrativas que envolvem o conceito de caos, para depois relacioná-las com o fantástico e, por fim, entender como esse elemento atua na obra.

Comecemos, pois, pelo paradoxo *ordem e caos* por meio da mitologia grega, uma vez que, como apresentado e argumentado nas seções anteriores, a mitologia grega está bastante presente na obra. Segundo Hesíodo (1995), foi a partir de Caos, o primeiro deus primordial, que surgiram, por meio de cisão, os demais deuses. Divide-se a narrativa mítica dos deuses gregos em três gerações. Da primeira geração conta-se como surgiu o universo, ou seja, o mito da criação. Na segunda geração, foca-se nos filhos dos Titãs e Titânides, por fim, na terceira geração, conhecemos as histórias que envolvem os deuses do Olimpo, neste momento, apesar de se narrar pontos relacionados com a Teogonia, os principais casos se voltam para a relação cotidiana nem sempre harmônica entre deuses e mortais.

A *Teogonia: a origem dos deuses* (1995), de Hesíodo, começa com a invocação às Deusas Musas, descrevendo a natureza e as funções dessas deusas. Depois, suplica-se às Musas que cantem a origem dos

---

[43] Pela percepção da crítica literária a problemática confusão entre narrador e autor deve ser olhada sob suspeita. Michel Foucault (1999), na conhecida conferência intitulada O que é o autor? traz a ideia de uma crítica literária que não apresenta a supremacia do autor. Foucault, por outro lado, questiona-se sobre a validade dessa premissa. Sobre a morte do autor, Foucault traz a questão da obra, que para existir pressupõe um autor antes. Barthes em O Rumor da Língua (2004) escreveu no ensaio "A morte do autor" que o autor é um personagem que surge somente no processo de criação do texto, antes disso, o autor não existe. Na contramão, Saramago, mescla a sua voz com a do narrador. Além de ter assumido a função do escritor foi também o narrador, pois para ele não seria possível separar sua criação da perspectiva ideológica que assumia. Em nossa perspectiva, por detrás da criação está a criatura, não mais e nem menos importante, mas um dos componentes que mantem a tríade: autor-obra- leitor. Buscamos, pois separar o homem da obra, sem, contudo, determinar a morte do autor.

deuses, não se esquecendo de dizer quem deles primeiro nasceu. Em resposta a esse pedido temos:

> Sim, bem primeiro nasceu Caos, depois também Terra e amplo seio, de todos sede irresvalável sempre, dos imortais que têm a cabeça do Olimpo nevado, e Tártaro nevoento no fundo do chão de amplas vias, e Eros: o mais belo entre os Deuses imortais, solta-membros, dos Deuses todos e dos homens todos ele doma no peito o espírito e a prudente vontade. (HESÍODO, 1995, p. 91)

No poema épico, Hesíodo recebe a narrativa sagrada do nascimento dos deuses através das Musas e se torna o responsável por contar a origem do mundo natural e de seus criadores. No princípio de tudo está o Caos, depois Gaia, Eros, Érebo e Nix[44]. Caos é compreendido como o não-ser; o vazio que paradoxalmente origina e antecede o desenvolvimento dos organismos posteriores.

O primeiro a atribuir a noção de desordem e confusão à divindade Caos foi o poeta romano Ovídio em *Metamorfoses* (2006). Em seus versos, no livro I: "Antes do mar, da Terra e do céu que os cobre, Não tinha mais que um rosto a Natureza: Este era o Caos, massa indigesta, rude, E consistente só num peso inerte" (OVÍDIO, 2006, p. 39). Para a criação; "para o preenchimento", antes, se necessita do espaço vazio; daí uma das relevâncias da inexistência. O Caos, mais velha das formas de consciência divina mitológica não deve ser compreendido como uma nulidade estática como diz Ovídio (2006), a sua cisão e desordem é também força geradora. Essa é a percepção mais acertada que recebemos da teogonia hesiódica.

O Caos gera através da separação, a sua força conturbada manifesta a vida por meio da cisão. Como ilustração dessa premissa, pensemos na biologia. Na citologia pode-se dizer que divisão e multiplicação é a mesma coisa, pois para a célula se dividir é necessário primeiro haver a duplicação do seu material genético[45]. Claro que para haver essa divisão é necessário que haja algo anterior a ela, mas peguemos como exemplo esse fenômeno para a questão de que o Caos (cisão) cria, multiplica, e que talvez seja dessa ação que surge a sua ordem. O que reforça sua imagem criadora na mitologia grega. Caos, através de seus "pedaços" faz Nix e Érebo, Caos é então "pai e mãe", ser uno

---

[44] Gaia, a terra, a mãe. Eros, o amor. Érebo e Nix são filhos de Caos. Érebo, a região subterrânea, tétrica e noturna ligada ao reino dos mortos (trevas) e Nix a noite.

[45] Esse processo de divisão celular é denominado como mitose e meiose na biologia (AMABIS; MARTHO, 2004).

que carrega a dualidade consigo, ser de fragmentação, assim como o mito do duplo.

Sendo também considerada uma potência tenebrosa na história, Caos é visto como negação da ordem, da vida e desse modo, até mesmo sinônimo de mal. Seus filhos, e descendentes também representam essa força de potência negativa, entretanto, nem todos são assim, a descendente Hemera foge à regra. Filha de Nix com Érebo, a neta de Caos representa a luz do dia e do ciclo da manhã; corroborando com a ideia de recomeço depois do caos. Vemos que entender a natureza do Caos de forma definitiva é complexa, são muitas as perspectivas e releituras.

Desse conhecimento do Caos mitológico podemos inferir algumas interpretações no romance saramaguiano. Após a aparição na epígrafe, o outro momento em que a citação referente ao termo 'caos' se faz presente é quando Tertuliano recebe a visita inesperada de Maria da Paz. Em sua casa, Tertuliano estava a pesquisar nos filmes a identidade de seu sósia, obcecado em conseguir evidências sobre o rosto que é igual ao seu, ele assiste, embora não completamente, um filme atrás do outro, o método escolhido para sua empreitada não é o dos mais rápidos. Ele estando em "[...] deplorável figura, enfiado no roupão, de chinelos e com a barba por fazer, portanto em flagrante situação de inferioridade" (SARAMAGO, 2002, p. 98) deixa uma ponta solta em seu segredo ao realizar sua busca:

> Quis, porém, o acaso, muito mais exacto teria sido dizer que foi inevitável, uma vez que conceitos tão sedutores como fado, fatalidade ou destino não teriam cabimento neste discurso, **que o arco de círculo descrito pelos olhos de Maria da Paz passasse, primeiro pelo televisor ligado, logo pelas cassetes que não tinham sido devolvidas aos seus lugares no chão, finalmente pela própria fileira delas, presença inexplicável, insólita, para qualquer pessoa que, como ela, íntima destes sítios, tivesse suficiente conhecimento dos gostos e hábitos do dono da casa.** Que é isto, que fazem aqui todas estas cassetes, perguntou, É material para um trabalho em que tenho andado ocupado, respondeu Tertuliano Máximo Afonso desviando a vista, Se não estou enganada, o teu trabalho, desde que te conheço, consiste em ensinar História, disse Maria da Paz, e esta coisa, olhava com curiosidade o vídeo, chamada Paralelo do Terror, não me parece que tenha muito que ver com a tua especialidade, Não há nada que me obrigue a ocupar-me só de História durante toda a vida, Claro que não, mas é natural que me tenha sentido desconcertada vendo-te rodeado de vídeos, como se de repente te tivesse dado uma paixão pelo cinema, quando antes te interessava tão pouco, Já te disse que estou ocupado com

um trabalho, um estudo sociológico, por assim dizer, **Não passo de uma empregada vulgar, uma bancária, mas as poucas luzes do meu entendimento chegam-me para ver que não estás a ser sincero**, Que não estou a ser sincero, exclamou indignado Tertuliano Máximo Afonso, que não estou a ser sincero, era só o que me faltava ouvir, Não vale a pena irritares-te, disse o que me pareceu, Sei que não sou a perfeição em homem, mas a falta de sinceridade não é um dos meus defeitos, tinhas a obrigação de me conhecer melhor, Peço desculpa, Muito bem, ficas desculpada, não se fala mais deste assunto. (SARAMAGO, 2002, p. 97, grifo nosso)

Embora considerada ingênua por Tertuliano, Maria da Paz encontra a ordem no caos que ele deixou na sala, eles são os vestígios do seu duplo. Os argumentos do protagonista sobre sua pesquisa direcionada aos sinais ideológicos não convence Maria da Paz, ela conhece muito bem não apenas os cantos e recantos do apartamento, como o dono dele. Sabe bem ela que Tertuliano é um homem de rotina e precisa manter a organização para não romper com seu equilíbrio. Como sabemos, ele se dedica exclusivamente com o ensino de história, sua vida se resume em casa, trabalho e leituras, não se permitindo programações meramente distrativas, para aquele homem estar a fazer o que faz, certamente existiria um pensamento obstinado envolvido. De forma sagaz ela sente que algo está sendo escondido, então rebate todos os argumentos dele, ignora as justificativas e pouco ou nada acredita no que escuta dele para justificar suas incomuns atitudes.

Tertuliano tenta, não discretamente, desviar o foco de sua companheira; constante é o medo de que ela vá manusear os insólitos objetos que estão na sala e assim descubra a maldita manifestação dual da imagem dele. Não há outra forma além de simular o falso amor que sente por ela, como já demostramos nos capítulos anteriores. Sendo hábil, ele sugere que ela vá preparar um café para ambos, antes de iniciarem a conversa sobre o relacionamento dos dois: "Vai, vai fazer o café enquanto eu dou uma arrumação a este **caos** [...]" (SARAMAGO, 2002, p. 103, grifo nosso). Porém, Tertuliano ao achar que se livraria do problema, passa por uma situação desconcertante: "[...] e então aconteceu o inaudito, como se não desse importância às palavras que lhe saíam da boca ou como se não as entendesse completamente, ela murmurou, **O caos é uma ordem por decifrar** [...]" (SARAMAGO, 2002, p. 103, grifo nosso). Tertuliano Máximo Afonso fica em estado de estupefação, primeiro por Maria da Paz pronunciar, segundo ele, uma frase de sutil complexidade, como se quisesse dizer que já era tarde demais para os jogos labirínticos dele; teria ela percebido o drama do misterioso professor de história? Segundo, e mais importante, por lhe proporcionar um *insight* sobre como encontrar o duplo. Através dessas palavras, sua investigação se iluminou: o caos está antes de tudo nele próprio, se o outro é a sua cópia, antes de tudo, precisa se autoconhecer.

Ao encontrar a resposta para alcançar o duplo, Tertuliano tenta acalmar o turbilhão de emoção que a descoberta lhe causou, "arrumar os pensamentos, desenriçando- os do caos de emoções amontoadas" (SARAMAGO, 2002, p. 27) seguindo, sempre que possível, de forma mais "racional" a sua jornada. A tese pronunciada por Maria da Paz é para ele uma ideia surpreendente, inesperada, porém, ainda haveria mais por revelar:

> [...] julgo saber que os nossos antepassados só depois de terem tido as ideias que os fizeram inteligentes é que começaram a ser suficientemente inteligentes para terem ideias, Agora saíste-me paradoxal, eis-me caindo de assombro em assombro, disse Tertuliano Máximo Afonso, Antes que acabes por te transformar em estátua de sal, vou fazer o café, sorriu-se Maria da Paz, e enquanto seguia pelo corredor que a levava à cozinha, **foi dizendo, Arruma o caos, Máximo, arruma o caos**. (SARAMAGO, 2002, p. 104, grifo nosso)

Um ponto importante da citação que devemos comentar é a atitude de Maria da Paz. Na verdade ela sabe que Tertuliano pouco lhe dá importância, a relação dos dois só se mantém por única e exclusiva ação dela. O amor é outro tema recorrente nas histórias de José Saramago. É através desse sentimento mais ressaltado nas personagens femininas que o autor apresenta a força e a sensibilidade das mulheres. São casos como os de Baltasar e Blimunda, o médico e sua esposa, violoncelista e a morte, Maria Leonor e o cunhado, Maria da Paz e Tertuliano, entre tantos casos que se avultariam aqui se fossem citados.

Ao fazer referência à passagem bíblica em que a mulher de Ló transforma-se em estátua de sal por desobedecer a Deus, Maria da Paz passa a mensagem de que ele vai perdê- la. Deste modo, como a esposa de Ló que olha para trás ao ver virar cinzas seus bens materiais enquanto fugia com seu esposo e filhas de Sodoma, Tertuliano age arrependido por antes ter relegado à Maria da Paz um lugar qualquer em sua vida; e muito mais sofrerá após perdê-la. Será do caos que descobrirá que a amava.

Da passagem anteriormente citada do romance, atentamos ao tema do caos, retomemos as palavras de Maria: "Arruma o caos, Máximo, arruma o caos" (SARAMAGO, 2002, p. 104). O comando imperativo é também um conselho para evitar problema maior, Maria ao falar o sobrenome Máximo, subjetiva a mensagem que expressa, é como se dissesse: Arruma esse caos o máximo, arruma o caos com qual se envolveu. Se puder ser arrumado, como fala Maria da Paz, então pode haver uma ordem no caos de Tertuliano. O caos instaurado na vida dele se deu pelo duplo. Foi o tomar consciência do outro que a ruptura surge no cotidiano de Tertuliano e não somente ele passa a ser afetado pela aparição, como também as demais personagens do mesmo modo são afetadas.

Nossas perguntas iniciais eram: 1.) Se existe ordem no caos; 2.) Se a organização do caótico elimina ou enfraquece o teor fantástico da história; e, por fim, 3.) Como o elemento do caos se relaciona com o fantástico e como se dá a atuação desses na obra.

Caos é um conflito que instrumenta, ou seja, o meio que fornece interrogações para a reflexão não só na literatura, bem como em outras áreas da ciência, encontrando maior representatividade na física e na matemática. A busca por uma coerência na existência no mundo foi objetivo de teóricos[46] até a década de 1980. Muitos cientistas acreditavam que o universo era governado por leis estáveis e determinadas e, desse modo, poderiam prever os eventos naturais. No entanto, conforme a sociedade caminhava rumo ao progresso científico e ganhava confiança no poder do homem perante a natureza, mais perguntas sem respostas apareciam. O progresso não foi suficientemente capaz de sanar as dúvidas que acompanharam a humanidade e as novas questões que surgiram com elas. A aleatoriedade foi um ponto que interferiu no entendimento do mundo. Em 1963, Edward Lorenz[47] ao trabalhar com previsões meteorológicas foi o pioneiro a analisar os sistemas dinâmicos e os resultados gerados por alterações muito pequenas em dados iniciais inseridos para o processo de cálculos em séries, descobrindo que as pequenas variações causavam significativas mudanças nos resultados obtidos. Em suma, ele descobriu que em um sistema com pequenas variações ao longo do tempo podem gerar resultados impre-

---

[46] Entre esses teóricos citamos Henri Poincaré (1857-1912), um famoso matemático, cientista teórico e filósofo da ciência. Foi o primeiro a considerar a possibilidade de caos num sistema determinista, com o seu trabalho sobre órbitas planetárias. Seus estudos passaram a ter relevância com os estudos modernos da dinâmica caótica.

[47] Informação contida no Documentário Alta Ansiedade. Matemática do caos (2008), dirigido por Mark Tanner e David Malone.

visíveis. A esse fato se desenvolveu a denominada Teoria do Caos. As aplicações da Teoria do Caos são utilizadas nas ciências exatas, médicas, biológicas, humanas e incluindo as artes.

A Teoria do Caos, comumente é de forma popular relacionada com o efeito borboleta; situação em que um simples bater de asas em algum local pode influenciar o curso natural das coisas, como exageradamente ilustram, por exemplo, causar um tufão em algum lugar do mundo. Condescendente a esta visão, *O homem duplicado* descarta qualquer fator de previsibilidade narrativa. A simples ação de Tertuliano ao assistir um filme indicado pelo colega de trabalho, matemático por sinal, faz com que futuramente sua vida tome um rumo caótico. É disso que fala a Teoria do Caos, a simples mudança no percurso desencadeará complexos resultados.

Precisamos pinçar alguns desses pontos em nossa análise já que o autor fez uso desse raciocínio matemático em sua obra. Não são poucas as referências a termos matemáticos no romance: algarismos, equação, incógnita, soma, variáveis, divisão, razão, arbitrariedade, padrão, entre outros. Tertuliano Máximo Afonso:

> [...] não consegue escapar à ideia de que tantos acasos e coincidências juntos poderão muito bem corresponder a um plano por enquanto indescortinável, mas cujo desenvolvimento e desenlace certamente já se encontram determinados nas tábuas em que o dito Destino, supondo que afinal de contas existe e nos governa, apontou, logo no princípio dos tempos, a data em que cairá o primeiro cabelo da cabeça e a data em que se apagará o último sorriso da boca. (SARAMAGO, 2002, p. 30)

Estes ditos "acasos", ou em termo mais adequado, imprevisibilidade é uma das propriedades que rege o Sistema Caótico. Costuma-se confundir o Sistema Caótico com aleatoriedade, contudo, ele não é um sistema estocástico. O padrão estocástico é aquele cujo estado é indeterminado, pautado em eventos aleatórios, por exemplo, o lançar de dados. O caos não é aleatório. Ele é complexo, dinâmico, sensível às condições iniciais, e até determinístico a curto prazo. Conforme a personagem Maria da Paz, os elementos que, a princípio, parecem desordenados, na realidade, precisam apenas serem compreendidos para que a ordem surja. Do mesmo modo encontra-se o mistério do romance, as imagens estão construídas através da narrativa e será o leitor o responsável por organizar as histórias contadas (determinismo a curto prazo) que, no entanto, sempre deixam novas leituras a serem feitas (dinamismo). A propósito disso:

Não sei, talvez fosse porque o meu trabalho no banco se faz com algarismos, e os algarismos, quando se apresentam misturados, confundidos, **podem aparecer como elementos caóticos a quem os não conheça, no entanto existe neles, latente, uma ordem, na verdade creio que os algarismos não têm sentido fora de uma qualquer ordem que se lhes dê, o problema está em saber encontrá-la,** Aqui não há algarismos, **Mas há um caos, foste tu mesmo que o dissesse,** Uns quantos vídeos desarrumados, nada mais, **E também as imagens que lá estão dentro, pegadas umas às outras de maneira a contarem uma história, isto é, uma ordem, e os caos sucessivos que elas formariam se as dispersássemos antes de tornar a pegá-las para organizar histórias diferentes, e as sucessivas ordens que assim iríamos obtendo, sempre deixando atrás um caos ordenado, sempre avançando para dentro de um caos por ordenar,** Os sinais ideológicos, disse Tertuliano Máximo Afonso, pouco seguro de que a referência viesse a propósito, Sim, os sinais ideológicos, se assim o queres, Dá a impressão de que não acreditas em mim, Não importa se acredito em ti ou não, tu lá saberás o que andas a procurar. (SARAMAGO, 2002, p. 103, grifo nosso)

No Sistema Caótico não podemos prever resultados em longo prazo, não há probabilidade, nem controle, entretanto existe a ordem, a lógica de uma força incompreensível. O não saber não significa que não existe uma razão própria, essa questão é apenas uma limitação humana. Sempre estamos no escuro, o não saber torna-se uma exigência da vida.

Chegamos à conclusão de nossa primeira pergunta: existe ordem no caos proposto por Saramago. Identificamos isso através das teses colocadas e da análise da obra. Percebe-se que Tertuliano se vê num emaranhado de incógnitas confluindo a um objetivo, a uma ordem, que, entretanto não é previsível. Como dito, a narrativa descarta toda pre visibilidade do final. Podemos conjecturar a respeito e até crer numa tragédia ao final, posto que junto à história esteja o mito do duplo. Todavia, a inserção do terceiro elemento, no caso, ao final da narrativa ocorre a aparição de um terceiro sósia, faz mudar o resultado final esperado pelo leitor. Da mesma forma que ocorreu com os cálculos de Poincaré ao se deparar com um terceiro elemento que impossibilitava a previsibilidade dos cálculos.

De nossa segunda indagação: a organização do estado caótico elimina ou enfraquece o fantástico da história? Temos como resposta, o seguro *não*. O texto não se sustenta somente no mito, ou nos mistérios do caos. O romance saramaguiano é construído por diferentes tipos de linhas temáticas, nele perpassam as mitologias clássicas, os textos bíblicos, as literaturas anteriores, as reflexões filosóficas de diferentes autores e épocas; tudo reforçado por sua inventividade e trabalho. O mundo ficcional construído pelo escritor português é uma mistura de observação e imaginação que reflete uma realidade caótica manifestada fora do texto. Não existe uma ordem pura e racional, podemos chamar certas situações de "extraordinária coincidência, fantástica, curiosa, o que te parecer mais adequado (SARAMAGO, 2002, p. 31)", qualquer um desses termos podemos, assim diz o senso comum da narrativa, o que não se pode, é negar a irresolução de muitas questões pela direta explicação racional. Necessitamos sempre recorrer a outras formas de explicação para explicar o inexplicável. Conforme salienta Ana Marcia Siqueira (2018, p.111):

> O fantástico reage contra o materialismo pela subversão dos fenômenos e das regras e se constitui como amálgama entre o sonho/ideal e a análise crítica. Por vir contra a ordem aparentemente estruturada – a realidade –, este recurso funciona como uma ruptura e um meio de questionamento do homem diante da complexidade da vida nunca totalmente apreendida pelo empirismo racionalista e, muitas vezes, mais absurda que a imaginação.

Nessa condição, chegamos a nossa terceira pergunta: Como o elemento do caos se relaciona com o fantástico e como se efetua a ação desses dois na obra?

Muito do que foi dito esclarece a intrínseca relação entre os dois e como ambos constroem pontes para o insólito na narração. Na escrita de Saramago, a literatura fantástica se nutre do cotidiano. As leis naturais são desafiadas e o conflito entre o real e o possível se entrelaça, há uma ruptura da realidade, contudo, agora o choque está em constatar que as coisas não são como aparecem sob a luz do sol. A ficção além de ser sedutora, também passa a ser o lugar mais seguro para estar. O texto literário aparece como uma promessa de viagem para longe do caos instalado na sociedade. A alternância entre o fantástico e o real na escrita de Saramago trazem à tona medos ancestrais.

Os recursos do fantástico tradicional são reutilizados por um prisma da modernidade. Os sentimentos de inquietação e angústia não são mais gerados apenas por seres inanimados que passam a ter vida, ou sons de correntes ou mesmo tormentos alucinatórios. O fantástico da atualidade confunde-se com o real, foge de uma compreensão cognitiva e se esconde nos conflitos que assolam a contemporaneidade. Nesses romances encontramos proximidades com a dita realidade existente fora dos livros, parece ser o nosso mundo, contudo não o é. Ao lermos tais romances temos a impressão de conhecermos os lugares, os personagens, os fatos, e então, no prosseguir da narrativa, sentimos que há algo que não se encaixa em nossa realidade vivida, e mesmo continuando a ser aceitável dentro da história, parece ser fantástica demais para termos acreditado que era o nosso real. As situações absurdas que surgem nos textos de Saramago, vividas pelas personagens, nos mostram que disparatada, na verdade, é a nossa sociedade. Segundo José Castello (1999), Saramago em entrevista disse: "Nós fazemos, apenas, cinco por cento de nossas vidas. [...] Os outros noventa e cinco são feitos por outras pessoas, pelas circunstâncias, pelos eventos externos, pelo acaso. [...] O tempo não passa de uma ilusão que é melhor desprezar" (SARAMAGO *apud* CASTELLO, 1999, p. 219).

Conclui-se que *O homem duplicado* e as demais obras do escritor são peças fractais a serem decifradas. Como Borges, de textos que levam a textos, Saramago entende que o caos governa o mundo; é, pois a literatura a irrealidade possível. Na obra *O homem duplicado*, o caos é desencadeado pela aparição insólita do duplo, e ambos são entidades que multiplicam, criam através da desordem, do inquietante. É através da revisitação do mito que Saramago busca recontar e discutir o mundo, mesmo esse sendo infinitamente imprevisível. Em suas palavras: "O que eu aqui proponho é que investiguemos a ordem que há no caos. O que, no tempo de hoje, que em muitos aspectos nos apresenta como caótico, eu creio que pode ser encontrado" (SARAMAGO, 2002)[48].

---

48 Trecho extraído de uma matéria acerca da entrevista do escritor português José Saramago concedida a BBC no ano de 2002.

5 O HOMEM DUPLICADO: UMA REFLEXÃO SOBRE O MAL DENTRO DO CONTEXTO CONTEMPORÂNEO

Anoitecer
É a hora em que o sino toca, Mas aqui não há sinos;
Há somente buzinas Sirenes roucas, apitos Aflitos, pungentes,
trágicos, Uivando escuro segredo; Desta hora sim, tenho medo.
(ANDRADE, 2012, p. 19)[49]

Debater o tema do mal na contemporaneidade faz com que retomemos a questão da identidade. Pauta de análise no capítulo 3, em que Tertuliano, personagem fragmentado, muda de conduta ao encontrar seu duplo e passa a não mais se reconhecer. Tudo lhe é estranho, os amigos, a namorada, o trabalho, a cidade onde mora e, inclusive, ele mesmo. A cisão da personalidade de Tertuliano ocorre no processo de urbanização e mutação social no qual está inserido.

É, pois, nessa mutação social que o mal habita, ele pergunta, interroga e joga o homem em uma realidade perturbadora carregada de uma tradição da culpabilidade. Não queremos aqui lançar respostas finais para o entendimento do mal na contemporaneidade, esvaziando as formas de enxergá-lo, nem mesmo afirmar que as situações apontadas não poderiam ter origem e denominação de outra ordem (há diferentes maneiras de compreender os problemas que assolam a sociedade, apenas escolhemos um viés), trata-se, porém, de iniciar um debate que não exclua o mal dos problemas aqui levantados.

Devemos, portanto, partir para a obra na busca das respostas aqui originadas. A narrativa não especifica uma época, porém, pelo contexto narrativo, vemos que se trata de um momento não muito distante do nosso, quase anos 2000. Uma realidade similar a nossa, para não dizer igual. Citam-se listas telefônicas, os serviços de correios, a correria e ações da modernidade, a influência da sétima arte nos gostos pessoais, a necessidade de possuir objetos (metas supérfluas), a exemplo o aparelho televisivo com o seu vídeo e seus cassetes, pas-

---

49 Trecho extraído da obra A rosa do povo, de Carlos Drummond de Andrade. (2012, p. 19).

satempo hoje já não mais existente, sendo agora as redes sociais e os canais de stream a nova companhia do homem contemporâneo. A narrativa verossimilhante de José Saramago, de acordo com Alexandre Montaury (2011, p. 69): "[...] garante claridade à narrativa, costurada por movimentos banais que põem o texto em ação". O pesquisador lustra a afirmativa com a seguinte cena de *O homem duplicado* (2002): "Tertuliano Máximo Afonso voltou para a sala, sentou no sofá e, fechando os olhos, deixou-se reclinar para trás. Durante uma hora não se moveu, mas, ao contrário do que se poderia julgar, não dormiu [...]" (SARAMAGO, 2002, p. 281). No relato do cotidiano simplório da personagem, somos conduzidos por verbos significativos que demandam ação e são o núcleo de cada ato de Tertuliano. Revela-se o sujeito em cada verbo: inquieto, preocupado e ansioso. Deste relatar desinteressado do narrador, sabemos que Tertuliano está com a consciência violada, pois a banalidade da sua vida está ameaçada pela sua não autenticidade. Existe um outro com a sua cara, o mau augúrio que poderá cercá-lo e cobrar-lhe a face.

Enfim, o fio condutor do enredo é o retrato da vida comum real e cotidiana por demasia. Até a aparição do duplo, o mais assustador na história é a própria sociedade do enredo, uma vez que ela dissemina uma epidemia caótica que nega a individualidade dos seres sem que estes possam se dar conta. Para fundamentar o posicionamento, chamamos à discussão Zygmunt Bauman (2008, p. 221):

> A experiência comum ensina que o tempo está correndo não em linha reta, mas em espirais e rodopios difíceis de prever: o tempo não é irreversível, nada está perdido para sempre, assim como nada é obtido e possuído para sempre, e o que está acontecendo nesse instante não compromete as formas dos amanhãs. Na verdade, os dias não têm importância e não vale a pena contá-los. O antigo lema *carpe diem* adquiriu um sentido totalmente diferente e leva uma nova mensagem: colha seus créditos agora, pensar no amanhã é perda de tempo. A cultura dos cartões de crédito substituiu a das cadernetas de poupança. Os cartões de crédito tiveram seu uso generalizado há duas décadas com o slogan "tire o esperar do desejar".

Tempo de transformações constantes, a crise identitária de Tertuliano advém de um processo mais amplo. O *carpe diem* agora não é uma ampulheta marcando rapidamente o tempo a ser aproveitado e sim o anúncio de promoção que ludibria seus consumidores esperançosos por aproveitar sabe se lá o quê. É a corrida para buscar a maior quantidade de tempo e não a qualidade deste.

A sociedade modernizou-se e deslocou referências, existiam antes pontos de ancoragem nos processos identitários. "Essas transformações estão também mudando nossas identidades pessoais, abalando a ideia que temos de nós próprios como sujeitos integrados". (HALL, 2015, p. 10). Esse fenômeno é denominado por Hall (2015) de descentração do sujeito, situação na qual os indivíduos passam por uma crise identitária social e cultural, já não há identificação com aquilo que o cerca e assim desloca-se também a percepção que tem de si próprio. Para Hall (2015), a identidade constrói-se na interação entre o "eu" e a sociedade. No entanto, como formar uma identidade se meu processo de identificação parte de espaços variavelmente problemáticos?

Em *O homem duplicado* (2002), temos a representação do sujeito conflitante da modernidade, fruto da tensão entre alteridade e mesmidade. Conforme Alexandre Montaury (2011, p.67):

> A partir dos anos noventa, o escritor pareceu avançar em direção a questões mais gerais, que abrangem o mundo ocidental, expandindo, com isto, o corpo de seu projeto literário, não apenas por focalizar crises globais como a do capitalismo, a da democracia e os impasses da tradição judaico-cristã, mas, sobretudo, por colocar em cena questões contemporâneas em escala mais universais.

Saramago buscou falar sobre as raízes dos problemas, visitou as tradições, leu e ouviu histórias disseminadas pela cultura da oralidade. Depois de explorar e abordar em suas obras a história de Portugal, seu país e por consequência seu berço formador, o escritor torna o mundo a sua nacionalidade. Passa a não falar apenas de uma parte, e sim de um todo que compõem a história da sociedade.

Como lemos na citação de Alexandre Montaury, na década de 90, o escritor avança por temas mais amplos, e no romance em análise isso é notório. As figurações do cotidiano em *O homem duplicado*, bem como em outros romances do autor sobre os fenômenos da realidade, nos fazem ver ainda melhor a forma deformada que toma a sociedade em meio aos sons de "[...] buzinas, Sirenes roucas, apitos Aflitos, pungentes, trágicos [...]" (DRUMMOND, 2012, p. 19). Como fala Drummond (2012), é desta hora que devemos ter medo, do final do dia, ou seja, do final deste ciclo, agora mais do que nunca cercado pela agitação de um mundo ruidoso. O tom noturno do poema reforça o caráter negativo da urbanidade, fator em comum com o romance saramaguiano analisado. Tanto no poema citado de Drummond como no romance de Saramago temos a denúncia das multidões compactas que correm exaustas e negam o repouso, a contemplação e o autoconhecer-se, assuntos centrais do romance em análise.

A escolha desta epígrafe drummondiana ilustra a realidade apreendida pelos escritores, uma realidade ancorada em leituras, muitas leituras, do escrever e reescrever, de um processo não místico e exclusivo, e sim de um olhar atento e crítico sobre o homem, sujeito constituído por processos históricos, sociais e culturais, o homem é um ser em situação, um ser no mundo, já dizia Heidegger (1995). Como um ser no mundo, o homem é o produtor e produto do processo. A desumanização em nossa sociedade veio do homem e para o homem, e não das máquinas como se acredita. Desumanizado e mecânico este mundo não adveio de outro espaço senão do meio humano, do empobrecimento das ideias em benefício do consumo e do lucro da vida contemporânea. Uma sociedade que questiona menos e aceita as condições como são entregues é mais favorável para o estado, afinal, esse pode vender melhor suas banalidades, incluindo a banalidade do mal (ARENDT, 2018). Ainda segundo Alexandre Montaury (2011, p. 68):

> Na sua ficção [ficção saramaguiana], em linhas gerais, o consumo hedonista e a devoção desenfreada a mitos e imagens contemporâneas são tomados como fatos geradores de injustiças e equívocos históricos. Esses equívocos, enraizados no presente e no cotidiano dos personagens de seus romances, além de encarnarem a expressão do Mal, são – pelo que se depreende – aquilo que compartilhamos, de certa forma, como uma epidemia.

Os romances que abordam o material da estátua, ou seja, a fase "pedra"[50] incluem *Ensaio sobre a cegueira* (1995), *Todos os nomes* (1997), *O Conto da Ilha Desconhecida* (1997), *A caverna* (2000), *O homem duplicado* (2002), *Ensaio Sobre a Lucidez* (2004) e *Intermitências da Morte* (2005) para citar os mais significativos. Nesses romances encontramos histórias costuradas por situações triviais e cotidianas, que, no entanto, são a fórmula que desenha o caráter "normal" e "real" da história. Situações tão comuns que saltam ao olhar as anomias que partem delas, encarnadas em mitos revisitados, muitas dessas situações falam sobre a natureza humana, inclusive da relação entre o homem e o mal.

Por muito tempo, o mal foi personificado na imagem do diabo ou em seres que a imaginação garantia a visualização de suas formas. O

---

[50] Modo como Saramago costumava designar as obras cujas temáticas seriam mais universais e focadas na interioridade humana. As considerações sobre as fases "estatua" e "pedra" de José Saramago foram apresentadas e exploradas na tese de doutoramento de Sandra Aparecida Ferreira (2004).

mal na literatura apresentou-se através de demônios, bruxas, fantasmas, sombras, monstros, entidades de outros planetas e nas ações humanas, o fato é que apesar de ser sorrateiro, sempre deixava seus rastros. Agora vivemos numa época em que o mal está mais fluído, ou para usar o termo cunhado por Bauman e Donskis (2019), o mal agora é líquido. O diabo e seus afins representavam uma maldade sólida, através da busca por almas de homens corrompidos, esses seres desestabilizavam a ordem estabelecida pelas escrituras sagradas e serviam como justificativas para as mais disparatadas crenças e ações de grupos religiosos e até do estado laico. O mal não escondia seu rosto, estava sempre comprometido com sua causa, causar o medo, impor uma lição para a superação do bem. Com uma nova sociedade que colocou essas crenças por terra, o mal não é mais enxergado como protagonista da subversão, o mal já não é mais óbvio e evidente, agora, diluído nas falas sobre bondade, amor e justiça, o mal coloca em xeque o que possa ser bom e justo.

Em nossa realidade política e social, o mal líquido mostra sua resiliência e escorre avançando entre a sociedade numa forma ambígua de bem. Vende-se novamente nos extremismos e figuras de salvação da pátria. A concepção de Bauman e Donskis (2019,

p. 16) é que "[...] vivemos numa sociedade determinista, pessimista, fatalista, dominada pelo medo e pelo pânico, que ainda tende a valorizar suas credenciais democráticas, consagradas pelo tempo, embora datadas e ilusórias". O mal líquido se fortalece nessa sociedade desregulamentada que rompe os vínculos das relações em detrimento da individualização. Individualização que não dialoga com as outras, cada ser vive excluído em suas bolhas de crenças alimentadas somente pelas mesmas perspectivas.

Em nosso objeto de análise visualizamos o contexto contemporâneo e com ele a manifestação do mal em três problemáticas. Antes, é fundamental relembrarmos o conceito de mal utilizado no capítulo 3. Temos como concepção de mal para o trabalho a transgressão de limites e coação da liberdade do indivíduo e do coletivo, criando um ambiente de mal estar social. Esse mal imprime a tragédia e a sensação de culpabilidade. O mal ora como "[...] perversão de uma regra ou mesmo da capacidade humana de se dar regras" (ROSENFIELD, 1988, p. 34) e acrescento, de cumpri-las. Reiterando nossa afirmação já mencionada, cremos, pois, na possibilidade de racionalizar e entender o mal através de uma perspectiva ético- política assim como Rosenfield (1988).

A respeito do mal na contemporaneidade, ele se divide em muitas formas e modos de ação, aparecendo no romance em três problemas que envolvem o tema da identidade. São eles: 1.) a mecanização do homem (desumanização); 2.) o afastamento de si e do outro (isolamento); e 3.) a ausência de autenticidade (cópia do outro/inveja). Tais problemáticas são responsáveis pela "destruição" do homem enquanto ser dotado de humanidade e racionalidade. A desumanização, a inveja e o isolamento tornam o homem um ser vil que coloca em xeque o viver em sociedade. Vejamos cada questão isoladamente. No primeiro caso, temos o homem máquina, produto da sociedade das mudanças constantes e rápidas que empurram o indivíduo em direções contraditórias e, que deflagram a crise no protagonista. "Até este momento Tertuliano Máximo Afonso tinha andado perdido no mare magnum dos mais de cinco milhões de habitantes da cidade" (SARAMAGO, 2002, p. 93). O ritmo natural do homem é vilipendiado pela modernidade, a rotatividade é imposta ao ritmo das pessoas massificadas no coletivo caótico da cidade. Tertuliano vive mecanizado, pouco importa aqueles que o cercam, sabe do amor de Maria da Paz, mas simplesmente se aproveita dos cuidados dela. Aos poucos perde sua empatia, ignora os amigos e até a mãe, pessoa que pelo vínculo sanguíneo deveria manter algum sentimento. Somente após os embates com o duplo é que o protagonista retoma o estado de humanidade, até lá, foca em seu ego e não liga para os resultados de suas ações. Ele coloca em risco o bem estar dos que o cercam, mesmo ao ser lembrado pelo "senso comum" de que suas ações deveriam ser repensadas.

Nessa sociedade de consumo, somos clientes e mercadorias, precisamos estar sempre prontos, produzindo e em constante negócio, ou melhor, negando o ócio, afinal, o descanso e a reflexão não é lucro para o tempo industrializado, sobre a estigmatização do tempo livre, Bauman (2005, p. 68) comenta:

> A questão é que todos nós estamos, intermitente ou simultaneamente, sobrecarregados com "responsabilidades demais" e ansiosos por "mais liberdade", o que só pode aumentar nossas responsabilidades. Para a maioria de nós, portanto, a "comunidade" é um fenômeno de duas faces, completamente ambíguo, amado ou odiado, amado e odiado, atraente ou repulsivo, atraente e repulsivo. Uma das mais apavorantes, perturbadoras e enervantes das muitas escolhas ambivalentes com que nós, habitantes do líquido mundo moderno, diariamente nos defrontamos.

Nessa conjuntura, paulatinamente dilui-se a vida dedicada ao prazer na vida dedicada ao trabalho. A depreciação do tempo livre faz com que o indivíduo use seu tempo tal como deseja o mecanismo capitalista, ou seja, de modo domesticado e satisfeito pelo consumo alienado que estimula. Tertuliano é um desses sujeitos que desfrutam o tempo livre carregando a culpa da não produtividade:

> Olhou o relógio e viu que ainda não eram onze horas. É cedo, murmurou, e com isto quis dizer, como se viu logo a seguir, que ainda tinha tempo para se punir a si mesmo pela leviandade de ter trocado a obrigação pela devoção, o autêntico pelo falso, o duradouro pelo precário. Sentou-se à secretária, puxou para si, cuidadosamente, os exercícios de História, como querendo pedir-lhes perdão pelo abandono, e trabalhou pela noite dentro, como mestre escrupuloso que sempre se tinha prezado de ser, cheio de pedagógico amor pelos seus alunos, mas exigentíssimo nas datas e implacável nos cognomes. Era tarde quando chegou ao final da empreitada que havia imposto a si mesmo, porém, ainda repeso da falta, ainda contrito do pecado, e como quem tinha decidido trocar um cilício doloroso por outro não menormente correctivo, levou para a cama o livro sobre as antigas civilizações mesopotâmicas, no capítulo que tratava dos semitas amorreus e, em particular, do seu rei Hamurabi, o do código. Ao cabo de quatro páginas adormeceu serenamente, sinal de que tinha sido perdoado (SARAMAGO, 2002, p. 20-21).

Para se identificar, o protagonista precisa do trabalho. No gozo do tempo livre, Tertuliano se arrepende por optar a assistir ao filme indicado pelo colega de trabalho ao invés de corrigir as provas que levou para casa, sua ação de se autopunir demonstra um

sujeito dependente do sistema, sufocado e cuja liberdade individual gradualmente é levada a condições insignificantes. Se ele tivesse se mantido fiel ao trabalho ao invés de perder tempo com um momento de lazer, talvez, não tivesse se deparado com seu duplo. É como se o sistema o estivesse castigando, ao menos é isso que lhe parece. Entretanto, são dois pesos e duas medidas.

Para Bauman (2005, p. 59), "A estratégia do *carpe diem* é uma reação a um mundo esvaziado de valores que fingem ser duradouro". Na vulnerabilidade da identidade de Tertuliano, o sistema aliena e angustia um homem que não encontra um propósito maior para a existência, ele existe porque simplesmente existe, não há uma razão divina, pelo menos não até se deparar com o insólito duplo, já que a luta lhe dá um significado. Compreendemos que "A identidade é uma luta simultânea contra a dissolução e a fragmentação; uma intenção de devorar e ao mesmo tempo uma recusa resoluta a ser devorado [...]" (BAUMAN, 2005, p. 83-84). Por consequência, a emancipação social do personagem ocorre justamente quando se liberta da única identidade que assumia enquanto professor (trabalho) e encontra no outro (no duplo) mais versões de si, variações que optam pelo gozo em detrimento das obrigações.

Diante disso, o que pode acontecer ao homem comum que marcha em meio ao caos de tantos rostos similares, de individualidades corrompidas e sem estímulos, cujo cotidiano da vida apenas gera exaustão? Em resposta a esse problema chegamos ao ponto doi da problemática: o afastamento de si e do outro (isolamento).

O menosprezo de si e do outro parte dessa falta de encontro consigo, individualismo que busca a realização de um *Eu* através de milhares amizades virtuais. O sujeito atual é um solitário na multidão. "Ligados no celular, desligamos-nos da vida. A proximidade física não se choca mais com a distância espiritual" (BAUMAN, 2005, p. 33). A liquidez teorizada por Bauman (2005) e apresentada em *O homem duplicado* ilustra a discussão sobre o mal que é viver numa sociedade onde as individualidades devem ser afirmadas vigorosamente. Essa é mais outra manifestação do mal em nossa sociedade, o ser humano se distanciou um do outro via tecnologia, nunca se esteve tão conectado e ao mesmo tempo tão isolado em bolhas virtuais, isso permite desenvolvimento de um mundo solitário, em que a visão de ética aceita é a do mundo particularizado onde se está. Logo, "A sociedade moderna existe em sua atividade de "individualizar", assim como as atividades dos indivíduos consistem na remodelação e renegociação, dia a dia, da rede de seus emaranhados mútuos chamada 'sociedade'" (BAUMAN, 2008, p. 44, aspas do autor). Os emaranhados das redes sociais e as novas tecnologias da comunicação frequentemente presentes no século XXI não aparecem no romance, esse processo estava ainda surgindo, no entanto, o isolamento entre as personagens é nítido, principalmente no protagonista "Tertuliano Máximo Afonso [que] deixou de ver a imagem do espelho, agora está [como de costume] sozinho em casa". (SARAMAGO, 2002, p. 36). Nosso protagonista é um ser solitário, que se afasta da mãe, dos amigos de trabalho, da namorada Maria da Paz, até de seu senso comum: "Estranhos somos todos, até nós que aqui estamos, A quem te referes, A ti e a mim, ao teu senso comum e a ti mesmo, raramente nos encontramos para conversar," (SARAMAGO, 2002, p. 32).

Na citação de *O homem duplicado,* inscrita logo a seguir, temos a presença de outros romances de José Saramago, observe-se no trecho a menção das solitárias vivências das personagens saramaguianas:

> Para temperamentos nostálgicos, em geral quebradiços, pouco flexíveis, **viver sozinho** é um duríssimo castigo, mas uma tal situação, reconheça-se, ainda que penosa, só muito de longe em longe desemboca em drama convulsivo, daqueles de arrepiar as carnes e o cabelo. O que por aí mais se vê, a ponto de já não causar surpresa, é pessoas a sofrerem com paciência o

miudinho escrutínio da solidão, como foram no passado recente exemplos públicos, ainda que não especialmente notórios, e até, em dois casos, de afortunado desenlace, aquele pintor de retratos de quem nunca chegámos a conhecer mais que a inicial do nome, aquele médico de clínica geral que voltou do exílio para morrer nos braços da pátria amada, aquele revisor de imprensa que expulsou uma verdade para plantar no seu lugar uma mentira, aquele funcionário subalterno do registo civil que fazia desaparecer certidões de óbito, todos eles, por casualidade ou coincidência, formando parte do sexo masculino, mas nenhum que tivesse a desgraça de chamar-se Tertuliano, e isso terá decerto representado para eles uma impagável vantagem no que toca às relações com os próximos. (SARAMAGO, 2002, p. 10, grifo nosso)

Os romances citados são *Manual de pintura e caligrafia* (o pintor de retratos), *O ano da morte de Ricardo Reis* (aquele médico de clínica geral), *História do Cerco de Lisboa* (o revisor de imprensa) e *Todos os nomes* (o funcionário subalterno do registo civil). As personagens citadas levam consigo o sentimento da incerteza, uma visão de futuro indecidível, aterrorizante. Buscam em suas profissões indícios de quem são eles, rompendo normas e expectativas impostas pelo sistema em que estão inseridos; por exemplo, o pintor de retratos denominado por H questiona sua arte e busca autoconhecimento por meio dela na intenção de compreender o mundo. Nessa perspectiva, entendemos que a princípio as personagens não se sentem livres, já que

> Ser livre significa querer o que se pode, desejar fazer o que se deve e nunca desejar o que não se pode obter. Um indivíduo adequadamente "socializado" (também descrito como um "indivíduo feliz" e "genuinamente livre") é aquele que não experimenta a discrepância nem o conflito entre desejos e capacidades, sem querer

fazer o que não pode fazer mas querendo fazer o que deve fazer. Só um indivíduo assim não viveria a realidade como uma rede de restrições obstrutivas e vexatórias, sentindo-se, portanto, verdadeiramente livre e feliz. (BAUMAN, 2008, p. 64)

Ser livre na contemporaneidade, de acordo com a citação, é negar as vontades, inclusive a identidade. O homem nasceu para ser livre, menos de si próprio, eterno escravo do processo de ser humano.

Do afastamento de si e do outro, o homem em sua vulnerabilidade preocupa-se em saber quem ele é, seu comportamento é pautado na descontinuidade, fragmentação, ruptura e deslocamento, daí sua solidão, a falta do diálogo consigo próprio. Por esse deslocamento as pessoas afastam-se cada vez mais, em primeiro, delas próprias, em segundo, uma das outras.

Nessa situação se fortalece as mesquinhices humanas, ao deixar de se importar consigo, o homem redireciona seu olhar para as superficialidades que o cercam, perde sua autenticidade, e seus desejos são os que as empresas, as mídias e o mercado ditam; já não enxerga a sua face e constrói a personalidade por meio de outros rostos, mas não qualquer rosto, e sim aqueles que são colocados como modelos de sucesso. A ausência de autenticidade é o nosso ponto três a ser discutido, e como colocado, a outra maneira do mal se manifestar.

A ausência de autenticidade sempre existiu na sociedade, afinal, dela advém o desejo de conseguir copiar o outro, ação típica da inveja e sentimento despertado pelo duplo. Contudo, em nossa sociedade de consumo, a autenticidade, o ser você mesmo está ainda mais em falta. O inautêntico é o predominante no sistema social que cria o modo das pessoas viverem: comer, vestir, amar, morrer etc. É preciso questionar constantemente a possibilidade do distanciamento e da utilização da liberdade para não ser alienado. Nesse panorama o mal não atual na transgressão de limites, e sim na coação da liberdade de escolha do indivíduo e da coletividade.

Felizes eram os tempos nos quais o mal personificado ajudava na condenação do culpado, era mais fácil apontar onde estava a origem do mal, agora ela encontra-se em todas as partes, não podemos pregar o maniqueísmo e dizer que o vilão do momento é unicamente o sistema econômico capitalista, uma vez que há muitos outros culpados e propagadores desse viver de aparências. Nesse sistema unificado e padronizado de ideias, a individualidade perde o sentido.

A ausência de autenticidade em *O homem duplicado* está na inveja que

Tertuliano sente de seu duplo, e vice-versa, bem sabemos que António Claro/Daniel Santa-Clara também cobiça Maria da Paz, a namorada de Tertuliano. Para nosso protagonista, a vida de celebridade mesmo sendo de papéis secundários é bastante atrativa, pois a promessa de um estado certo de felicidade é vendida com a fama e sucesso. Como já comentado, Tertuliano deseja a vida de seu duplo, mesmo que tudo não passe de aparência. Interessante perceber que as pessoas que buscam forjar suas identidades, mesmo que inconscientemente, acabam repetindo a mesmice de ser mais um do outro, a cópia da cópia, uma vez que são forjadas dentro do sistema que as fazem querer as mesmas coisas. Cria-se um conceito do que é ideal, do que é sucesso e vida perfeita. Tudo isso se fortalece porque o sistema se ocupa também em criar um centro de tensão entre as classes, colocando-as como produtos em vitrines. Sobre as aparências, Hannah Arendt (2018, p. 35) enfatiza:

> Os homens nasceram em um mundo que contém muitas coisas, naturais e artificiais, vivas e mortas, transitórias e sempiternas. E o que há de comum entre elas é que *aparecem* e, portanto, são próprias para ser vistas, ouvidas e tocadas, provadas e cheiradas, para ser percebidas por criaturas sensíveis, dotadas de órgão sensoriais apropriados. Nada poderia aparecer - a palavra "aparência" não faria sentido - se não existissem receptores de aparências: criaturas vivas capazes de conhecer, de reconhecer e de reagir - em imaginação ou desejo, aprovação ou reprovação, culpa ou prazer - não apenas ao que está aí, mas também ao que para eles aparece e que é destinado à sua percepção. Neste mundo em que chegamos e aparecemos vindos de lugar nenhum, e do qual desaparecemos em lugar nenhum, *Ser e Aparecer coincidem*. A matéria morta, natural e artificial, mutável e imutável, depende em seu ser, isto é, em sua qualidade de aparecer, da presença de criaturas vivas.

Os homens não estão no mundo, eles são do mundo e o sistema sabe disso. Somos sujeitos nos conhecendo e sendo reconhecidos; estar vivo, conforme Arendt é ser possuído por um impulso de autoexposição que sacia a necessidade de aparecer de cada um. Em poucas palavras, a realização pela aparência, ação comum em muitos seres vivos, acontece de forma complexa na espécie humana. Isso porque outros animais quando necessitam da aparência a utilizam como um recurso para sobreviver, ou dar continuidade à espécie, diferente da espécie humana que acrescenta o valor subjetivo na intenção de parecer ser.

Esses problemas supracitados são responsáveis pela "destruição" do homem enquanto ser dotado de humanidade e racionalidade. O valor da superfície fraudulenta é mais relevante do que os verdadeiros sentimentos interiores. O homem no romance *O homem duplicado* tem o hábito de querer o que está fora do seu poder. Guiado pelo princípio dionisíaco, Tertuliano e António Claro optam por um mundo de aparências. Tais personagens ilustram a realidade histórica da qual fazem parte, são seres criados no aqui e agora, na fugacidade do momento. Entretanto, mesmo sendo suas aparências falsas, elas falam muito sobre eles, afinal, conforme o narrador:

> Mas as aparências, nem sempre tão enganadoras quanto se diz, não é raro que se neguem a si mesmas e deixem surdir manifestações que abrem caminho à possibilidade de sérias diferenças futuras num padrão de comportamento que, no geral, parecia apresentar-se como definido. (SARAMAGO, 2002, p. 19)

No mundo das aparências a pluralidade de coisas também faz parte na formação da personalidade humana, essa por sua vez é interdependente do modo de ser dos outros. Mesmo ao excluir-se dessa ligação, o que é impossível, a pluralidade está também dentro dele próprio, afinal, o homem só existe na dualidade (ARENDT, 2018, p. 209). Estamos, pois, predestinados a procurar em outros nossas formas singulares, porquanto, as inseguranças e as incertezas fazem o homem de nosso tempo. Apesar de o indivíduo criar sua forma com auxílio de outros indivíduos, esse último não pode tomar a individualização do primeiro. A sociedade se forma em um conjunto de trocas que mesmo sendo o homem um ser bipartido possui sua particularidade, sendo essa compartilhada, mas nunca de maneira igual. É preciso lembrar o homem e a sua unidade, ação tornada cada vez mais difícil para a sociedade contemporânea cuja identidade tem sido assimilada na identidade coletiva social. O sistema usa do conhecimento de que "Nada e ninguém existe neste mundo cujo próprio ser não pressuponha um espectador" (ARENDT, 2018, p. 35), logo, aproveita essa necessidade da sociedade de atenção para inserir influências dos padrões gestados no modismo do mercado e das mídias sociais.

A individualização comumente que se diz existir é de um novo tipo, a que prega o individualismo, e esse não é o princípio da individualização. O ser precisa se ver como único, mas inserido entre outros únicos (sociedade) que ressaltam sua unidade ao passo que formam um conjunto interdependente. E não um ser solitário que vagueia na multidão e abala a descoberta de si e do outro.

Deste modo, mesmo apresentando em suas obras que as experiências por meio dos outros é o que constrói o caráter humano, Saramago concorda com Hall (2015) ao defender a individualidade do "eu" que corre risco perante os efeitos da globalização. A ação urgente agora é como incluir singularidade num mundo que molda o inconsciente humano numa pluralidade de cópias. Uma das características de nossa época, como comentado anteriormente, é a fluidez dos acontecimentos (rapidez) e a suas impossibilidades de serem identificáveis e significadas, fatores contribuintes do mal estar na sociedade.

Mesmo que o mal esteja ficando em estado de não materialidade, a literatura é capaz de encontrá-lo e denunciá-lo na sociedade. Bauman (2004) entende que a literatura tem muito mais poder de jogar luz sobre a compreensão humana do que muitos estudos sociológicos[51], em suas palavras:

> Mas, acima de tudo, a maior vantagem da narrativa dos romancistas é que ela se aproxima mais da experiência humana do que a maioria dos trabalhos e relatórios das ciências sociais. Elas são capazes de reproduzir a não- determinação, a não- finalidade, a ambivalência obstinada e insidiosa da experiência humana e a ambiguidade de seu significado – todas características muito marcantes do modo de o ser humano estar no mundo, mas que a ciência social se inclina a ver como "impressões falsas", originárias da ignorância ou do conhecimento insuficiente. (BAUMAN, 2004, p. 319, aspas do autor)

Em *O homem duplicado* a experiência humana vira experiência literária (ação da literatura) e atinge a finalidade de suscitar o pensar a respeito das mistificações que cercam a formação da identidade especular do homem. Carlos Reis (2008) acredita que esse romance conduz "[...] a problemas existenciais, sociais e ético-científicos que estão ainda em aberto: é à literatura que cabe (desde sempre tem cabido) introduzir na discussão desses problemas o contributo explosivo de fundamentais interrogações" (REIS, 2008, p. 188)[52].

Como dizia Foucault, o nosso mundo na verdade é simbólico, uma vez que nossos pensamentos são simbólicos, nossas ações são feitas de acordo com o que compreendemos do mundo, não sendo essa compreensão a real. A subjetividade da literatura consegue, em boa parte, expor a subjetividade humana com suas nuances em cada época.

Na obra a perda da identidade é o problema central, dialogando intrinsecamente à temática do duplo e por consequência ao mal. Na busca pelo conhecimento de si a personagem se fecha num obsessivo plano de busca que se transforma na queda dela mesma. Nas narrativas fantásticas "[...] os elementos que predominam são a fluidez ou a degenerescência, tanto físicas quanto psíquicas, manifestações predominantemente evocativas da relação Eu-Eu [...]" (FURTADO, 2018,

---

[51] "Eu, por exemplo, me lembro de ganhar de Tolstoi, Balzac, Dickens, Dostoievski, Kafka ou Thomas More muito mais insight sobre a substância das experiências humanas do que de centenas de relatórios de pesquisa sociológica" (BAUMAN, 2004, p. 318).

[52] A citação foi retirada do artigo "José Saramago: o homem diante do espelho", de Carlos Reis, publicado originalmente no Jornal de Letras (2002, p. 15-16), sendo posteriormente inserido para compor os textos do livro intitulado José Saramago (2008), de Arnaut. Para a pesquisadora, o artigo de Carlos Reis configura uma das primeiras e mais incisivas e interessantes reflexões sobre *O homem duplicado*.

p. 144). Na busca do "eu", ou identidade, a figura comumente precisa espelhar a si para poder ver melhor a sua pessoa, sair de si, o risco surge desse espelhamento ganhar autonomia, ou seja, virar um duplo exógeno.

O teor instável e fragmentário da mente sujeita o indivíduo a anomalias de comportamento, desvelando quase sempre a índole maléfica. Como afirma Furtado (2018), a degradação mental pode surgir hiperbolicamente nas narrativas através de transformações físicas e espalhando-se pelo enquadramento espacial da ação. São esses os monstros de todas as espécies, incluindo a figura do duplo, seja ele sombra, reflexo ou sósia. A índole má de António Claro apresenta a corrupção moral de Tertuliano e essa passa a revelar-se suscetivelmente no mundo da narrativa, a degradação passa ao âmbito exterior de Tertuliano. São os edifícios imponentes e duais, a conflituosa escola, os tenebrosos espaços onde se encontra com António Claro e a sociedade.

A degradação mental assim não anula o fantástico, poder-se-á até aceitar Tertuliano como um louco, ignorando todas as projeções sobrenaturais materializadas no enredo, e mesmo assim a narrativa deságua no insólito, no leito do fantástico. A evanescente lucidez de Tertuliano desencadeara o monstro endógeno que porventura intencional ou não realizará impulsos incontroláveis para saciar seus desejos. "Constituindo a fase decisiva e sem regresso da passagem do humano ao sobrenatural maléfico ou, no mínimo, a aquisição de uma característica indelével dele emblemática [...]" (FURTADO, 2018, p. 150). Motivos ainda de relevância para o fantástico.

6 CONSIDERAÇÕES FINAIS: OU DE COMO SE BUSCOU ENTENDER ESSE HOMEM DUPLICADO

"Não sou desses que escrevem sem pensar no leitor".
(SARAMAGO apud CASTELLO, 1999, p. 218).

A análise, aqui apresentada, acerca da temática do mal e do duplo na constituição das personagens e de como esses recursos desencadeiam a estética fantástica no romance *O homem duplicado*, de José Saramago, confirma a tese elaborada para essa dissertação. Entende-se que, com a estética fantástica, o autor aproxima o leitor de mundos ficcionais através de situações insólitas sem o distanciar da realidade, com isso, o escritor amplia o referencial de leitura e abre um leque de sentidos implícitos para a narrativa que problematiza a vida do homem contemporâneo. Conforme José Saramago em entrevista a Castello:

> E tanto a história como a literatura devem ser um meio para enfrentar aquilo que, desde muito cedo, mais o atormenta: a idéia do mal. Saramago gosta de dizer que existem muitas coisas que ele não entende, mas o mal está acima de todas ela. Decifrar o mal que, ele acredita, todos carregamos dentro de nós virou uma obsessão, e foi na esperança de se livrar dela que começou a escrever. "Não creio que eu chegue a ter uma obsessão pelo mal", ele atenua. "Mas, realmente, a existência do mal é algo que eu não compreendo, algo que me ultrapassa." Quando fala do mal, Saramago não lhe empresta um sentido religioso; prefere vê-lo mais como uma espécie de "fatalidade" que vem registrada em nossa espécie. Os homens tendem mais facilmente a se comportar mal do que bem. Em torno dessa questão, ele escreveu um livro, o *Ensaio sobre a cegueira*. Por que, sendo seres dotados de razão, comportamo-nos tão irracionalmente? Saramago não sabe que resposta dar a essa pergunta. "É uma coisa de fato chocante chegar à conclusão de que o único ser realmente cruel é o ser humano", diz. (SARAMAGO *apud* CASTELLO, 1999, p. 227, aspas do autor)

Sobre a constituição das personagens, afirmamos que a formação desses seres requer diversos recursos (temas específicos para cada um, contexto cultural/social, personalidade, função, estilo, espaço, seus objetos, consciência) para justificarem suas presenças durante o percurso narrativo.

No caso da obra em estudo, o mal e o duplo são temas essenciais para compor a totalidade das ações, justificando seus motivos de existência no universo fictício a que pertencem, não sendo apenas agentes da progressão narrativa. Isso aplicado a todos os personagens, cada representação é como uma peça de xadrez, cada um com seu peso, sendo todas fundamentais para o jogo que se desenvolve. Como exemplo, vejamos o trecho em que as ações do empregado da loja criam no local onde Tertuliano aluga seu primeiro filme:

> Tertuliano Máximo Afonso não sabe, não imagina, não pode adivinhar que o empregado já se arrependeu do mal-educado despropósito, um outro ouvido, mais fino que o seu, capaz de esmiuçar as subtis gradações de voz com que ele se declarara sempre ao dispor em resposta às contrafeitas boas-tardes de despedida que lhe haviam sido atiradas, teria permitido perceber que passara a instalar-se ali, por trás daquele balcão, uma grande vontade de paz. Afinal, é benévolo princípio mercantil, alicerçado na antiguidade e provado pelo uso dos séculos, que a razão sempre a tem o cliente, **mesmo no caso improvável, mas possível, de se chamar Tertuliano**. (SARAMAGO, 2002, p. 11, grifo nosso)

Na situação descrita acima, Tertuliano ficara incomodado com o empregado da locadora de vídeos ressaltar o nome (Tertuliano) e não usar simplesmente Máximo ou Afonso. No início da narrativa e em nossa análise verificamos que Tertuliano carrega esse nome com grande peso, não lhe apetece tal nomeação. Em suas obras, é perceptível que o autor coloca em destaque a questão do nome, mesmo quando esses são ausentes:

> Decidi que não haverá nomes próprios no Ensaio, ninguém se chamará António ou Maria, Laura ou Francisco, Joaquim ou Joaquina. Estou consciente da enorme dificuldade que será conduzir uma narração sem a habitual, e até certo ponto inevitável, muleta dos nomes, mas justamente o que não quero é ter de levar pela mão essas sombras a que chamamos personagens, inventar-lhes vidas e preparar-lhes destinos. Prefiro, desta vez, que o livro seja povoado por sombras de sombras, que o leitor não saiba nunca de quem se trata, que quando alguém lhe apareça na narrativa se pergunte se é a primeira vez que tal sucede, se o cego da página cem será ou não o mesmo da página cinquenta, enfim, que entre, de facto, no mundo dos outros, esses a quem não conhecemos, nós todos. (SARAMAGO, 1994, p. 62)

Percebemos a significância dos nomes para o escritor, o ato de nomear, o mistério que envolve essa ação de poder, quase mágica, fascina Saramago. Afinal, a história de seu nome foi um insólito acontecimento:

> Quando Blimunda foi representada em Lisboa, escrevi umas poucas linhas para o programa, texto esse a que dei um título: «O Destino de Um Nome». Agora, duas cartas recentes, uma de minha filha, outra de minha neta, fizeram-me voltar a reflectir nisto dos nomes das pessoas e respectivos destinos. Contei já como e porquê me chamo eu Saramago: que Saramago não era apelido de família, mas sim alcunha; que indo o meu pai a declarar no registo civil o nascimento do filho, aconteceu que o empregado (chamava-se ele Silvino) estava bêbado; que, por sua própria iniciativa, e sem que meu pai se apercebesse da fraude, acrescentou Saramago ao simples nome que eu devia levar, que era José de Sousa; que, por esta maneira, graças a um desígnio dos fados, se preparou o nome com que assino os meus livros. Sorte minha, e grande sorte, foi não ter eu nascido em qualquer das famílias de Azinhaga que, naquele tempo e por muitos anos mais, ostentavam as arrasadoras e obscenas alcunhas de Pichatada, Curroto e Caralhana... Entrei na vida com este nome de Saramago sem que a família o suspeitasse, e foi mais tarde, quando para me matricular na instrução primária tive de apresentar uma certidão de nascimento, que o antigo segredo se descobriu, com grande indignação de meu pai, que detestava a alcunha. Mas o pior foi que, chamando-se meu pai José de Sousa, a Lei quis saber como tinha ele um filho cujo nome completo era José de Sousa Saramago. Assim intimado, e para que tudo ficasse no próprio, no são e no honesto, meu pai não teve mais remédio que fazer, ele, um novo registo do seu nome, pelo qual passou a chamar-se também José de Sousa Saramago, como o filho. Tendo sobrevivido a tantos acasos, baldões e desdéns, havia de parecer a qualquer um que a velha alcunha, convertida em apelido duas vezes registado e homologado, iria gozar de uma vida longa nas vidas das gerações. Não será assim. Violante se chama a minha filha, Ana a minha neta, e ambas se assinam Matos, o apelido do marido e pai. Adeus, pois, Saramago. (SARAMAGO, 1994, p. 13)

Sendo o nome uma forma de poder, Saramago constatou isso em sua vida quando Silvino, o empregado do cartório, decide o destino de seu nome. Em suma, os usos dos nomes próprios agem como códigos sociais, por meio deles se cria pontos de contato na rede de interação social, de relacionamentos. Voltando à ficção, Tertuliano vai construindo-se não só por suas concepções, mas também pela dos outros:

> A singularidade do cliente, porém, não iria ficar por aqui. [...] Sentia-se aturdido, confuso, mas também satisfeito pela súbita e feliz inspiração que tivera de se dirigir ao cliente tratando-o pelos apelidos, os quais, sendo também nomes próprios, talvez lograssem, a partir de agora, no seu espírito, empurrar para a sombra o nome autêntico, o nome verdadeiro, aquele que em uma má hora lhe dera vontade de rir. (SARAMAGO, 2002, p. 49)

A partir do enunciado vemos que o empregado tenta criar uma boa relação com o cliente (Tertuliano), para isso ele o chama pela forma que o agrade. Nada de Tertuliano, apenas Máximo Afonso. Apenas Máximo Afonso sem Tertuliano. Seria intencional?

Tertuliano é, pois, o máximo do Afonso. Temos aqui três nomes, Tertuliano, Máximo e Afonso. O nome Tertuliano possui origem no latim *Tertius*, significando "descendente de Tércio", e significando também "terceiro" ou "terceiro filho"[53]. E ainda, Tertuliano foi o primeiro autor cristão[54] a produzir uma obra literária em latim. Filho de família pagã, converteu-se ao cristianismo sendo ordenado presbítero, escrevia sobre temas como a busca pelo conhecimento de Deus, o pecado e a salvação, essa última devendo ser buscada principalmente pelo homem. Sua maior contribuição foi o problema trinitário. Tertuliano definiu que Pai, Filho e Espírito Santo são um só Deus, utiliza então o termo "pessoa", (persona), para significar cada um dos três, considerados individualmente.

Segundo o *Dicionário de nomes próprios* (2019)[55], Máximo é também um nome de origem latina e significa "o maior". Uma figura popular com esse mesmo nome foi o soldado que se tornou imperador romano, Magno Máximo que curiosamente tinha uma esposa chamada Helena (BEDOYERE, 2013, p. 380). Sobre o nome Afonso, também segundo o Dicionário de nome próprio[56], *Alphonsus* do latim veio do "germânico *Adalfuns*, formado pela união dos elementos *adal*, que significa "nobre", e *funs*, que quer dizer "pronto", "inclinado" ou "apto"". Inserido dentro do contexto histórico, o nome remete ao primeiro rei português, D. Afonso Henriques. Dos três nomes citados, Tertuliano e Máximo são comumente usados como sobrenomes. E se percebemos a ordem em que estão colocados, podemos fazer uma ligação com o aparecimento do 1º e 2º duplo. Tertuliano, nosso protagonista é na verdade o terceiro dos três, primeiro temos António Claro, que pode ser visto como Máximo, aquele que se destaca e é decidido. Depois, o último duplo que aparece na história e que não diz seu nome pode ser ligado à palavra Afonso, o segundo na ordem. Sendo também de espí-

---

53 Verbete elaborado por Sousa Filho [20-] e disponível no site *Origem dos sobrenomes* (*on-line*).

54 As informações acerca da origem da pessoa histórica Tertuliano podem ser verificadas no site *Spicepress* (*on- line*).

55 Verbete elaborado e disponível no site *Dicionário online de nomes próprios* (*on-line*).

56 [54] Verbete elaborado e disponível no site *Dicionário online de nomes próprios* (*on-line*).

rito combatente, segundo o significado de seu nome, é ele que ao final da narrativa desafia Tertuliano, o terceiro dos três, eis que Tertuliano é o Máximo de Afonso, formando uma trindade assim como na doutrina cristã. Três pessoas distintas numa natureza, ou seja, sendo ambos quem de fato são, cada um à sua maneira.

A partir do significado desses nomes individualmente, pode-se afirmar que Saramago une o duplo com o tema do caos. A trindade do protagonista, que a princípio se mostra dual, indisciplina toda a sua vivência. A caótica vontade de buscar a identidade leva Tertuliano a jogar com dados o seu destino.

O duplo emerge do âmago do sujeito e passa a habitar o mundo de maneira fantástica, tomando seu próprio rumo e exibindo, em suas atitudes, traços que até então podem ter sido obsessivamente ocultados pelo original. Compreendemos o duplo (ou triplo?) de Tertuliano como um fenômeno do fantástico porque esse não se apresenta apenas para ele, a esposa de António Claro, Helena, e as personagens Maria da Paz e Carolina também tomam consentimento da existência desses múltiplos Tertulianos. Eles são materializados na narrativa, como por mitose celular, ou seja, como se tivessem se duplicado a partir do protagonista. Cada personagem que aparece na narrativa tem um tipo de contato com a trindade tertuliana.

E onde entraria a temática do mal? Ora, se um duplo prenuncia antagonismo, imagine-se dois. Cientes de que o conhecimento de si passa pelo o outro, o narrador e "o senso comum", não impedem a tragédia que se anuncia, afinal, não se pode fugir do embate. A conceitualização feita de mal no decorrer desse trabalho auxiliou a entender a construção da natureza humana apresentada na narrativa e a pensar formas de compreender o homem do mundo real. Dizemos pensar formas, e essas devem ser muitas, sendo o homem um constante vir a ser. Em termos melhores:

> [...] o homem é um processo, um processo que toma diversas formas e que, no início, é indeterminado em relação àquilo que virá a se; em seguida, este processo de determinação de algo indeterminado – sujeito ele mesmo às "indeterminações" constitutivas de todo o processo de dissolução do que se torna estanque ou resiste às transformações – dá lugar a figurações que se fazem através das histórias, mostrando esta o desenho – e o desígnio – do que o homem é em seu percurso. (ROSENFIELD, 1988, p. 150)

Conforme Rosenfield (1988, p. 150), "O homem é um esboço inacabado, talvez para sempre incompleto", a figuração do humano líquido, para usar os termos de Bauman, se cria no desassossego de uma sociedade que valoriza ainda mais a aparência.

Se para os menos convencidos o sobrenatural não acontece, não de forma explícita, preferindo aceitar os dados ocorridos como alegóricos, não se pode negar o fato existente da transposição entre o real e o fictício de modo a estabelecer de forma satisfatória a absurdidade nos dois mundos: ficcional e não ficcional.

A estética fantástica dá suporte ao tema do mal na construção dos protagonistas. Através do duplo o fantástico reforça "[...] o tema do mal como desvio, derrapagem, escorregão" (GESCHÉ, 2003, p. 57). Nosso protagonista comete o erro trágico de ceder ao caminho "libertador" que o fantástico lhe apresenta.

Chegamos, para tanto, ao momento de finalizar a compreensão dos motivos fantásticos (duplo e mal) que foram desenvolvidas ao longo da discussão. Tais recursos, por meio da construção do fantástico, expõem a expressão da crueldade humana. A desestabilização que o fantástico causa com o desvelamento da crueldade humana demonstra que as narrativas ocupadas com mais intensidade dos temas meta-empíricos não estão alheias ao mundo objetivo. Independente da época na qual foi produzida, a obra sempre trará perguntas a serem entendidas dentro do quadro social inserido.

Verificou-se que de fato no romance *O homem duplicado* Saramago não trata apenas de contar uma história, mas de falar da hiperbólica realidade deformada e absurda do homem na terra, e que o caos do mundo fica mais cognoscível quando apresentado pela construção do fantástico. Portanto, o fantástico não se limita em definições e contextos literários. Sua ação de subversão, no lugar de definição importa mais. O fantástico proporciona uma crítica mais matizada, polissêmica e aberta a interpretação do texto literário. Não existe então apenas um discurso no texto de Saramago, o fantástico mostra que pode e sempre é viável multiplicar os sentidos, confirmamos então que "o recurso à mecânica do fantástico era algo natural no modo de pensar do escritor" (TAVARES, 2010)[57].

---

57 Sobre o fantástico nos textos de José Saramago, Bráulio Tavares escreve o artigo "Saramago e o fantástico", disponível em seu blog *Mundo Fantasmo* (2010). Em seu artigo, o pesquisador de literatura fantástica preocupa- se se há alguém por celebrar "José Saramago como o grande escritor de literatura fantástica que foi". (BRÁULIO, 2010, *on-line*). Para o pesquisador, o fantástico presente nas obras do escritor português carece de mais estudos. Para fundamentar seu argumento, Bráulio aponta

Como já discutido, as recriações da temática do duplo estão diretamente ligadas não só à necessidade humana de manter o mito, mas de debater e discutir as questões de identidade, insistentemente presentes na vida. E na retomada desse tema, e de tantos outros temas caros à sociedade, Saramago tem motivos justificáveis para ser tomado como um escritor de escrita global.

O projeto literário do autor sempre focou na questão social. Apresentamos esse repensar o humano no objeto de estudo. Existe a busca constante de sentidos que possam aproximar a compreensão do sujeito humano limitado pelo peso impositivo de ser ele mesmo.

Com isso, os leitores de José Saramago enveredam-se por esse desafio de folhear suas obras, descobrindo a cada linha que as histórias são como palimpsestos, cada camada revelando um personagem que será o porta-voz das possibilidades de debate entre aquele que escreve e aquele que lê. "O escritor, à medida que avança, vai apagando os rastos que deixou, cria atrás de si, entre dois horizontes, um deserto, razão por que o leitor terá de traçar e abrir [...]" (SARAMAGO, 2018, p. 276). Saramago não tinha pretensão de mudar a humanidade através de seus livros, e sabia que essa não era a função da literatura. Mas acreditava que "todas as mutilações e as faltas do mundo" (CALVINO, 2011, p. 70-71) poderiam ser carregadas de forma menos sofrível se acompanhados de histórias.

Encerramos aqui cientes da impossibilidade de seguir todos os rastros deixados pelo autor na construção de sua ficção, entretanto, também seguimos em júbilo pelo desafio ao buscar entender o romance por uma nova perspectiva, a do fantástico. Desse processo (o fantástico), o leitor é levado a refletir não somente sobre o tema da narrativa, bem como sobre o jogo inventivo da história. Assim, as obras saramaguianas aguardam serem desveladas através da estética fantástica, que submete a ordem e a desordem num mesmo plano, destacando o irrealismo e as contradições do mundo não ficcional pouco ainda tratadas em sua escrita (BRIZOTTO; ZINANI, 2014)[58].

---

que nas obras *Jangada de Pedra* (1986), *Intermitências da morte* (2005) *e Ensaio sobre a cegueira* (1995), *por exemplo,* há temas relacionados ao universo insólito da literatura fantástica.

58 O estudo intitulado A recepção crítica de José Saramago no Brasil, de Brizotto e Zinani (2014), aponta quais obras do escritor luso são alvo de maiores estudos, sendo Ensaio sobre a cegueira e o Evangelho segundo Jesus

REFERÊNCIAS

AFONSO. *In:* DICIONÁRIO online de nomes próprios. **Dicionário online de nomes próprios.** [S. l.], [s.n.], [20-]. Disponível em: https://www.dicionariodenomesproprios.com.br/afonso/. Acesso em: 27 jun. 2019.

AGOSTINHO. **O livre-arbítrio**. 4. ed. Tradução de Nair de Assis Oliveira. São Paulo: Paulus, 2004.

AGOSTINHO. **Confissões**. 2. ed. São Paulo: Abril Cultural, Coleção Os Pensadores. 1980.

AGUILERA, F. G. **As palavras de Saramago:** catálogo de reflexões pessoais, literárias e políticas. Madeiro: 2010.

ALAZRAKI, J. ¿Qué es lo neofantástico? *In:* ROAS, D. (Org.). **Teorías de lo fantástico**. Madrid: Arco/Libros, 2001, p. 265-282.

ALTA Ansiedade. Matemática do caos. Direção: Mark Tanner e David Malone. Produção: Mark Tanner e David Malone. Londres: BBC, 2008. (59 min.). Disponível em: https://www.youtube.com/watch?v=PCnxd9wX91c. Acesso em: 7 abr. 2019.

ALVAREZ, A. G. R.; LEOPOLDO, L. (Org.). **Leituras do duplo**. São Paulo: Universidade Presbiteriana Mackenzie, 2011.

ALVES, J. S.v. "Narratário", 2009. In: CEIA, Carlos (Coord.). **E-Dicionário de Termos Literários** (EDTL). ISBN: 989-20-0088-9. Disponível em: http://edtl.fcsh.unl.pt/encyclopedia/narratario/. Acesso em: 29 jun 2018.

AMABIS, J. M.; MARTHO, G. R. **Biologia:** biologia das células. 2. Ed. São Paulo: Moderna, 2004.

AMBIRES, J. D. O NEORREALISMO EM PORTUGAL: ESCRITORES,

HISTÓRIA E ESTÉTICA. **Revista Trama**. v. 9, n. 17, p. 95-107, 2013. Disponível em: <http://e-revista.unioeste.br/index.php/trama/article/view/8207/6054>. Acesso em: 1 jun 2017.

ANDRADE, C. D. de. **A rosa do povo**. 1ª ed. São Paulo: Companhia das Letras, 2012.

ARENDT, H. **A vida do espírito:** o pensar, o querer, o julgar. Tradução de Cesar Augusto R. de Almeida, Antônio Abranches e Helena Franco Martins. 7º ed. Rio de Janeiro: civilização brasileira, 2018.

ARISTÓTELES. **Poética**. Tradução de Eudoro de Souza. São Paulo: Ars Poetica, 1993.

Cristo os de maiores recorrências. Constata-se também na pesquisa que os temas mais revisitados no estudo das obras são referentes a usos de alegorias, as influências no processo de criação do escritor e seu engajamento social.

ARNAUT, A. P. **José Saramago**. Lisboa: Editora 70, 2008.

ASSIS, M. de. **Contos**: uma antologia: v. I. 2. ed. São Paulo: Companhia das letras, 2004a.

ASSIS, M. de. **Dom Casmurro**. São Paulo: Editora Ática, 1996.

ASSIS, M. de. **Esaú e Jacó**: obra completa. v. I. Organizado por Afrânio Coutinho. Rio de Janeiro: José Aguilar, 1971.

ASSIS, M. de. **Obras completas**. v. III. Rio de Janeiro: Nova Aguilar, 2004b.

BAKHTIN, M. M. **Estética da criação verbal**. Tradução de Maria Ermanita Galvão. Revisão técnica Maria Appenzeller. 2. ed. São Paulo: Martins Fontes, 1997.

BARTHES, R. A morte do autor. In: Roland, B. **O Rumor da Língua**. São Paulo: Martins Fontes, 2004.

BATAILLE, G. **A literatura e o mal**. Tradução de Suely Bastos. Porto Alegre: L&PM, 1989.

BAUDRILLARD, J. **A transparência do mal**: ensaios sobre os fenômenos extremos. Tradução por Estela dos Santos Abreu. 11. ed. Campinas, São Paulo: Papirus, 2010.

BAUMAN, Z.; RAUD, R. **A individualidade numa época de incertezas**. Tradução Carlos Alberto Medeiros. Rio de Janeiro: Jorge Zahar Ed., 2018.

BAUMAN, Z. **A sociedade individualizada**: vidas contadas e histórias vividas. Tradução de José Gradel. Rio de Janeiro: Jorge Zahar, 2008.

BAUMAN, Z. Entrevista com Zygmunt Bauman. *In*: PALLARES-BURKE, M. L. G. **Tempo Social - USP**, São Paulo, v. 16, n. 1, p. 301-325, jun. 2004. Disponível em: http://dx.doi.org/10.1590/S0103-20702004000100015. Acesso em: 01 jul. 2019.

BAUMAN, Z. **Identidade**: entrevista a Benedetto Vecchi. Rio de Janeiro: Jorge Zahar, 2005.

BAUMAN, Z.; DONSKIS, L. **Mal líquido:** vivendo num mundo sem alternativas. Tradução de Carlos Alberto Medeiros. 1.ed. Rio de Janeiro: Zahar, 2019.

BAUMAN, Z. **Tempos líquidos**. Tradução de Carlos Alberto Medeiros. Rio de Janeiro: Jorge Zahar, 2007.

BAUMAN, Z. **Vida líquida**. Rio de Janeiro: Jorge Zahar, 2009.

BEAUVOIR, S. **O segundo sexo**: a experiência vivida. Rio de Janeiro: Nova Fronteira, 1967.

BEAUVOIR, S. **O segundo sexo**: fatos e mitos. Rio de Janeiro: Nova Fronteira, 1980.

BEDOYERE, G. de la. **Os Romanos Para Leigos**. Rio de Janeiro: Alta books, 2013.

BESSIÈRE, I. El relato fantástico: forma mixta de caso y adivinanza. In: ROAS, D. (Org.). **Teorías de lo Fantástico**. Madrid: Arco/Libros S.L., 2001, p. 83-104.

BESSIÈRE, I. O relato fantástico: forma mista do caso e da adivinha. *In*: BESSIÈRE, I. Le récit fantastique – la poetique de l' incertain. **Fronteiraz**, São Paulo, v. 3, n. 3, p. 1-18, set. 2009.

BOURNEUF, R.; OUELLET, R. **O universo do romance**. Tradução de José Carlos Seabra Pereira. Coimbra: Livraria Almedina, 1976.

BRAFF, R. D. **Saramago, Braff e seus personagens duplos**: uma análise comparativa. 2010. 130 f. Dissertação (Mestrado em Estudos Literários) – Universidade Estadual Paulista, Araraquara, 2010. Disponível em: https://repositorio.unesp.br/bitstream/handle/11449/94006/braff_rd_me_arafcl.pdf?se quence=1. Acesso em: 10 abr. 2018.

BRAIT, B. **A personagem**. 3. ed. São Paulo: Ática, 1985.

BRAVO, N. F. Duplo. *In:* BRUNEL, P. (Org.). **Dicionário de mitos literários**. 3. ed. Tradução de Carlos Sussekind *et al*. Rio de Janeiro: José Olympio, 2000. p. 261-288.

BRIZOTTO, B; ZINANI, C. A recepção crítica de José Saramago no Brasil. **Revista Desassossego**, São Paulo, v. 6, n. 11, p. 103-112, 1 jul. 2014. Disponível em: http://www.revistas.usp.br/desassossego/article/view/52593. Acesso em: 25 jun. 2019.

BRUNEL, P. (Org.). **Dicionário de mitos literários**. 3. ed. Tradução de Carlos Sussekind *et al*. Rio de Janeiro: José Olympio, 2000.

CAILLOIS, R. **Au coeur du fantastique**. Paris: Gallimard, 1965.

CALVINO, I. **O visconde partido ao meio**. Rio de Janeiro: Nova Fronteira, 1988.

CALVINO, I. **O visconde partido ao meio**. Tradução de Nilson Moulin. São Paulo: Companhia das Letras, 2011.

CAMPBELL, J. **As transformações do mito através do tempo**. São Paulo: Editora Cultrix, 2015.

CAMUS, A. **O mito de Sísifo**. 2. ed. Rio de Janeiro: Record, 2005.

CANDIDO, A. A personagem do romance. *In:* CANDIDO, A. *et al.* **A personagem de ficção**. São Paulo: Perspectiva, 2005.

CAPUANO, C. S. Vozes femininas no teatro de José Saramago. **Revista de Estudos Saramaguianos**, [S.l.], n. 3, p. 45-58, 2016. Disponível em: https://drive.google.com/file/d/0BxyJDvv3PhxmczI3VmVpZElxUEk/view. Acesso em: 2 abr. 2018.

CARLOS, R. José Saramago: O homem diante do espelho. *In:* ARNAUT, A. P. **José Saramago**. 1. ed. Lisboa: Edições 70, 2008.

CARROLL, L. **Aventuras de Alice no País das Maravilhas & Através do Espelho**. Rio de Janeiro: Jorge Zahar, 2002.

CASTELLO, J. **Inventário das Sombras**. Rio de Janeiro: Record, 1999.

CEIA, C. S.v. "Assunto", 2009. In: CEIA, C. (Coord.). **E-Dicionário de Termos Literários (EDTL)**. ISBN: 989-20-0088-9. Disponível em: http://edtl.fcsh.unl.pt/encyclopedia/assunto/ Acesso em: 29 jun. 2018.

CERVANTES, M. de. **Dom Quixote**. Tradução de Ernani Só. São Paulo: Companhia das Letras, 2012.

CESERANI, R. **O fantástico**. Tradução de Nilton Tridapalli. Curitiba: UFPR, 2006.

CHARCHALIS, W. The women of José Saramago. **Kwartalnik Neofilologiczny**, Varsóvia, n. 4. 2012. Disponível em: //journals.pan.pl/Content/88563/mainfile.pdf. Acesso em: 4 jun. 2018.

COUTINHO, A. **Notas de Teoria Literária**. 2. ed. [S.l.]: Civilização brasileira, 1978.

DAMASCENO, J. E. **Os duplos em Dostoiévski e Saramago**. 2010. 90 f. Tese (Mestrado em Letras) – Universidade de Santa Cruz do Sul, Santa Cruz do Sul, 2010. Disponível em: http://repositorio.unisc.br/jspui/bitstream/11624/563/1/JoaoEmeri.pdf. Acesso em: 20 jun. 2018.

DOPPELGÄNGER. *In*: DICIONÁRIO LANGENSCHEIDT. [S.l.: s.n.], 2018.

Disponível em: https://en.langenscheidt.com/german- portuguese/doppelgaenger#-Doppelg%C3%A4nger. Acesso em: 17 jun. 2018.

DOSTOIÉVSKI, F. **O duplo**. Tradução de Nina Guerra e Filipe Guerra. Lisboa: Editorial Presença, 2003.

DOSTOIÉVSKI, F. **Memórias do Subsolo**. Tradução de Boris Schnaiderman. São Paulo: Editora 34, 2000.

EM BUSCA da ilha desconhecida. Direção: Davi Khamis. São Paulo: Davi Georges Khamis Produções, 2001. 48 min. Disponível em: https://www.youtube.com/watch?v=xOvoSqQ85 Hc. Acesso em: 12 abr. 2018.

FERRAZ, S. **Caim decreta a morte de Deus**. Santa Catarina: UFSC, 2009.

FERRAZ, S. **Dicionário de personagens da obra de José Saramago**. Blumenau: Edifurb, 2012.

FERREIRA, S. A. **Da estátua à pedra:** a fase universal de José Saramago. 2004. Tese (Doutorado em Letras) – Faculdade de Filosofia, Letras e Ciência Humanas, Universidade de São Paulo, São Paulo, 2004.

FOUCAULT, Michel. Que és un autor?. *In:* FOUCAULT, Michel. **Literatura e conocimiento**. 1999. Disponível em: http://www.saber.ula.ve/bitstream/123456789/15927/1/davila-autor.pdf. Acesso em: 01 Jul 2019.

FRANÇA, J. O insólito e seu duplo em William Wilson, de Edgar Allan Poe. *In:* GARCIA, F.; MOTTA, M. A. (Org.). **O insólito e seu duplo**. Rio de Janeiro: Coleção Clepsidra/UERJ, 2009. p. 1-7.

FREUD, S. **História de uma neurose infantil ("O homem dos lobos"), além do princípio do prazer e outros textos (1917-1920)**. Obras Completas, v. 14. Tradução de Paulo César de Souza. São Paulo: Companhia das Letras, 2010.

FREUD, S. Freud, S. (1919/1996). **O estranho**. Obras completas. ESB, v. XVII. Rio de Janeiro: Imago Editora.

FREUD, S. **O Eu e o Id, autobiografia e outros textos**. Obras Completas, v. 16. Tradução de Paulo César de Souza. São Paulo: Companhia das Letras, 2011.

FURTADO, F. **A construção do fantástico na narrativa**. Lisboa: Livros Horizonte, 1980.

FURTADO, F. **Demônios Íntimos**. A narrativa fantástica vitoriana (origens, temas, ideias). Rio de Janeiro: Dialogarts, 2018.

GAMA-KHALIL, M. M. A literatura fantástica: gênero ou modo? **Terra Roxa e Outras Terras**, Londrina, v. 26, p. 18-31, dez. 2013. Disponível em: http://www.uel.br/revistas/uel/index.php/terraroxa/article/view/25158/18414. Acesso em: 15.mai. 2019.

GESCHÉ, A. **O mal**. São Paulo: Paulinas, 2003.

HALL, S. **A identidade cultural na pós-modernidade**. Tradução de Tomaz Tadeu da Silva e Guacira Lopes Louro. 12. ed. Rio de Janeiro: Lamparina, 2015.

HARARI, Y. N. **Sapiens**: uma breve história da humanidade. 8. ed. Porto Alegre: L&PM, 2015.

HEIDEGGER, M. **Ser e Tempo** (Tomo I). Petrópolis: Vozes, 1995.

HESÍODO. **Teogonia:** a origem dos Deuses. Tradução de J. Torrano. São Paulo: Iluminuras, 1995. Disponível em: https://www.assisprofessor.com.br/documentos/livros/hesiodo_teogonia.pdf. Acesso em: 17 jun. 2018.

HOFFMANN, E. T. A. **Los elixires del diablo.** Ediciones Mascarón: Barcelona, 1983.

HOFFMANN, E. T. A. **O homem da areia.** Rio de Janeiro: Imago, 1993.

HOUAISS, A.; VILLAR, M. S. **Pequeno Dicionário Houaiss da Língua Portuguesa.** São Paulo: Moderna, 2015.

HUGHES, B. **Helena de Troia.** São Paulo: Record, 2009. Disponível em: http://www.record.com.br/images/livros/capitulo_YCe3ki.PDF. Acesso em: 4 jun. 2018.

LACAN, J. (1998). O estádio do espelho como formador da função do eu. In: LACAN, J. **Escritos.** (V. Ribeiro, trad.; pp. 96-103). Rio de Janeiro: Zahar. (Original publicado em 1966).

LARAIA, R. B. Jardim do Éden revisitado. **Revista de Antropologia**, São Paulo, v. 40, n. 1, p.149-164, 1997.

LEÃO, I. V. P.; CASTELO-BRANCO, M. C. **Os círculos da leitura**: em torno do romance de José Saramago, memorial do convento. Porto: Universidade Fernando Pessoa, 1999.

LIMA, A. P. O modelo estrutural de Freud e o cérebro: uma proposta de integração entre a psicanálise e a neurofisiologia. **Rev. Psiq. Clín.**, Uberlândia, v. 37, n. 6, p. 270-277, 2010. Disponível em: http://www.scielo.br/pdf/rpc/v37n6/a05v37n6.pdf. Acesso em: 18 ago. 2018.

LISPECTOR, C. Água viva. Rio de Janeiro: Rocco, 1998. LISPECTOR, C. **Para não esquecer.** 2. ed. São Paulo: Ática, 1979.

LOBATO, M. **Emília no país da gramática.** 39. ed. Ilustrado por Manoel V. Filho. São Paulo: Brasiliense, 1994.

MAUPASSANT, G. O Horla. In: MAUPASSANT, G. **125 contos do Guy de Maupassant.** Tradução de Almicar Bettega. São Paulo: Companhia das Letras, 2009.

MÁXIMO. *In:* DICIONÁRIO online de nomes próprios. **Dicionário online de nomes próprios.** [S. l.], [s.n.], [20-]. Disponível em: https://www.dicionariodenomesproprios.com.br/maximus/. Acesso em: 27 jun. 2019.

MELLO, A. M. L. As faces do duplo na literatura. In: INDURSKY, F.; CAMPOS, M. C. A. (Org.). **Discurso, memória, identidade.** Porto Alegre: Sagra-Luzzato, 2000. p. 111-123.

MENDES, M. **A Poesia em Pânico.** Rio de Janeiro: Cooperativa Cultural Guanabara, 1938.

MENDES, M. **Antologia poética**: Murilo Mendes Organização, estabelecimento de texto e posfácios: Júlio Castañon Guimarães e Murilo Marcondes de Moura São Paulo: Cosac Naify, 2014.

MONTAURY, A. "Identidade, cotidiano e epidemia em O homem duplicado, de José Saramago". **Ipotesi,** Juiz de Fora, v. 15, n. 1, p. 67-73, jan./jun. 2011.

MONTEIRO, L. M. C. **O humanismo na Europa do século XXI**. 2017. 141 f. Dissertação (Mestrado em Estudos sobre a Europa) – Universidade Aberta de Portugal, Lisboa, 2017. Disponível em: http://hdl.handle.net/10400.2/6752. Acesso em: 1 abr. 2018.

MORRE Henri Poincaré Jules. **H History**, [s. l], 17 jul. [20-]. Disponível em: https://br.historyplay.tv/hoje-na-historia/morre-henri-poincare-jules. Acesso em: 08 mai. 2019.

MORIN, Edgar. **O homem e a morte**. 2. ed. Portugal: Europa-America, 1988.

NIETZSCHE, F. **A Gaia Ciência**. Tradução Antonio Carlos Braga. São Paulo: Escala, 2006.

NODIER, C. Du Fantastique en Littérature. **Revue de Paris**, Tomo 20, nov. 1830.

NOGUEIRA, Carlos. *José saramago: a literatura e o mal*. Tinta da China. Lisboa. 2022.

OBATA, R. **O livro dos nomes**. São Paulo: Nobel, 2002.

OLIVEIRA, J. C. A. **A Carnavalização da morte nas Intermitências da morte, de José Saramago, e em A Noiva Cadáver, de Tim Burton:** um estudo dialógico. 2012. 103 f. Dissertação (Mestrado em Letras) – Universidade Presbiteriana Mackenzie, São Paulo, 2012. Disponível em: http://tede.mackenzie.br/jspui/bitstream/tede/2156/1/Julia%20de%20Carvalho%20Al meida% 20Oliveira.pdf. Acesso em: 20 maio. 2018.

OLIVEIRA, S. F. A. **As faces de Deus na obra de um ateu - José Saramago**. 2002. 285 f. Tese (Doutorado) – Universidade Estadual Paulista, Faculdade de Ciências e Letras de Assis, São Paulo, 2002. Disponível em: http://hdl.handle.net/11449/103696. Acesso em: 5 mai. 2018.

OLIVEIRA NETO, P. F. **Retratos para a construção da identidade feminina na prosa de José Saramago**. 208.f. Dissertação (Mestrado em Letras) – Universidade do Estado do Rio Grande do Norte, Pau dos Ferros, 2011. Disponível em: http://www.uern.br/controledepaginas/ppgl-dissertacoes-defendidas- 2011/arquivos/0722dissertacao_pedro.pdf. Acesso em: 2 abr. 2018.

OVÍDIO. **Metamorfoses**. Tradução de Bocage. São Paulo: Hedra, 2006. PALAHNIUK, C. **Clube da luta**. São Paulo: Nova Alexandria, 2000.

PAREYSON, L. **Dostoiévski:** filósofia, romance e experiência religiosa. São Paulo: Edusp, 2012.

PENHA, J. **O que é existencialismo**. São Paulo: Brasiliense, 2001.

PEREIRA, A. B.; GAMA-KHALIL, M. M. O Espaço e o Fantástico na obra de Edgar Allan Poe. **Horizonte Científico**, Uberlândia, v. 1, p. 1-29, 2008. Disponível em: http://www.seer.ufu.br/index.php/horizontecientifico/article/download/4025/3001. Acesso em: 10 abr. 2018.

PERRONE-MOISÉS, L. **Inútil poesia e outros ensaios breves**. São Paulo: Companhia das Letras, 2000.

PESSOA, F. **Cancioneiro**. [S.l.]: Ciberfil Literatura Digital, 2002.

PINHEIRO, E. C. Todos os nomes d'O homem duplicado ou o caos é uma ordem por decifrar. **Revista de estudos saramaguianos**, [S.l.], n. 2, p. 63-85, jul. 2015.

Disponível em: https://drive.google.com/file/d/0BxyJDvv3PhxmTUMtQmxXY0doa-VU/view. Acesso em: 10 mar. 2019.

PIRES, C. S. M. S. **O modo fantástico e a 'Jangada de Pedra' de José Saramago**. Porto: Ecopy, 2006.

PIRES, V. F. **Lilith e Eva:** imagens arquetípicas da mulher na atualidade. São Paulo: Summus, 2008.

PLATÃO. O banquete. *In:* PLATÃO. **Diálogos**. Bauru: Edipro, 2010. p. 33-107.

PLAUTO, T. M. **Anfitrião**. Lisboa: Edições 70, 1993.

POE, E. A. William Wilson. *In:* POE, E. A. **Contos de terror, de mistério e de morte**. Tradução de Oscar Mendes. 6 ed. Rio de Janeiro: Nova Fronteira, 2017, p. 92- 111.

POE, E. A. The Imp of the Perverse. *In:* FRANÇA, J; ARAUJO, A P. (Org.) **As Artes do Mal**. 1. ed. Rio de Janeiro: Bonecker, 2018.

RANK, O. **O Duplo**: um estudo psicanalítico. Tradução de Erica Sofia Luisa Foerthmann Schultz *et al*. Porto Alegre: Dublinense, 2013.

RICOEUR, P. **A simbólica do mal**. Lisboa: Edições 70, 2013.

RIMBAUD, A. **Poesia Completa**. Organização e tradução de Ivo Barroso. Rio de Janeiro: Topbooks, 1994.

ROAS, D. (Org.). **A ameaça do fantástico**: aproximações teóricas. Tradução de Julián Fuks. São Paulo: Unesp, 2014.

ROCHA, L. A existência segundo Saramago. *In*: AGUILERA, F. G. **As palavras de Saramago**: catálogo de reflexões pessoais, literárias e políticas. Madeiro: 2010.

ROSA, J. G. **Grande Sertão**: Veredas. 37. ed. Rio de Janeiro: Nova Fronteira, 1986.

ROSENFELD, A. Literatura e personagem. *In*: CANDIDO, A. *et al*. **A personagem de ficção**. 11. ed. São Paulo: Perspectiva, 2005. p. 9-50.

ROSENFIELD, D. L. **Do mal**: para introduzir em filosofia o conceito de mal. Porto Alegre: L&PM, 1988.

ROSSET, C. **O real e seu duplo**: ensaio sobre a ilusão. Tradução de José Thomaz Brum. Porto Alegre: L&PM, 1988.

SÁ-CARNEIRO, M. de. **Poemas Completos**. Edição de Fernando Cabral Martins. Lisboa, Assírio Alvim, 1996.

SANTOS, J. R. dos. **A última entrevista de José Saramago**. Rio de Janeiro: Usina de Letras, 2010.

SANTOS, R. S. dos. O mito literário do duplo no conteúdo midiático de entretenimento. **Sessões do Imaginário**, Porto Alegre, ano 16, n. 25, p. 43-50, 2011. Disponível em: http://revistaseletronicas.pucrs.br/ojs/index.php/famecos/article/viewFile/8684/7132. Acesso em: 20 jun. 2018.

SARAMAGO, J. **A jangada de pedra**. São Paulo: Companhia das Letras, 2006.

SARAMAGO, J. A segunda vida de Francisco de Assis. *In*: SARAMAGO, J. **Que farei com este livro?** São Paulo: Companhia das Letras, 1998. p.159-223.

SARAMAGO, J. **As intermitências da morte**. São Paulo: Companhia das Letras, 2005.

SARAMAGO, J. In: RATTNER, J. Saramago lança livro e alerta Lula contra 'três monstros'. **BBC Brasil**, [s. l], 7. Nov. 2002. Disponível em: https://www.google.com/url?q=https://www.bbc.com/portuguese/cultura/021107_sara magobg.shtml&sa=-D&ust=1555190852223000&usg=AFQjCNFLVOfbHPLKI7DDlr 8rb2IWsV3pEA. Acesso em: 17 mai. 2018.

SARAMAGO, J. **Cadernos de Lanzarote**: Diário I. Lisboa: Editorial Caminho, 1994.

SARAMAGO, J. **Caim**. São Paulo: Companhia das Letras, 2009.

SARAMAGO, J. **Claraboia**. São Paulo: Companhia das Letras, 2011. SARAMAGO, J. **Ensaio sobre a cegueira**. São Paulo: Companhia das Letras, 1995. SARAMAGO, J. **Levantado do chão**. São Paulo: DIFEL, 1980.

SARAMAGO, J. **Manual de pintura e caligrafia.** São Paulo, Companhia das Letras, 1992.

SARAMAGO, J. **Memorial do convento**. São Paulo, Companhia das Letras, 2013.

SARAMAGO, J. De como a personagem foi mestre e o autor seu aprendiz. *In:* **NobelPrize.org**, Stockholm, 8. out. 1998. Disponível em: https://www.nobelprize.org/prizes/literature/1998/saramago/25345-jose-saramago-nobel- lecture-1998/. Acesso em: 18 abr. 2018.

SARAMAGO, J. **O ano da morte de Ricardo Reis.** São Paulo: Companhia das Letras, 1988.

SARAMAGO, J. **Objecto Quase**. São Paulo: Companhia das Letras, 1994.

SARAMAGO, J. **O Caderno:** textos escritos para o blog (setembro 2008 – março de 2009). São Paulo: Companhia das Letras, 2009.

SARAMAGO, J. **O conto da ilha desconhecida**. São Paulo: Companhia das Letras, 1997.

SARAMAGO, J. **O Evangelho segundo Jesus Cristo**. Companhia das Letras, 1991.

SARAMAGO, J. **O homem duplicado**. São Paulo: Companhia das Letras, 2002.

SARAMAGO, J. Memória Roda Viva: José Saramago (1992). In: **Programa Roda Viva**, São Paulo, 7 set. 1992. Entrevista concedida a Rodolfo Konder no Programa Roda Viva. Disponível em: http://www.rodaviva.fapesp.br/materia_busca/10/saramago/entrevistados/jose_sarama go_199 2.htm. Acesso em: 12 mar. 2018.

SARAMAGO, J. **Que farei com este livro?** São Paulo: Companhia das Letras, 1998.

SARAMAGO, J. A noite. *In*: SARAMAGO, J. **Que farei com este livro?** São Paulo: Companhia das Letras, 1998. p. 93-158.

SARAMAGO, J. **Terra do pecado**. Lisboa: Editorial Caminho, 2004. SARAMAGO, J. **Todos os nomes.** São Paulo: Companhia das Letras, 1997.

SARAMAGO, J. Último caderno de Lanzarote: O diário do ano do Nobel. São Paulo: Companhia das Letras, 2018.

SHELLEY, M. **Frankenstein or The modern Prometheus**. [*S.l.: s.n.*, 1818]. Disponível em: http://www.dominiopublico.gov.br/download/texto/pp000020.pdf. Acesso em: 20 mar. 2017.

SILVA, G. da. **Machado de Assis, um leitor da Bíblia**: uma análise do mito do duplo em Esaú e Jacó. 2015. 84 f. Dissertação (Mestrado em Linguística, Letras e Artes) – Universidade Federal de Uberlândia, Uberlândia, 2015. Disponível em:

https://repositorio.ufu.br/bitstream/123456789/11898/1/MachadoAssisLeitor.pdf. Acesso em: 10 abr. 2018.

SILVA, I. S. **Levantadas do Chão**: o poder das mulheres na obra de José Saramago. 2017. 95 f. Dissertação (Mestrado em Estudos Literários, Culturais e Interartes) – Faculdade de Letras, Universidade do Porto, Porto, 2017. Disponível em:

https://repositorio- aberto.up.pt/bitstream/10216/109289/2/234441.pdf. Acesso em: 4 jun. 2018.

SILVA, V. da. Os poderes do mal e as máscaras do diabo. **Revista Pistis & Praxis**, Curitiba, v. 3, p. 121-135, 2011.

SIQUEIRA, A. M. A. A linguagem fantástica em "Coisas" – A rebelião necessária. **Abril – Revista do NEPA/UFF**, Niterói, v.10, n. 20, p. 109-125, jan.-jun. 2018. Disponível em: http://www.revistaabril.uff.br/index.php/revistaabril/article/view/476/345. Acesso em: 4 dez. 2018.

STEVENSON, R. L. B. **O Estranho Caso de Dr. Jekyll e Mr. Hyde**. Rio de Janeiro: Clássicos Econômicos Newton, 1996.

TAVARES, B. Saramago e o fantástico. **Mundo Fantasmo**, [S. l], 16 jul. 2010. Disponível em: http://mundofantasmo.blogspot.com/search/label/Jos%C3%A9%20Saramago. Acesso em: 15 jun. 2018.

TERÊNCIO, M. G. **O horror e o outro**: um estudo psicanalítico sobre a angústia sob o prisma do Unheimlich freudiano. 2013. 276 f. Tese (Doutorado) – Universidade Federal de Santa Catarina, Centro de Filosofia e Ciências Humanas, Programa de Pós- Graduação em Psicologia, Florianópolis, 2013.

TERTULIANO. *In:* ORIGEM dos sobrenomes. **Origem dos sobrenomes**, [S. l.], [s.n.], [20-]. Disponível em: https://www.origemdosobrenome.com.br/familia- tertuliano/. Acesso em: 27 jun. 2019.

TODOROV, T. **Introdução à literatura fantástica**. 2. ed. São Paulo: Perspectiva, 1992.

VATTIMO, G. **O sujeito e a máscara**: Nietzsche e o problema da libertação. Rio de Janeiro: Vozes, 2017.

VAX, L. **A arte e a Literatura Fantástica**. Tradução de João Costa. Lisboa: Arcádia, 1977.

WILDE, O. **O retrato de Dorian Gray**. Tradução de Marina Guaspari. São Paulo: Publifolha, 1998.

ZIMBARDO, P. **O Efeito Lúcifer**: como pessoas boas se tornam más. 2. ed. Rio de Janeiro: Record, 2013.

Linha de pesquisa: Estudos Comparados de Literaturas de Línguas Modernas

Área de concentração: Literatura Comparada

Aprovada pela banca examinadora constituída pelos seguintes professores:

Prof.ª Dra. Ana Marcia Alves Siqueira (UFC)– Orientadora

Prof.ª Dra. Sayuri Grigório Matsuoka (UECE)

Prof. Dr. Geraldo Augusto Fernandes (UFC)

◎ editoraletramento
🌐 editoraletramento.com.br
ⓕ editoraletramento
in company/grupoeditorialletramento
🐦 grupoletramento
✉ contato@editoraletramento.com.br

🌐 editoracasadodireito.com
ⓕ casadodireitoed
◎ casadodireito